마존귀환록

마졸귀환록 1

초판 1쇄 인쇄일 2014년 7월 29일 | **초판 1쇄 발행일** 2014년 7월 30일

지은이 주작 | **펴낸이** 곽중열 | **담당편집 팀장** 이범수
편집부 신연제 이윤아 김호성 김은경

펴낸곳 (주) 조은세상 | 출판등록 제 2002-23호
주소 경기도 연천군 미산면 청정로 1355
TEL 편집부 02)587-2966 | FAX 02)587-2922
e-mail bukdu@comics21c.co.kr

ISBN 979-11-5512-579-3 | ISBN 979-11-5512-578-6(set) | 값 8,000원

마졸귀환록

1

주작 판타지 장편소설

NEO FANTASY STORY

(주)조은세상

CONTENTS

NEO FANTASY STORY

내 나이 열다섯 생일날.

스스로를 '천마'라 칭하는 이에게 육신을 빼앗기다.

열여섯 봄.

오러를 깨우치다.

열여덟 여름.

마스터에 이르다.

스물둘 가을.

전쟁터로 향하다.

서른셋 겨울.

제국을 건국하다.

그리고 서른다섯…… 다시 봄.

그가 떠나다.

.

.

.

드디어 육신을 돌려받다.

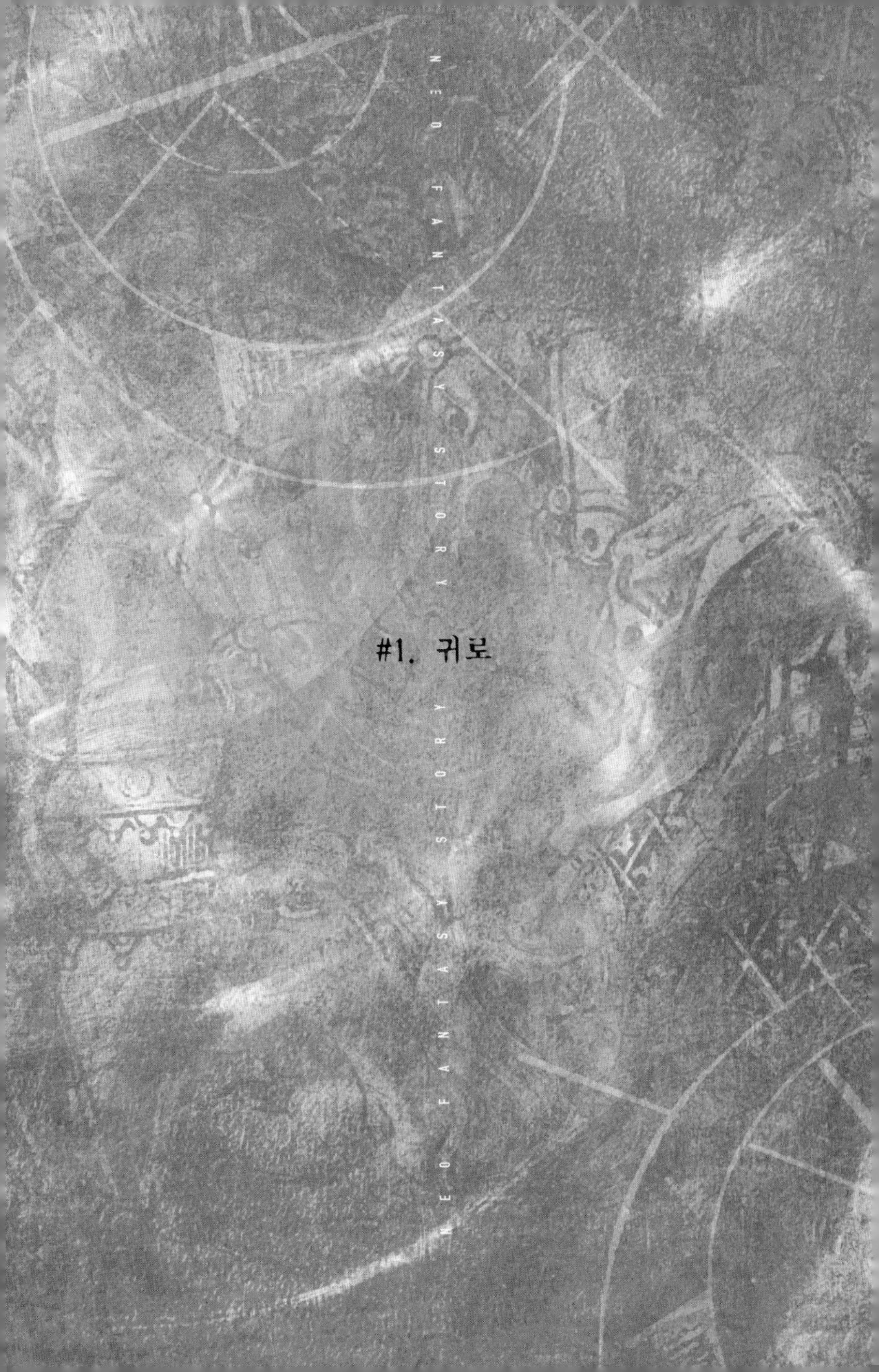

#1. 귀로

#1. 귀로

육신을 차지한 날, 그가 내게 말했다.

"너를 내 졸개 1호라고 부르겠다."

살기위해 넙죽 엎드렸다.

◈

다그닥. 따각. 따그닥……

나귀가 이끄는 수레에 앉아 느긋이 풍경을 감상하던 노인이, 두 눈 가득 이채를 띄우며 전방을 주시했다.

저 아래 산자락을 걸어가는 사내를 발견한 까닭이었다. 오래도록 나귀와 길을 거닐다 보면 사람이 절로 반가워진다.

산적의 위협을 생각하지는 않았다. 유달리 치안이 좋은 장소가 바로 이곳 '루마니언' 지방이 아니던가. 이곳의 임시 대영주인 '로사테인' 자작이 주기적인 토벌을 한 덕분에, 산적들은 쉽사리 터를 잡지 못했다.

노인이 나귀를 몰아 전방의 사내에게 접근하자, 사내가 슬쩍 그를 돌아봤다. 언뜻 30대 중반 즈음이나 되었을까? 그리 큰 특징이 없어 보이는 외모를 지니고 있었는데, 가까이서 지켜보니 생각보다 큼직한 신체가 그나마 눈에 띄었다.

"스테일 남작령으로 가는 길인가?"

노인의 질문에 사내가 잠시 노인을 바라보며 뜸을 들이는가 싶더니, 이내 고개를 숙이며 입을 열었다.

"오랜만에 뵙습니다. '무스탄' 영감님."

"……나를 아나?"

고개를 갸웃거린 무스탄이 사내를 유심히 관찰했다. 하지만 상대의 정체가 선뜻 떠오르질 않았다. 이에 사내가 웃으며 말했다.

"접니다. 제튼 반트."

"반트? 제튼? 제튼…… 제튼 반트?"

그 순간 머릿속에 스쳐지나가는 얼굴이 있었다.

"설마…… 홀든네 장남?"

부친 '홀든 반트'의 이름이 나오자 제튼이 쓴웃음을 지었다.

"예. 제튼입니다."

"끼놈!"

그 순간 나귀를 치던 무스탄의 지팡이가 허공을 갈랐다.

딱!

"아얏! 갑자기 왜 이러십니까?"

제튼이 눈살을 찌푸리며 머리를 부여잡았다. 무스탄의 지팡이가 정수리를 치고 간 까닭이었다.

"놈! 성인식을 치르기가 무섭게 가출을 하더니, 무려 20년 동안이나 집에 연락 한번이 없어? 네 이놈! 네놈 때문에 케나가 얼마나 슬퍼했는지 아느냐?"

정확히는 22년이었다.

부친에 이어 모친 '케나 반트'의 이름까지 언급되자, 제튼의 눈가에 잠시 그늘이 내려앉았다. 그 때에 또 다시 지팡이가 날아들었다.

"아얏! 아야야얏! 어우. 영감님. 아파요 아파!"

재빨리 안색을 바꾼 제튼이 앓는 소리를 해 댔다.

"너는 더 맞아도 싸다. 이리 와! 어서!"

"아오! 그렇게 매질을 해대는데 누가 갑니까."

"이노~옴!"

무스탄의 호통소리가 산자락을 뒤흔들었다.

푸닥거리는 30여분을 더 이어지고 나서야 끝맺을 수 있었다.

"허억! 헉! 이놈. 내 10년만 더 젊었어도 이 정도로 끝나지 않았을 것이야."

그 소리에 새삼 세월의 무게가 느껴졌다.

'어느새 80이 넘으셨구나.'

그가 가출 할 즈음 60을 넘겼던 무스탄 이었다. 그래도 당시에는 나이답지 않게 제법 탄탄한 체구를 지니고 있었는데, 그 덩치가 저리 쪼그라들다니. 과연 세월 앞에는 장사가 없는 모양이었다.

'어느새 저리 늙으셨구나.'

그래도 80이 넘었다고 여기기엔 과할 정도로 건강해 보였다.

"이제는 손주들 재롱 보면서 쉬셔야지, 뭘 또 그렇게 열심히 돌아다니십니까?"

"아직 두 다리가 씽씽한데, 무슨 재롱이냐. 그리고 손주들 다 커서 재롱부릴 놈들도 없다."

"증손주는요?"

"막내가 요 앞전에 성인식 치렀어."

할 말이 없었다. 성인식 치른 증손주에게 재롱을 부리라고 할 수야 없지 않은가.

"타라."

무스탄이 그렇게 말하며 수레 뒷칸으로 손짓했다.

"그렇잖아도 먼 길 오느라 무릎이 쑤셨는데, 잘 됐네요."

"에라이. 벌써부터 하체가 그리 부실해서야 뭐에 써먹을꼬."

"끄응……."

당최 한 마디를 이기기가 어려웠다. 제튼이 앓는 소리를 내며 짐칸에 올라탔다.

"어여 가자. 어여 가."

나귀를 툭툭 건드리자, 마치 알아듣는 양 나귀가 다시 길을 나섰다. 그걸 유심히 지켜보던 제튼이 물었다.

"눈에 익네요."

"당연하지. 네놈 가출하기 전에도 이놈이었으니까."

"저 태어나기 전에도 저 녀석 아니었습니까?"

"맞어."

"……저 녀석 대체 나이가 얼마나 되는 겁니까?"

못해도 37살은 넘었으리라.

"자꾸 저 녀석이라고 하는데, 욘석이 네놈보다 연배가 높다."

"끄응……."

그렇다고 '저 분'이라고 할 수는 없잖은가. 재차 앓는 소리가 흘렀다. 그런 제튼을 향해 노인이 물었다.

"뭐 하느라고 20년이나 연락 한번 없었어?"

이 갑작스런 질문에 잠시 동안 침묵이 내려앉았다. 잠시 기다려주던 무스탄이 생각보다 침묵이 길어지자 호통을 쳤다.

"입에 꿀 발랐어? 왜 말이 없어?"

"거 참. 분위기 잡을 시간은 좀 주셔야죠."

"뭐 잘한 게 있다고 분위기를 잡아. 퍼뜩 말 안 해?"

"그다지 말할 것도 없습니다. 그냥 세상이 보고 싶어서 가출했고, 그러다 전쟁이 나자 용병으로 좀 뛰다가, 전쟁 끝나서 못 본 세상을 마저 돌아보고 온 것이죠."

"썩을 놈. 너무 요약했잖아."

"하핫!"

어색하게 웃으며 제튼이 애써 대답을 피했다. 이에 할 수 없다는 듯 한숨을 푸욱 내쉰 무스탄이 재차 나귀를 건드렸다.

"어여 가자꾸나. 이 못난 놈이 또 도망치기 전에, 당장 집에 붙들어 놔야지. 이랴."

그 말에 제튼이 쓴웃음을 지으며 하늘을 올려다봤다.

'드디어 집이구나.'

서른일곱 초여름.

무려, 22년만의 귀향이었다.

◆

아루낙 마을은 스테일 남작령의 서쪽에 위치한 소규모의 마을로써, 마을 대다수의 사람들이 소작으로 지내는 보통의 평범한 마을이었다. 어디서나 흔히 볼 수 있는 그런 마을인 것이다.

하지만 제튼에게 있어서 아루낙 마을은 세상의 그 어떤 마을이나, 영지, 왕궁들 보다, 특별할 수밖에 없었다.

무려 22년간 떠나 있었던 그의 고향이기 때문이었다.

'그동안 많이 바뀌었구나.'

10년이면 강산도 변한다고 했다. 무려 22년을 떠나온 고향이 아니던가. 강산이 두 번은 바뀌었을 시간이 흐른 것이다. 그러니 마을의 변화는 어찌 보면 당연한 것이리라.

'과거에는 소국의 구석진 영지였다고 해도, 지금은 제국의 남작령이니까.'

고개를 끄덕이며 새로워진 풍경들을 맘껏 감상했다.

'그래도 군데군데 옛 모습이 남아있구나.'

제국의 위엄을 살리려는 것인지, 5층 이상의 특제 건물들이 하나 둘 세워지고 있었으나, 그래도 아직은 촌락의 모습이 여전했다.

"크게 변한 건 없지?"

"과거보다 마을 크기가 넓어졌는데요?"

언뜻 그 규모가 소규모 영지에 버금가는 것 같아 보였다.

"겉보기에만 그렇지 솔직히 사람 수는 고만고만해."

고개를 끄덕이며 마을의 변한 부분들을 차분히 감상하는데, 문득 저 멀리 그리운 풍경이 눈에 들어왔다. 저도 모르게 코끝이 시큼해졌다.

'……집도 많이 변했구나.'

지붕의 색이나 문의 크기 그리고 형태 등이 조금씩 바뀐 것이 보였다. 하지만 옛 모습은 여전히 남아 있어서, 그의 집이라는 건 충분히 알아볼 수 있었다.

반가운 마음에 수레에서 박차고 일어났다. 무스탄이 이를 힐끔 쳐다보더니 나귀를 멈춰 세우며 말했다.

"여기서부터는 걸어가라."

이에 제튼이 침을 꼴깍 삼키며 수레에서 내려섰다. 집이 눈앞에 나타나자 심장이 쿵쾅거리고 있었다. 게다가 그답지 않게 양 다리가 바르르 떨리며 자꾸 휘적거리는 게 아닌가.

"저 부실한 하체를 어찌할꼬. 쯧쯧!"

무스탄이 한소리를 하자 그제야 정신이 조금 돌아왔다. 쓴웃음을 머금은 그가 애써 다리를 바로 세우며 고개를 숙여보였다.

"고맙습니다."

"어여 가 봐. 이랴."

무스탄이 그 말과 함께 나귀를 툭 하니 건드렸다. 곧이어 나귀가 다시 움직이더니, 바로 좌측에 보이는 자그마한 상점의 뒷문으로 들어가는 게 보였다. 그곳이 바로 무스탄의 집이었다.

상점을 보자 즐거웠던 옛 추억들이 떠올랐고, 덕분에 한결 마음이 편안해진 그가 호흡을 가다듬으며 걸음을 내디뎠다.

집으로.

'집으로…….'

몇 걸음이나 걸었을까? 생각보다 거리가 금세 가까워지더니, 오래토록 그리워했던 장소가 순식간에 코앞이었다.

꿀꺽!

연신 마른침을 삼키며 손을 들었다. 놨다. 같은 동작을 쉴 새 없이 반복한다.

선뜻 문손잡이를 잡기가 어려운 것이다. 그렇게 한참을 망설이고 있는데, 문득 등 뒤에서 그리운 향기가 밀려들었다.

"누구……?"

갑작스레 들려온 음성에 숨이 턱 하니 막혀버렸다. 당연했다.

'어머니!'

그토록 듣고 싶던 목소리가 다가드는데, 어찌 호흡이 제대로 돌아가겠는가. 텁텁한 가슴을 부여잡으며 애써 고개를 뒤로 돌렸다.

'아……!'

무어라 말을 해야 할까? 그 곱던 얼굴위로 어느새 주름이 새겨지고, 금발가득 빛을 내시던 머릿결에 흰머리가 하나 둘 피어있었다.

아낙네 치고는 크신 체구라서, 동네 사내들도 깜짝깜짝 놀라게 하셨건만, 어느새 그보다 작아져서 그를 올려다보고 계셨다.

세월의 무게에 쪼그라든 듯 전보다도 작게 느껴졌다. 물론, 그의 신장이 커진 탓도 있었다.

"아……으……아아……."

차마 말을 내뱉지 못한 채 자꾸 주저하고 있자, 경계하던 모친이 의아한 듯 그를 쳐다본다. 그러더니 이내 두 눈을 동그랗게 뜨는 것이 보였다.

"……아들?"

결국 알아 보셨나보다. 그 한마디를 듣기가 무섭게 무릎이 풀리면서, 두 눈 가득 물길이 열려버렸다.

"어허어어엉!"

울부짖는 그를 향해 모친이 다가왔다.

"정말…… 정말 아들이니?"

그녀도 많이 놀랐던지, 음성이 흔들리고 있었다. 목이메여서 대답을 할 수가 없었다. 그 대신 고개를 끄덕이며 마음으로 외쳤다.

'어머니!'

이를 듣기라도 한 걸까? 모친의 걸음걸이가 더욱 빨라지는 게 보였다. 덕분에 모자의 거리는 순식간에 가까워지고 있었다. 제튼이 양 팔을 활짝 벌리며 모친을 맞이했다.

휘익.

그 순간 모친이 좌측으로 지나쳐갔다.

'응?'

의문은 잠시였다. 뒤로 고개를 돌리며 시선으로 모친을 쫓는데, 그를 지나친 모친이 문 옆에 걸린 대빗자루를 양손에 움켜쥐는 게 아닌가.

'어? 어어…… 어?'

어버버 하는 사이에 모친의 빗자루가 허공을 갈랐다.

파악!

빗자루는 정확히 정수리를 강타했다.

"커헉! 이게…… 무슨?"

그 충격에 막혔던 말문이 트이며 눈물이 쏙 들어갔다.

'대체 왜?'

두 눈 가득 불을 뿜고 있는 모친의 모습에서 뭔가 잘못되었다는 게 느껴졌다.

"어…… 엄마?"

그토록 부르고 싶던 단어가 절로 새 나왔다. 물론 오는 내내 상상했던 것과 달리, 정중한 높임말도 아니고, 연습해왔던 것처럼 아름다운 외침도 아니었다.

"끼랴~앗!"

비상하는 매가 저러할까. 모친이 화려하게 허공을 날아오르며 양손을 크게 휘두르는 게 보였다. 22년간 연락한번이 없어 그토록 속을 태웠던 아들이 눈앞에 나타났다. 세월의 울분이 가득 담긴 빗자루가 사납게 포효했다.

따아아악!

"크헉! 엄마? 아…… 아니. 어머니? 어라. 이게 아닌데?"

당황해서 다급히 외쳐 불렀으나, 그에 대한 답변으로 빗자루만 날아들 뿐이었다.

"어…… 엄마? 우와아악-!"

그의 나이 서른일곱.

아직은 맴매를 맞는 나이였다.

#2. 귀환

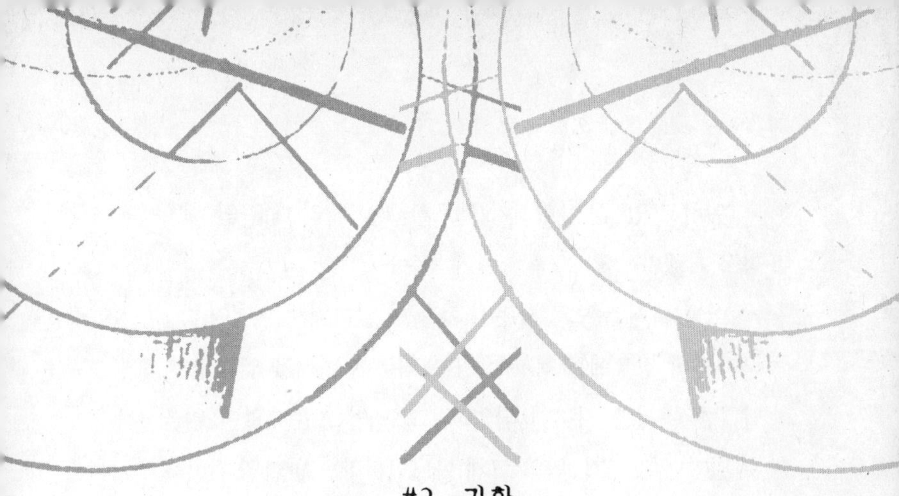

#2. 귀환

아름답지 못한 상봉은 부친 홀든의 등장으로 겨우 끝맺을 수 있었다.

겨우 집 안에 발을 들인 제튼을 향해 부친이 묻는다.

'뭐 하다 왔느냐?'

눈으로 질문을 던져오는데, 왈칵! 눈물이 쏟아질 뻔 봤다.

'정말…… 변한 게 하나도 없구나.'

어지간한 사내 못지않게 괄괄한 모친과 소극적인 성격 때문에 말문 개방이 드문 부친까지, 22년이라는 시간의 흐름 속에서도 여태껏 변하지 않은 풍경이 남아있었다.

가까스로 눈물을 삼키는데, 뒤통수가 뜨끔해졌다.

따악!

"뭐하고 있어? 아버지가 물으시잖아. 빨리 대답 안 해?"

참 신기했다.

'어떻게 저 눈으로 하는 대화를 다 알아채시는 건지.'

제튼의 경우에는 독특한 공부 덕분에 머리가 열리면서, 남다른 눈치를 지니게 되었고, 그로 인해 문제없이 읽을 수 있었던 것이지. 만약 그게 아니었더라면 반반의 확률로 못 알아먹었을 지도 몰랐다.

실제로 가출 전에는 가끔 부친과 의사소통이 안 돼서 얼마나 속을 끓였던가.

남자 같은 모친과 소녀 같은 부친.

'정말…… 이렇게 어울리는 부부도 드물 거야.'

더 재미있는 건, 부친의 청춘시절 이 소극적인 태도에 동네 처자들이 자지러졌다는 것이다. 태도와 달리 겉보기에는 더없이 남자답게 생겼으며, 동시에 제법 준수한 외모를 지니고 있었기 때문이다.

얼음 미남이니 뭐니 하는 명칭까지 붙었다는데, 이런 부친의 본성을 알아 본 유일한 존재가 바로 모친이었다. 얼음 미남 이미지에 처자들이 함부로 접근하지 못 하는 사이, 모친의 저돌적인 대시가 이어졌고, 결국 부친을 자빠트리는데 성공한다.

따악!

순간 상념을 끊어내는 고통이 또 다시 터져 나왔다. 뒤통수를 부여잡은 제튼을 향해 모친이 사납게 으르렁거렸다.

"아버지가 묻잖아!"

"……끄응!"

앓는 소리를 내며 제튼이 부친을 바라봤다. 여전한 눈빛으로 그를 주시하고 있는 게 보였다.

'뭘 하다 왔느냐?'

'끄응…… 말로 좀 해주시면 좋을 텐데.'

하지만 이게 기억 속 부친의 모습이기에 이내 웃을 수 있었다.

따악!

"웃어?"

모친의 서릿발 같은 음성에 눈물이 찔끔 나왔다.

'어우! 그래. 엄마는 원래 이랬지.'

부친과 마찬가지로 여전한 모친의 모습에 눈물이 났다. 결코 아파서 흘린 눈물이 아니었다.

제튼의 이야기는 사실 별 거 없었다.

"성인식을 치르고 나니까, 문득 더 넓은 세상이 보고 싶더라구요. 말씀을 드려도 반대하실 것 같아서, 그래서 그냥 어린 마음에 생각도 없이 가출을 해 버린 거죠. 지금 생각해도 참 철이 없었던 것 같네요. 하핫……! 그렇게 세상 좀 돌아다니는데, 갑자기 전쟁이 나는 게 아니겠어요. 그래서 할 수 없이 용병으로 좀 뛰다가, 전쟁이 끝나자 못 본 세상을 마저 돌아보고 온 거죠."

무스탄에게 했던 이야기에 그저 살만 좀 더 붙였을 뿐이었다. 쓴웃음을 지어주는 것 역시 잊지 않았다. 언뜻 보여주기 위한 의도로 지은 미소였으나, 실제로도 감정이 묻어나온 탓에, 완전한 거짓이라고 할 수만은 없었다.

이야기가 너무 길어지고, 그러다 괜한 질문이 오가다 보면, 내용의 허점이 드러날지도 모른다는 생각에, 일부러 대화를 짧게 끝내고자 한 것이다.

"고생…… 많았다."

문득 부친의 말문이 열렸다. 하루에 한 마디 듣기도 어렵다는 부친의 음성이었다. 이는 즉 제튼의 의도가 들어먹혔다는 뜻이기도 했다.

여기서 이야기를 끝내자는 의미로 받아들여도 되는 것이다. 속으로 안도의 한숨을 내쉰 제튼이 슬쩍 모친을 바라봤다. 다행히 그 성격과 달리 부친에게 껌뻑 죽는지라 모친도 마무리를 지으려는 듯, 표정을 풀고 있었다.

덜컹!

그 순간 대문이 벌컥 열렸다.

"오빠!"

"형!"

"대체 뭘 하다 이제 온 거야?"

순간 뒷목이 뻐근해졌다. 그러고 보니 그에게는 동생이 있었다.

그것도 무려 세 명이나.

"뭘 하느라고 22년간 연락한번 없었어?"

'끄응…….'

원점으로 돌아가 버린 상황에 두통이 몰려왔다.

한 차례 더 똑같은 이야기가 반복되었다. 하지만 동생들은 부친보다 모친을 더 닮아 저돌적인 성격을 지닌 듯, 쉴 새 없이 질문을 퍼부어댔다.

"형. 좀 더 자세히 설명 좀 해봐."

"용병이라니. 오빠가 용병 일을 했단 말이야? 어디 인데?"

"오빠. 전쟁이 끝나고 바로 왔어도 좋잖아. 그런데 왜 이제야 온 거야?"

오랜 시간이 흘러 나타난 오라비건만, 마치 일주일 만에 만난 것 같은 이 친밀함은 무엇이란 말인가. 언뜻 그들의 표정에서 '노력'을 하는 흔적이 엿보였다.

'녀석들…….'

쓴웃음이 절로 나왔다. 아무래도 집에 오기 전, 서로 입을 맞추고 온 모양이었다. 그가 어색해 할까 우려해, 일부러 상황을 요란하게 만들자고 한 것 같았다. 다 커버린 동생들의 배려가 가슴을 뜨겁게 두드렸다.

다들 서른 근처의 나이일 텐데, 마치 어린 아이처럼 재잘거리며 애를 쓰는 것이, 참으로 고맙고 또 미안했다.

그의 눈시울이 슬쩍 붉어질 무렵, 모친이 앞으로 나섰다.

"그만!"

동시에 동생들의 질문공세가 멈췄다. 입을 딱 다문 그들을 바라보며 모친이 외쳤다.

"거기까지. 더 이상의 질문은 없다. 끝! 궁금한 게 있더라도 지금은 더 이상 묻지 않는다."

부친이 그러하기로 했으니, 모친이 이행하는 것이다. 그리고 가족들은 모친의 말을 무시하지 못한다. 그렇게 자라왔고 또 그렇게 키워왔기 때문이다. 게다가 그들 스스로도 쉼 없이 떠드느라 조금은 힘겨운 상태이기도 했기에, 모친의 제지가 오히려 고마울 지경이었다.

"다들 자리에 앉아라. 오랜만에 모였으니, 다 같이 밥이나 먹고 가라."

그 말에 오랜만에 모인 가족들이 식탁에 빙 둘러 앉았다. 헌데, 이상한 점이 제튼의 눈에 띄었다.

'하나, 둘, 셋…… 여섯?'

아무리 계산해도 숫자가 안 맞았다.

부엌에 있는 모친을 제외하면 부친과 제튼 그리고 세 명의 동생까지, 분명 다섯이어야 하건만 거기에 한 명이 더 끼어있는 게 아닌가. 제튼이 침을 꼴깍 삼키며 물었다.

"누구……시냐?"

생전 처음 보는 소녀가 식탁에 함께하고 있었다.

"누구시기는 네 동생이지."

부엌에서 모친이 외쳤다.

"동……생?"

황당했다. 그도 그럴게 눈앞의 소녀는 아무리 나이를 잘 쳐줘도 10대 후반이었다. 그가 일찍 장가를 갔더라면 저만한 딸이 있어도 이상하지 않았기에, 더욱 이 상황이 황당하게 여겨질 수밖에 없었다.

"……몇……살?"

제튼의 물음에 소녀가 조심스레 답했다.

"스…… 스물 하나요."

"쿨럭!"

헛기침이 튀어나왔다. 어려도 너무 어렸다. 거기에 더해서 외모도 과하게 어려 보인다. 일명 동안외모라고 하던가? 게다가 그 나이가 또 충격이었다.

'스물 하나?'

그가 가출 하고 난 뒤에 바로 태어났다는 소리가 아닌가.

'엄마…… 아빠…….'

그를 찾는다고 동네방네 뛰어다니며 마음고생이 심했을 거라 여겼건만, 그가 가출하던 해에 꽃 같은 여아를 잉태

하셨을 줄이야. 묘한 배신감에 울컥 눈시울이 붉어졌다.

그가 부엌 쪽으로 시선을 던지는데, 마침 모친도 이쪽으로 시선을 보내고 있었다.

"뭐? 왜? 어쩔 건데?"

주륵!

결국 한 줄기 눈물이 흘러내렸다.

'그래…… 원래 이런 분들이셨지.'

그의 등 뒤로 남동생이 다가와 슬며시 속삭였다.

"그래도 한 보름은 찾는다고 고생하셨어."

'영감님!'

무스탄은 모친이 엄청나게 오래 슬퍼하셨다는 식으로 말을 전했었다. 헌데, 겨우 보름이란다. 그에게 맞은 정수리가 괜히 억울했다.

'끄응…….'

절로 앓는 소리가 나왔다. 하지만 이내 웃음도 뒤따랐다.

'크! 그래. 원래이랬지.'

정말 가족의 품으로 돌아왔음을 느낄 수 있었다.

◆

새아침이 밝았다. 세상은 변함이 없었으나, 그의 세계는 커다란 전환점을 맞이했다.

'고향의 공기…….'

22년 만에 찾은 그의 방에서, 열다섯 그 어린 무렵으로 돌아가, 잊어버린 세월을 그리며 꿈을 꿨다. 물론 눈 감기가 무섭게 아침이 찾아왔고, 꿈은 그저 적막으로 끝맺었음을 알았다.

그래도 만족스러웠다.

오랜 시간 염원해왔던 고향의 집에서 고대하던 그의 방에 누워, 그토록 바라던 잠자리를 가진 것이다.

"내 방도 많이 변했네……."

전날 저녁에도 느꼈던 부분으로써, 과거의 흔적이 별로 남아있질 않았다.

"하긴, 켄트 그녀석이 좀 부잡하기는 하지."

그가 가출한 뒤로, 방은 남동생 '켄트'가 물려받았다고 한다. 그와 7살이나 차이가 나는 켄트의 기억은 항상 상처로 가득했다. 누군가에게 맞고 다녀서 상처가 난 것이 아니라, 혼자서 뛰어놀다 자빠지고 구르고 부딪쳐서 생긴 상처들이었다.

한번은 마법사 흉내를 낸다며 지붕에서 '플라이'라고 외치며 뛰어내렸던 적이 있었는데, 당시 켄트의 나이가 5살이었다. 결국 왼쪽 발목이 부러져서 두 달간 앓아누웠는데, 더 놀라운 건 이러고도 또 그 비슷한 짓을 여러 번 반복했다는 점이다.

이런저런 사건 때문에, 동네에서 유명한 개구쟁이로 낙인찍혔고, 제튼은 바로 이 부분을 강하게 기억하고 있었다.

"그런 녀석이 벌써 애 아빠라니."

저녁 무렵, 식사를 하면서 많은 이야기가 오갔고, 그러면서 다양한 변화들이 있었음을 알게 되었다.

우선 그와 5살 차이가 나는 장녀 '프릴'이 두 아이의 엄마가 되었다는 것과, 차남 켄트가 한 아이의 아빠가 되었다는 것, 그리고 10살 차이가 나던 차녀 펠다도 3년 전 혼인을 해서 알콩달콩 깨가 쏟아지게 살고 있다는 점이었다. 비록 아직 아이는 없었으나, 신혼기분을 아직도 만끽하고 있다며 한껏 자랑하는데, 진심으로 행복해 보여서 함께 기뻐할 수 있었다.

조카를 비롯하여 다른 식구들은 따로 날을 잡고 보여준다 했다. 아이들이 아직 어린데다가 적잖게 낯을 가린다는 제수씨도 있었고, 야간까지 일을 하느라 바쁜 매제들의 사정도 있기에 그러라고 하며 보내주었다.

거기까지 생각하던 제튼의 머릿속으로 또 다른 동생이 떠올랐다.

"포나."

새롭게 생긴 여동생의 이름이었다. 자식 또래의 여동생이라는 점이 참으로 난감했으나, 또 한편으로는 크게 나쁘지는 않았다.

막내 덕분에 부모님이 그의 존재를 좀 더 빨리 떨쳐낼 수 있었을 것이기 때문이다.

저녁을 먹고 헤어지기 전, 켄트가 그에게 다시 귓속말을 건네줬었는데, 그 내용이 또 반전이었다.

〈사실, 엄마는 형 가출하고 난 뒤로도 형 생각을 많이 하셨어.〉

보름만 찾다가 포기한 건 따로 이유가 있기 때문이었다. 그들 남매를 키우기 위해서는 일을 쉴 수가 없으셨기에, 보름 이상은 찾을 수가 없었던 것이다.

장남의 가출이 안타까웠으나, 남은 세 아이를 돌보려면 보름 이상은 쉴 수가 없었다. 그들 집안도 여타의 마을 주민과 마찬가지로, 이곳 영주의 땅을 빌려서 농사를 하는 소작농이기 때문에, 쉬는 만큼 벌이가 줄어들 수밖에 없었다.

결국 홀로 애만 태우셨을 것이다. 하지만 이후 막내 포나가 태어나고, 살림살이가 더욱 빠듯해지며, 제튼은 자연스레 뒷전으로 밀려날 수밖에 없었다.

그저 아들이 원해서 한 가출이니, 잘 지낼 거라고 믿으며 그렇게 하루하루를 지내 온 것이다. 간간히 신전을 찾아 기도를 올리는 것, 그것이 그나마 할 수 있는 것의 전부였다.

전날 보여 주었던 모친의 매질에는 이와 같은 다년간의 맘고생이 한껏 담겨 있었으리라. 원래 모친은 좋아도 화를 내고 슬퍼도 성질을 부리는 성격이지 않던가. 그 매질의 양만큼 그를 생각하는 마음이 담겨 있다고 봐도 과언이 아니었다.

"엄마만큼 아빠도 변함이 없으셨지."

식사 시간 내내, 부친은 아무런 말없이 그를 묵묵히 챙겨주셨다. 그 독특한 부친만의 마음 씀씀이가 얼마나 그리웠던가.

그가 창문을 벌컥 열며 숨을 크게 들이켰다.

"고향의 공기……."

시원한 아침공기가 폐를 가득 채운다.

"좋구나!"

우렁찬 외침과 함께 새아침이 시작되었다.

아침 식사는 부모님과 제튼 그리고 막내 포나가 함께 모여서 했다. 기억 속 풍경과는 조금 달랐으나, 지금 이 자리에 있다는 게 중요했다. 나쁘지 않다 여기며 막 식사를 시작하는데, 문득 모친이 물어왔다.

"앞으로는 뭘 하며 지낼 거냐?"

그 물음에 제튼이 막힘없이 대답했다.

"좀 쉬려고요."

"아주 쉬게 해 줄까?"

모친의 표정으로 보아 좋은 뜻이 아닐 듯싶었다. 어색하게 웃은 제튼이 재빨리 이야기를 더했다.

"사실, 농사를 지어 보려고요."

모친 케나의 눈가에 경련이 일었다.

"너 내어줄 땅 없다."

"어차피 소작이면서……."

따악!

끙얼거리는 제튼의 머리위로 별이 떠올랐다.

"쓸데없는 소리. 쯧!"

입술을 비죽거린 제튼이 다시 식사를 시작하며 말했다.

"그동안 모아 둔 돈으로 땅 좀 구해보려고요."

"……돈을 모았다고?"

모친의 의문성에 제튼의 눈이 실처럼 얇아졌다.

"설마, 제가 그냥 딩가딩가 놀러만 다녔다고 생각한 건 아니죠?"

"아니……원래 용병들이 하루 벌어 하루 놀고 그러잖아."

맞다. 개처럼 벌어서 개같이 쓴다. 언제 죽을지 모르는 위험이 항상 함께하기 때문이다. 하지만 모든 용병들이 그런 것은 아니었다.

단지 흥청망청 쓰는 용병들의 행태가 유난히 눈에 띄어

불쾌감을 주는 탓에, 그러한 인식이 강하게 남은 것뿐이지, 꼬박꼬박 저축하는 용병들 역시 적잖게 있었다.

"용병이라고 다 놀아난다는 생각. 그거 정말 편견입니다."

손을 까딱거리며 거만하게 자세를 잡는다. 그 순간 모친이 별을 선물했다.

따악!

"아얏! 정말……머리 나빠지면 어떡하려고 자꾸 머리를 때립니까?"

"더 나빠질 머리나 있냐?"

"끄응!"

"대답이 없는 걸 보니, 너 자신을 잘 아는구나."

어느 고명한 철학자가 그랬다.

'너 자신을 알라.'

제튼은 자신을 알아도 너무 잘 알았다.

"흠흠. 식사나 하시죠."

더 말해봐야 별만 챙길 것 같아서, 대충 이야기를 끝맺어버렸다. 다행히 모친도 식사에 전념하면서, 평온한 아침으로 돌아갈 수 있었다.

식사가 끝나자 부모님들은 일터로 향했고, 포나 역시도 등교를 위해 바깥으로 나서며, 집에는 제튼 홀로 남아야만 했다. 당장 할 것 없으면 집안일이라도 하라는 모친의 명에, 설거지를 하던 제튼이 문득 혼잣말처럼 중얼거렸다.

"테룬 아카데미라……."

바로 옆, 스테일 남작령에 위치한 교육기관이었다. 등교 시간은 오전 10시까지로써 이른 아침부터 후다닥 달려 나간 까닭은, 매 시간마다 정기적으로 마을과 남작령을 오가는 '순환마차'를 타기 위해서였다.

아카데미!

이는 귀족들의 전유물이라 할 수 있는 '교육'을 가르치는 배움의 전당이었다. 사실 귀족만의 전유물이라 규정지을 수는 없었으나, 그 비싼 등록금과 학비 때문에 평민들은 감히 꿈도 꾸기가 어려웠다.

때문에 귀족들만이 이용할 수 있었고, 종래에는 귀족 후계들의 '사교장'이라 불리며, 온전히 그들만의 공간으로 굳혀진 것이 바로 아카데미였다.

헌데, 그런 아카데미를 다닌다?

그것도 일반 평민인 포나가?

"……정말 맘에 안 드는 짓만 해댔는데, 이건 그나마 마음에 드는 행동이었지."

제튼이 실소하며 한마디를 툭 내뱉었다.

"제국 아카데미 사업."

이것은 평민들에게도 기회를 주기위해, 대제국이 시작한 하나의 거대 사업이었다.

좀 더 손쉽게 숨겨진 인재를 찾고 추려내어, 제국의 동량으로 만들기 위해 펼친 원대한 계획의 일환으로써, 기존 귀족체제의 아카데미 사업을 한 번에 무너트리는 대륙적 행사였다.

방법은 간단했다.

대륙 곳곳에 아카데미를 세우는 것이다.

또한 등록금 역시 극도로 내림으로써, 아카데미의 문턱을 낮추며 평민들의 눈높이에 기준을 잡았다.

물론 아카데미의 자존심이 있기에, 가격을 아주 낮출 수는 없었다. 하지만 평민을 위한 정책이기에 너무 비싸게 굴어서도 안 된다. 그렇게 조율을 한 결과 적정선이 나왔다.

평민 4인 가족 기준으로, 세 달 생활비 정도가 책정된 것이다.

"분명, 파격이었지."

기존 금액의 십분의 일도 안 되는 가격이었다. 하지만 어느 누구도 이를 반박하고 나설 수는 없었다. 제국 아카데미 사업을 주도하는 이가 바로 제국의 '영웅'이기 때문이었다.

절대적 무력으로 전장을 누비는 전신!

그가 앞장서서 펼치는 서민정책이었다. 감히 반대를 하며 나설 귀족은 아무도 없었다.

당연했다. 그는 적에게 무자비한 만큼, 아군에게도 잔학하기 그지없는 폭군이었다. 귀족들은 바로 그 폭군의 만행에 이미 수차례 학을 뗀 적이 있었다.

두려움!

어느 누가 감히 막아설까. 오히려 아부에 찬양까지, 영웅을 향해 알랑방귀를 뀌느라 정신들이 없었다.

사실, 더 파격적인 건 따로 있었다.

아카데미 건설은 전쟁이 한창이던 시절부터 이뤄졌다는 점이었다. 물론 전쟁의 막바지에 돌입하고 있기에 가능한 일이기는 했으나, 그래도 전쟁 중이라는 건 변함없는 사실이었다.

"제멋대로라고나 할까. 훗!"

제튼이 재차 실소하며 그릇들을 내려놓았다. 언뜻 보아하니 물을 많이 사용한 듯, 항아리에 물이 절반이상 떨어져 있었다. 나중에 떠놔야겠다고 생각하며 그릇들을 챙겼다. 그렇게 정리를 하면서도 머릿속은 여전히 앞서의 내용들이 이어지고 있었다.

"서민을 위한 정책이라……웃기지도 않는 소리."

그는 영웅이 한 행동을 칭찬하되, 영웅을 칭송하거나 추켜세워 줄 생각은 없었다.

영웅이 어떠한 목적으로 이런 사업을 시행했는지, 너무나 잘 알기 때문이다.

〈염병. 부익부빈익빈(富益富貧益貧)이 너무 지랄 같으면 재미없잖아. 우리 좀 더 재미지게 놀아보는 거야. 없는 애들도 대가리 좀 키워서 판을 흔들어봐야 쫄리는 맛이 있지 않겠어? 위에 놈들은 똥줄 타는 맛에 환장하고, 아랫놈들은 원래 똥줄이 타서 환장하니. 어때? 나의 이 완벽한 계획이. 한 10년 정도만 지나도 아주 개판이 될 것 같지 않냐? 케헤헤헷-! 이 정도는 되어야 진정한 개지랄이라고 할 수 있는 것이니라.〉

오로지 제튼, 그만이 알고 있는 영웅의 진심이었다.

사실 귀족들에게 이런 마음을 털어놔도 누구하나 반박할 사람은 없었다. 그의 매서운 주먹아래, 진정한 철권정치를 몸소 깨우쳤기 때문이다. 귀족들은 도리어 함께 웃는 시늉을 하며 배꼽까지 잡아 댈 게 분명했다.

"천마……."

조용히 영웅의 이름을 불러본다.

누군가에게는 전신이며, 또 누군가에게는 마신이고, 어느 누군가는 악귀라 했고, 마귀라 했으며, 정신병자에 싸이코라 불리던 존재.

하지만 이곳 대제국에서 만큼은 오로지 영웅으로 불리는 자.

그에 대한 비화를 이토록 세세히 알고 있는 까닭은 간단했다.

"내가 영웅?"

웃기지도 않는 이야기였다.

"크! 나이면서 내가 아니지."

언제고 그의 육신을 빼앗고, 그의 영혼을 구석에 몰아넣었던 다른 세상의 절대자.

천마(天魔)!

차원의 경계를 넘어 그의 육신에 강림한 이계의 지존.

"잠깐 빌린다더니, 무려 20년이나 해 처먹을 줄이야."

지긋지긋한 시간이었고, 악몽 같은 나날이었다.

"굴러온 돌이 박힌 돌 뺀다고 했던가? 아니, 그보다 더하려나?"

집주인 쫓아내고 세입자가 집문서를 챙기는 꼴이었다.

"무림(武林)."

천마가 살던 세상으로써, 이곳의 황제와 같은 위치에 올라 있었다고 했었다.

"아니. 신인가."

황제보다 더 높았다.

기이한 종교의 주인으로써, 이 대륙의 교황과 달리, 그곳에서는 교주라 불리는데, 신이나 다를 바가 없는 경배를 받았다고 한다.

하지만 결국 신은 아니었다. 그렇기에 뒤통수를 맞아서, 이곳으로 건너 온 것이 아니겠는가.

역천무한대법진(逆天無限大法陣)!

그의 수하들과 적도들이 합작하여 만들어낸 진법이었다.

"이곳 세상으로 치면, 마법결계 정도 되려나."

그 결계 속에 갇혀 버린 것이다. 이에 열이 받은 천마가 한계까지 힘을 개방했고, 뒤이어 진법과 천마의 힘이 부딪쳤다. 그로 인해 시공의 균열이 일어나며 차원의 붕괴가 시작되더니, 그 틈새 속으로 천마의 영혼이 빨려들었다. 이내 차원의 경계를 넘어 제튼이 사는 이곳, 대륙 '파라니안'으로 건너오게 된 것이다.

그리고 안착한 곳이 제튼의 육신이었다.

육신의 주인 제튼과 이계의 영혼 천마.

하지만 황당하게도 영혼의 대치는 천마의 압승으로 끝났다.

태양과 반딧불!

둘이 지닌 영혼력의 차이는 그 정도로 어마어마하여, 제튼은 감히 올려다 볼 엄두도 낼 수가 없었다.

운이 좋았다고 할까? 갑작스런 차원이동으로 천마 역시 적잖게 지쳐있었고, 그 때문에 제튼을 소멸시키는 것까지는 힘에 부쳤다고 한다. 덕분에 제튼이 생존할 수 있던 것이다.

이후 천마가 보여준 태도는 실로 놀라웠다.

'절대자가 괜히 절대자가 아니란 걸 알았지.'

갑작스레 이세계로 넘어와 버린 그 상황에 당황할 법도 하건만, 그는 대범하게 이를 받아들여 버렸다. 오히려 능숙하게 제튼의 육신에 담긴 기억까지 읽어내더니, 단번에 이 세상에 적응을 해 버리는 게 아닌가.

그러더니 대뜸 이따위 말을 지껄인다.

〈아주 잠깐, 딱 10년만 즐기다가 갈 테니, 좀만 참아라.〉

"설마, 그 두 배나 살다가 갈 줄이야."

자신의 영혼을 소멸시키지 않은 것만으로도 감사해야 할 상황인지라, 그 제안을 덥석 받아들여야만 했다.

기력을 회복한 뒤, 언제든지 나를 소멸시키는 게 가능했을 텐데도 이렇게 살려줬다.

"이걸 고맙다고 해야 하나?"

지난 20년의 세월을 생각하면 오히려 욕을 한바가지 부어주고 싶었다.

천마가 자그마한 소왕국을 '대' 제국으로 끌어올리는 과정을 곁에서 지켜보았다. 그리고 그의 육신이 얼마나 많은 살인과 죄악을 쌓는지도 볼 수 있었다.

악마!

그가 본 천마는 영웅이 아닌 희대의 악인이요 마인이며 세기의 마왕이었다.

"어릴 적에는 영웅이 되는 걸 꿈꿨는데."

하지만 현실속의 영웅은 꿈처럼 아름답지 못했다.

그것이 천마이기에 그런 것인지 아니면 원래 그런 것인지는 모른다. 단지, 20년의 세월 속에서 꿈과 환상이 깨어졌다는 것, 현실은 지독하다는 것, 악마는 존재한다는 것, 오로지 그런 것만을 깨달았을 뿐이었다.

"20년 세월의 보상이라……."

주먹을 꾸욱 움켜쥔다. 미지의 거력이 그 안에서 약동하는 게 느껴졌다. 하지만 이 힘은 세월의 보상으로 받은 것이 아니라, 그 스스로 쌓은 것이었다.

'내가 지닌 이것으로도 충분해!'

물론 이 힘을 지니게 된 경유를 따져본다면, 결국 천마가 있었기에 가질 수 있던 것이기는 했다. 하지만 그가 육신을 지배하면서 남긴 힘은 따로 있었다.

천마신공(天魔神功)!

무림 최강의 지존신공이라 하였다.

"내게는 필요 없는 것."

그래서 버렸다. 아니, 가뒀다. 봉인했다.

꿈틀!

지금도 육신 한편에 잠들어 코골이를 하는 놈의 숨소리가 들렸으나, 애써 무시하며 생활하고자 했다.

"태양과 반딧불."

처음 천마와 그의 관계는 그러했다. 하지만 지금은 다르다.

"태양과 달!"

여전히 어마어마한 차이가 있었으나, 이걸로도 충분했다.

천마신공이 아니더라도 이미 그는 절대적 존재라 불리기에 아깝지가 않았다.

"그래서 뭐?"

자신도 천마처럼 이능을 부리고 권력을 휘두르며 황제처럼, 아니 황제보다 더 대단하게, 마치 신처럼 군림해야 할까?

"……무의미한 짓."

20년의 세월에 깨달은 건 하나였다.

"그냥 평범하게 사람다운 삶을 사는 게 최고지."

영웅? 다 개나발 부는 소리였다.

"한 명을 죽이면 살인자, 만 명을 죽이며 영웅이라고?"

웃기지도 않는 이야기였으나, 그는 그 살인이 정당화되어 영웅으로 격상되는 현장을 똑똑히 목격했다.

자신의 육신이 첫 살인을 하고, 곧 수십의 적도를 찢어발기더니, 이내 수백의 목숨을 휘둘러서, 수천의 핏물을 쏟아냈고, 수만을 악몽으로 이끌어, 결국에는 수십만의 공포를 쌓아버렸다.

"그게 인간이 할 짓이냐?"

사람이고 싶다 살아있고 싶다 사랑하고 싶다 사랑받고 싶다

괴물로 불리고 악마라 불리다 마왕이 되었고 마신이 되었다

"부디, 평범하게 살다가 가자."

그저 그렇게 지낼 수 있으면 충분했다.

20년 세월을 빼앗긴 것이 분하지도 않냐? 그 세월의 보상으로 영웅의 모든 것을 누려도 되지 않느냔 말이다!

누군가 이리 외칠지도 모른다.

"인육을 썰면서 피로 가득 채운 술잔을 들고, 뼈로 빚은 의자에 앉아, 저주가 새겨진 망토를 두르고, 악마의 얼굴을 연기하라고?"

가운데 손가락을 발딱 세워주고 싶었다.

"천마 말로는 욕이라고 하던데, 확실히 욕 같기는 하네. 이렇게 보니, 곧휴 모양이 맞기는 맞네. 달랑달랑 한 게. 큭!"

천마의 멜랑꼴리한 설명이 떠올라, 잠깐 실소한 제튼이 이내 그릇들을 챙겨들었다.

〈그만한 힘을 지니고 그 따위 삶을 살겠다고?〉

아련하니 바람결에 지긋지긋한 음성이 실려 온다. 아니 어쩌면 회상의 연장인지도 몰랐다.

"곧 사십을 바라보는데, 더 이상 요란하게 살고 싶지는 않수다."

간접경험이라고 해도 20년의 세월동안 갈 데까지 가봤

다. 달갑지는 않았으나 어쨌든 남들이 못해본 건 죄다 해봤다.

"주로 나쁜 쪽이지만……크!"

〈이봐 이봐. 그래서 넌 안 돼. 그만한 힘을 가지고서 겨우 그거라니. 쯧쯧! 그래서야 마두는커녕 마군, 아니 마인도 못 돼! 그 따위 심보로 무슨 마왕이며 마신이냐.〉

웃음이 나온다.

"그러니 난 평생 '마졸(魔卒)'이나 한다고 하지 않소."

〈쯧쯧쯧! 글러먹었어. 어쩌다 이런 놈을 거뒀는지.〉

정확히는 거둔 게 아니라 거둬진 거였다. 물론 주종 관계는 바뀌어 버렸으나, 굳이 진실을 풀자면 그러했다.

"어차피 이제는 내 시대요. 당신의 시대는 갔소."

어둠이 물러간 자리로 새아침이 찾아왔다.

"과거에 얽매이지 않을 것이오. 내게는 현실과 미래가 있으니까."

그렇게 말하며 잠시 허공을 올려다본다. 구름 한 점 없이 맑은 하늘이 눈에 비쳤다. 절로 실소가 흘러나왔다.

"크! 내가 무슨 소리를 하고 있는 건지."

고개를 휘휘 흔든 제튼이 걸음을 내딛었다.

"웃차! 일해야지 일. 아직도 할 일이 태산인데, 이러고 있을 틈이 어디 있나."

집안일이란 게 의외로 쉽지가 않았다. 청소에 빨래 그리고 걸레질까지, 휴식은 그 이후에나 맛 볼 수 있는 달콤한 과실이었다.

"개방귀 끼는 소리를 지껄였더니, 괜히 입이 심심하네."

문득 생각해보니, 달콤한 과실을 먼저 따먹은 다음에 일을 하는 것도 괜찮을 것 같았다. 제튼의 발걸음이 바삐 부엌으로 향했다.

#3. 동검패

#3. 동검패

집안 청소를 끝내고 나니, 어느새 태양이 하늘 중앙에서 이글거리고 있었다. 중간중간 집어먹은 음식들이 있어서 크게 배가 고프지는 않았으나, 그래도 점심이라는 생각에 재차 입이 심심해진 것이다.

"외식이나 한 번 해 볼까나."

집 밥을 먹을까도 싶었으나, 오랜만에 돌아 온 고향이 아닌가.

"추억의 맛 집 탐방도 나쁘지는 않겠지."

이내 어슬렁 거리며 바깥으로 걸음을 옮기는데, 식사 시간대 임에도 불구하고 한산한 거리가 유난히 인상적이었다.

'시골은 시골인가.'

대다수가 소작을 하다 보니, 이처럼 점심때 따로 움직이는 이들의 수가 그리 많질 않았다.

"역시 도심지와는 다르네."

점심시간만 되면 우르르 대이동을 하는 도시의 사람들과는 확연히 다른 모습이었다.

그렇게 고향의 모습을 이리저리 살피며 걷는데, 생각보다 길이 어지러운 게 아닌가. 전체적인 마을의 도로모양이 미묘하게 바뀌어 있는 까닭이었다. 22년 세월이 가져다 준 미묘한 혼돈이었다. 그의 기억이 너무 오래 된 거라는 부분도 혼란에 한 팔 거들어 줬다.

추억과 현실은 엄연히 다른 법이었다.

"이거 참. 여차하면 길 잃어 먹게 생겼네."

그나마 목적지가 거의 직선이나 다름없는 위치에 있어서 걱정은 없었다. 그렇게 쭈욱 나아가다보니 어느새 목적지가 코앞이었다.

"허……!"

터져 나오는 탄식. 추억의 맛집이 있던 자리 위로 웬 거대건물이 들어서 있었다. 딱 봐도 5층은 되어 보이는 건물이었는데, 제국의 영지로써 분위기를 맞춘다며 세운 건물인 듯싶었다.

"파소 할머니의 스프는 더 이상 맛볼 수 없는 건가……."

그보다는 파소 할머니의 걸쭉한 욕설이 그리웠다. 이 인근 영지에서는 소문난 욕쟁이 할머니가 아니던가. 덕분에 자연히 그녀의 음식집도 이름이 알려졌고, 그 맛이 남다르다는 사실이 밝혀지며, 남작령에서는 손에 꼽히는 맛집으로 유명해지기까지 했었다.

"하긴, 할머니도 이제는 연세가 있으실 테니."

대충 무스탄과 비슷한 연세일 것이다. 무스탄이야 워낙 장사였으니 문제가 없으나, 그녀는 달랐다. 그저 어디서나 볼 수 있는 흔한 할머니인 것이다.

'단지, 입이 좀 걸어서 그렇지. 큭!'

추측컨대 연세 때문에 장사를 하기가 어려우니 땅을 팔고 물러난 모양이었다.

'아니면 말고…….'

어쨌든 더 이상 예전 모습이 아니라는 건 확실히 느껴졌다.

"아쉽네."

새삼 동네가 변했다는 사실에 쓴웃음이 새나왔다.

"그래도 다른 영지보다는 사정이 나으려나."

전쟁의 최후방지대에 위치해 있던 덕분에, 옛 모습을 이 정도라도 유지할 수 있는 것이었다.

전방지대에 있던 영지들의 경우에는 폐허가 된 영지에, 새로 건물을 쌓아올리면서 옛 모습은 하나도 찾아 볼 수가 없었다.

'뭐, 그 덕분에 상당히 세련된 영지들로 완성되었지.'

수많은 장인들의 기술력과 엄청난 노동자들의 힘으로, 순식간에 건축물을 완성시켜버렸다.

"할머님 댁이 어디였더라?"

아직 살아 계실까? 문득 궁금해져서 찾아가 보기로 결심했다. 혹여, 돌아가셨다면 인사라도 한 번 드리고 올 생각이었다.

"저 방향이었던가……."

그렇게 중얼거리며 성큼 걸음을 옮겼다.

그리고 정확히 5분 뒤, 그는 길을 잃어버리게 된다.

제튼은 난감한 표정으로 뒷머리를 벅벅 긁으며 주변을 살폈다. 눈에 익은 건물들이 몇 개 보인다. 하지만 눈에 익었다고 믿어서는 안 되었다. 추억 속의 풍경을 연상하고 걷다가 지금 이 꼴이 난 게 아니던가.

"거 참…… 설마 정말로 길을 잃을 줄이야."

장난처럼 했던 이야기가 현실이 되어버렸다.

"그 작자 말마따나, 설마가 사람 잡는다더니……."

여기서 '그 작자'란 천마를 뜻하는 것이었다. 그 이름을 아는 이가 없기에, 굳이 천마라는 이름을 언급해도 상관은 없었으나, 습관처럼 이리 부르는 것뿐이었다.

"오빠?"

그 순간 들려온 음성에 제튼의 귀가 쫑긋 섰다. 시선을 돌려보니 여동생 프릴이 있는 게 아닌가.

"설마, 나 보러 여기까지 온 거야?"

그녀의 물음에 제튼이 어색하게 웃으며 대답했다.

"그…… 그렇지 뭐."

길을 잃어버렸다고 말할 수는 없었다.

'장남의 자존심이 있지!'

"여행하느라고 지쳤을 텐데, 뭘 여기까지 찾아오고 그래. 나중에 그이와 애들 데리고 찾아 간다니까."

"흠흠. 장남이 되어서 동생들만 찾아오게 할 수는 없잖아."

이왕지사 거짓말을 하기로 한 것, 뻔뻔하게 철면피를 깔기로 했다. 그 말에 프릴이 부드럽게 웃으며 그의 손을 잡아끌었다.

"그이는 일터에 나가서 아직 돌아오지 않아서 어쩔 수 없지만, 그래도 애들은 보여줄게. 옆집에 잠깐 맡겨놓고 왔는데, 온 김에 같이 보러가자."

제튼이 슬쩍 손을 빼내며 고개를 흔들었다.

"아…… 아니. 됐어. 오늘은 그저 네 얼굴만 보러 온 거니까. 나중에 다시 네 남편이랑 함께 만나자."

"그냥 애들 얼굴만 보고 가."

"애들이 낯가림을 좀 한다면서, 괜히 나 혼자 가서 놀라게 하느니, 나중에 가족들 다 있을 때 만나는 게 부담도 덜 되고…… 여하튼 그렇게 하는 게 좋을 것 같다."

그리 말하며 연신 엉덩이를 빼는 제튼의 모습에 프릴이 고개를 갸웃거렸다. 하지만 이내 고개를 끄덕이며 제튼의 의견을 따라준다.

"오빠 생각이 정 그렇다면야……."

안도의 한숨을 내 쉰 제튼이 조심스레 제 손을 내려다 봤다.

'수십만을 살해한 이 손으로 조카들을 만지라고?'

물론 그 핏빛 어둠에 잠식당하지는 않았다. 커져버린 영혼력 덕분인지 어둠에 먹힐 걱정 따위는 없었다. 하지만 그래도 왠지 꺼려지는 느낌이 남아 있었다. 가족들과 함께하는 것도 사실 찝찝함의 여운이 존재했으나, 이곳으로 오는 내내 털어버린 덕분에 문제가 없던 것이다.

하지만 조카는 또 사정이 달랐다.

'좀 만 더…… 조금만 더 시간을 다오.'

그렇게 생각하며 프릴과 작별인사를 나눈다.

"애들이 기다리니까. 이만 가 볼게."

"조심해서 들어가."

인사를 마치며 돌아서는데, 문득 제튼의 얼굴에 진한 고뇌가 떠오른다.

'여기가 어디더라……'

여전히 그는 길을 헤매는 중이었다.

길을 잃었으나 걱정은 없었다. 도심지처럼 거대한 영지도 아니고 그저 촌동네 영지에 속한 마을 중 하나일 뿐이었다. 여차하면 위로 올라서 방향을 가늠하면 되는 것이다.

이참에 고향 구경이나 더 하면 된다는 생각으로 느긋이 걸음을 옮겨갔다.

'파소 할머니께는 다음에 찾아가야지.'

굳이 다음이 아니더라도, 이렇게 돌아다니다 발견하면 그 때 들어가도 되는 것이다. 그렇게 이리저리 헤매며 10여분쯤 나아갔을까?

다그닥 다그닥.

저 앞으로 큼직한 마차가 하나 보였다. 저게 정말 마차인가 싶을 정도로 거대한 마차였는데, 저게 바로 그 유명한 순환마차였다. 최대 수용인원은 30명으로써, 각 마을에서 마을로 이동하는 마을간 교통수단이었다.

그리고 이 순환마차를 끌고 있는 네 마리의 말이 보였다. 보통의 말과는 달리 유난히 커다란 체구가 위압적이었는데, 그 위로 마치 전쟁터에서나 입힐 법한 기괴한 갑주를 걸치고 있는 게 눈에 띄었다.

'혈마(血馬)…….'

저 갑주는 말의 독특한 외형을 감추기 위한 것이었다. 몬스터의 피를 먹여서 키운 놈들로써, 어릴 적부터 트롤의 피와 오우거의 피를 주기적으로 음식에 섞여 먹이며, 자체적인 치유력과 근력을 한껏 끌어올린 놈들이 바로 저 '혈마'였다.

피를 먹여 키웠기에 혈마라 이름을 지었다고 생각할 수도 있으나, 사실 다른 이유도 있었다.

'무림에 있을 때, 자주 까불던 놈 이름이 혈마라고 했던가?'

누군지는 모르겠으나 좀 불쌍하단 생각이 들었다.

그도 그럴게 혈마라는 저 말은 몬스터의 피를 먹여서 키운 까닭인지, 그 부작용으로 흉측한 외모를 지니고 있기 때문이다. 못생긴 놈. 이라는 단어와 같은 의미로, 이 혈마 같은 놈 이라는 말이 생겼을 정도이니, 더 말해 무엇하랴.

물론 과한 변이가 있다거나 한 건 아니었다. 단지, 몬스터 피의 부작용인지 유난히 힘줄이 도드라진 정도뿐이었다.

하지만 그 힘줄이 수십, 수백개가 울뚝불뚝 돋아나 있으면 징그럽고 흉측하게 느껴지기 마련이다. 갑주는 그런 징그러울 만큼의 외형을 감추기 위한 방편이었다.

여하튼 이러저러한 이유 덕분에, 족히 12마리 이상의 말이 필요할 법한 순환마차를 단 네 마리로 유지할 수 있는 것이다.

순환마차를 잠시 감상하고 있노라니, 저도 모르게 씁쓸한 표정이 떠올랐다.

'역시…… 제국에서는 어디를 가도 피할 수가 없군.'

저 순환마차 역시 천마의 발상으로 인하여 만들게 된 것이고, 저 독특한 말 역시도 천마의 호기심에 탄생한 녀석들이었다.

제국에는 이처럼 곳곳마다 천마가 부린 호기심의 결정체들이 즐비하게 늘어져 있었다.

"피할 수 없는 과거의 잔재 이련가……."

혼잣말처럼 중얼거리던 그의 발걸음이 어느새 순환마차 쪽으로 나아간다.

"남작령에 들릴 일이 있었지."

마차를 보자 해야 할 일이 생각났다. 이참에 해결하고 오는 게 나을 듯싶었다.

길 잃은 김에 쉬어가자는 생각으로 결정한 게 아니었다. 결코!

마차가 멈추며 사람들이 내리고, 기다리던 마을의 사람들이 올라타는데, 생각보다 그 숫자가 많질 않았다. 평일이고 특별한 시간대가 아니기에 이용 횟수가 적은 것이다.

그렇게 올라타고 보니 순환마차 안에는 총 24명의 인원이 착석해 있었다. 좌우로 늘어진 좌석은 이미 가득 찼기에 바닥에 엉덩이를 깔고 앉아야 했다.

그렇게 자리를 잡고 앉은 뒤, 바닥에 박힌 고리에 손을 건다. 그게 바로 손잡이였는데 마차가 흔들리면 그걸 잡고 버티라고 설치를 한 것이다.

'오랜만에 타 보는군…….'

사실 그 자신은 처음 타 보는 거였다. 단지 천마가 타던 것을 구경한 적이 있을 뿐이었다.

"이랏!"

앞쪽에서 마부가 채찍질하는 소리가 들려왔다.

'드디어 출발인가.'

덜컹 거리는 움직임과 함께 마차가 이동을 시작했다. 보통 천막으로 천장을 덮어놓는데, 날이 좋아 활짝 열어 놓은 덕분인지, 지나는 풍경이 한눈에 들어왔다.

'여전히 느리군.'

실소가 나왔다. 전마로 사용하기 위해 키웠던 말들이 이런 마차를 모는 이유였다.

힘도 좋고 체력도 나쁘지 않다. 하지만 속도가 느리다. 물론 말 특유의 기본적인 속도는 있었다. 하지만 비대한 근육 때문인지, 일정속도 이상이 나오질 않았다.

대신 그 지구력이 대단해서 장거리 보급운송에 최적화

가 되었고, 지금처럼 순환마차로 활용되기에 이른 것이다.

그렇게 풍경을 감상하며 앉아 있는데, 어느 순간부터 기이한 시선이 느껴지며 뒤통수를 간지럽혔다.

뭔가 싶어서 돌아보니, 웬 여인이 그를 뚫어져라 쳐다보고 있는 게 아닌가.

'뭐지?'

의아해서 고개를 갸웃거리는 데, 여인이 슬쩍 엉덩이를 밀며 다가오는 게 보였다. 그러더니 대뜸 옆으로 붙으며 묻는다.

"……제튼, 오빠?"

'나를 알아?'

기억에 없는 여인이었다. 연령대도 그와 맞지가 않아보였다. 얼핏 봐도 20대 후반쯤 되어 보이는 게, 둘째 여동생 펠다와 비슷한 나이 또래였다. 아무리 기억을 뒤적여 봐도 나오는 얼굴이 없어서 조심스레 물었다.

"누구……신지?"

"역시! 제튼 오빠구나?"

박수까지 치며 좋아하는 그녀의 모습에 슬쩍 얼굴이 붉어졌다. 그도 그럴게 여인의 목소리가 생각보다 커서, 순환마차 안의 모든 이들이 시선을 집중시킨 까닭이었다.

여인도 시선을 느낀 듯 얼굴을 살짝 붉히며 속삭인다.

"저 모르시겠어요?"

'모르니까 물어봤지. 알면 물어보겠니?'

이런 제튼의 모습에 여인이 실망한 듯, 한숨을 내쉬더니 슬쩍 한 마디를 더한다.

"오줌싸개."

뜬금없는 소리에 어리둥절해 하다가, 이내 무언가를 떠올린 듯 제튼의 동공이 점차 확장된다.

"오줌싸개 헨몬! 헨몬 웰븐?"

이번에는 제튼의 음성이 커져버렸다. 다시 시선이 모이자 입을 막으며 어깨를 웅크린다. 그러며 조심스레 여인의 눈치를 살피는데, 여인이 씨익 웃는 게 보였다. 그 순간 좌측에 홀로 파이는 보조개가 묘하게 눈에 익었다.

"설마…… 그……."

"세레나요."

"그래. 헨몬의 여동생 세레나!"

이제야 생각났다. 여인, 세레나가 고개를 끄덕이며 다시 속삭였다.

"펠다에게 들었는데, 정말로 돌아오셨네요?"

"……펠다에게 들었다구……요?"

"예. 펠다 집이 저희 옆집이거든요. 그리고 말씀 편하게 하세요."

제튼이 어색하게 웃었다. 세레나를 겨우 기억해 내는데 성공했으나, 헨몬의 여동생이라는 점이 묘하게 양심을 찌른 것이다.

그도 그럴게 어릴 적 얼마나 괴롭히고 놀려댔던가. 그나마 다행이라면 머리가 좀 굵어질 즈음에는 서로 친해져, 나름 잘 지냈다는 점이었다. 하지만 여동생 앞이라서 그런지, 좋았던 기억보다 괴롭히던 기억이 먼저 떠올랐다. 그래서일까? 여동생에게 말을 놓기가 쉽질 않았다.

"설마, 제 오빠한테 한 짓 때문에 그러세요?"

정확히 찌르며 들어오는 세레나의 이야기에 슬쩍 시선이 돌아간다.

'난 그 작자와 달리 양심이 살아있는 인종이니까.'

그 작자는 물론 천마였다. 그는 양심을 거세한 인간이다. 아니, 종 자체가 다르다. 이게 솔직한 제튼의 심정이었다.

"으음! 그땐 정말, 죄송했습니다."

이어지는 사과에 세레나가 실소하며 손을 흔들었다.

"동네에서 소문난 개구쟁이더니, 오빠도 나이를 먹긴 먹었나 보네요."

남동생 켄트를 개구쟁이니 뭐니 했지만, 그게 다 보고 배운 것이 있었기에 나온 행동이다. 사실 동네 개구쟁이 마스터는 제튼이 먼저 선착이었다.

"무슨 옛날 일 가지고 그러세요. 그리고 나중에 헨몬 오빠하고 친하게 지냈던 것 기억해요. 오빠 덕분에 헨몬 오빠가 그나마 집밖으로 나돌 수 있었는걸요. 그러니 괜한 맘 쓰지 말고 편하게 말 놓으세요."

"그…… 그럴까?"

이 정도까지 양보해 주는데 존대를 쓰면 그건 또 예의가 아니다.

'신사라면 덥석 무는 미덕이 있어야지.'

겨우 말을 놓으며 침을 꼴깍꼴깍 삼키는 제튼의 모습에, 세레나가 또 다시 웃음을 터트렸다.

'왠지 유쾌한 아가씨군.'

이런 재미난 여인이 기억의 구석진 곳에 있을 줄이야. 의외였으나 또 한편으로는 당연하다 여겨졌다.

'너무 어렸지…….'

그가 한창 뛰어놀던 당시에는 겨우 아장거리던 세레나였다. 간간히 헨몬의 집을 찾아갔다가 몇 번 스치듯 얼굴을 본 게 전부였다.

'그나마 귀여워서 기억하고 있었지.'

사실 그녀가 기억에 남았다기보다 그녀의 언니가 기억에 남은 것뿐이었다. 제튼 보다 세 살 많던 웰븐가의 장녀 '셀린 웰븐'의 얼굴이 그녀에게서 어렴풋이 비친 까닭이다. 한쪽만 파인 보조개가 특히 그러했다.

그녀는 동네에서 소문난 미인이었다. 어릴 적 은근히 좋아라하던 마음이 있었던 것인지 제법 기억이 선명했다. 어쩌면 셀린의 관심을 끌고 싶어서 헨몬을 그리 괴롭혔던 걸지도 몰랐다.

"펠다와 동갑이던가?"

한번 발동이 걸리자 흐릿해진 기억이 하나 둘 선명해지기 시작했다. 차녀 펠다와 어울리던 것을 가끔씩 봤던 게 생각났다.

"예. 기억하고 계셨네요?"

"이제 조금 떠올랐어. 그보다 어떻게 한 번에 나인 줄 알아봤어?"

"헤헷! 사실 오빠가 제 첫사랑이에요. 그러니까 한 번에 알아본 것 아니겠어요?"

"그…… 그래?"

"풋! 농담이에요. 뭘 그리 진지하게 받아들여요."

"끄응!"

당했다는 생각이 들었다.

"사실, 켄트 오빠와 많이 닮으셔서 한 번에 알아본 거예요."

"켄트와 내가?"

어리둥절해서 고개를 꺾는다. 켄트는 누가 봐도 부친과 친가 쪽을 닮은 전형전인 미남상이었고, 그는 친가보다는 외가 쪽을 닮은 굵직한 남성상이었다.

"잘 보면 닮은 데가 많아요. 눈이라던가, 입술, 그리고……."

세레나가 차근차근 설명을 하는데, 너무 집중을 한 것일까? 어느새 둘의 거리가 가까워져 있었다. 고개를 들이미는 그녀의 모습에 제튼이 슬며시 허리를 빼며 말했다.

"그…… 그래. 닮았나 보다. 형제니까. 형제니까 그럴 수 있지."

당황하는 그의 모습에 세레나가 배꼽을 잡았다.

"푸훗! 오빠 너무 순진하시다."

"끄응……."

완전히 가지고 놀고 있었다. 쓴웃음을 지은 제튼이 화제 전환 겸 질문을 던졌다.

"남작령에 가는 길이야?"

순환마차는 남작령으로 바로 가는 게 아니라, 중간중간 마을을 거쳐서 남작령으로 향한다. 그 때문에 이리 묻는 것이었다.

"예. 아무래도 오늘 즈음해서 합격자 발표가 나올 것 같아서요."

"합격자 발표?"

의아한 듯 쳐다보자 세레나가 허리춤에 양팔을 얹으며 당당히 가슴을 폈다.

"에헷! 제가 이래 보여도 제국 아카데미 사업의 수혜자랍니다."

"아카데미 사업의…… 수혜자?"

"예. 호홋. 2년이나 일찍 조기졸업을 했지요."

그러면서 재차 가슴을 활짝 피는데 안타까운 심정이 들었다.

'가슴이…… 방어적이구나…….'

눈시울을 붉히며 제튼이 재차 물었다.

"조기졸업?"

"예. 원래 6년 교육인데, 제가 워낙 우수해야죠."

그러며 콧대를 세우는데 또 다시 눈시울이 붉어진다. 공격력이 약한 콧대를 본 까닭이다.

'미인은 미인인데, 군데군데 조금씩 아쉽네.'

그래도 동네에서는 손에 꼽힐 미녀이리라. 단지, 제튼이 제국적 미녀들을 원 없이 봐왔다는 게 문제랄까?

"왠지 불쾌한 눈빛이네요."

세레나의 한마디에 뜨끔한 제튼이 손사래를 치며 말문을 열었다.

"이야~! 대단하네. 대단해. 감탄한 거야. 내가 원래 감탄하면 눈빛이 좀 요상해지거든. 하……하핫!"

말도 안 되는 변명이었으나, 어찌 잘 넘어간 듯 세레나가 다시 콧대를 세우고 있었다.

"당연하죠. 제국 아카데미 사업이 본격적으로 시작한지 이제 겨우 5년째인데, 벌써 졸업장을 탔으니까요."

확실히 대단했다. 아카데미의 6년 교육이라는 게 여간

어려운 게 아니었다. 천마 덕분에 서민들에게도 지식을 쌓게 할 수 있는 공간이 만들어졌으나, 그곳은 결코 자비롭지만은 않았다.

배움의 전당이지만 배움의 전장이기도 했다.

스승은 가르치고 학생들은 배운다.

그 뿐이지만, 가르치는 수준이 워낙 높았다. 서민을 위해 만들었다고 하나, 명사들은 기본적으로 과거 아카데미의 눈높이에 맞춰져 있었다.

물론 억지로 눈높이를 낮추고 서민들과 마주보려 노력하기는 한다. 그러나 여전히 그들의 가르침은 어려웠고, 학생들은 따라가기 위하여 매일같이 도서관을 오가며 공부에 전념해야만 했다.

그러고도 따라오지 못하면 낙오되는 것이다.

이렇게 되면 진급을 하지 못한 채, 한 학년을 다시 다녀야 하고, 그런 식으로 경고가 두 번 쌓이면 퇴학처분이 된다.

퇴학자는 1학년부터 재교육이었다.

이 어려운 전장 속에서 정규 졸업도 아니고, 1년 조기졸업도 아닌, 2년 조기졸업을 했다는 소리다.

물론 기존 귀족들의 아카데미에 비하여 수준을 낮췄다고는 하나, 그래도 아카데미였다. 가르칠 건 다 가르친다는 소리였다.

귀족들이 어릴 적부터 가정교사를 들여가며 배웠다는 걸 생각한다면, 4년 만에 이 모든 학업을 이뤄낸 세레나는 그야말로 천재라고 불러야 마땅했다.

"그런데, 합격자 발표라니?"

제튼의 물음에 세레나가 슬며시 얼굴을 붉히는 게 보였다.

"할 수 있다면…… 학생들을 가르치는 일을 해보고 싶어서요."

바로 옆 자작령의 '모던 아카데미'에 원서를 냈다고 한다.

"테룬 아카데미가 아니라?"

남작령에 위치한 테룬 아카데미를 언급하자 세레나가 고개를 흔들었다.

"제가 나온 곳이 바로 테룬 아카데미에요."

기왕이면 다른 아카데미에서 교육을 가르치고, 또 배우고 싶다는 소리였다.

"그리고 사실 테룬 아카데미는 조금 규모가 작은 편이라서, 모던 아카데미에 원서를 넣었어요."

우편배달부가 집으로 통지서를 보내준다고는 하나, 아루낙 마을은 내일이나 모레쯤에 배달이 올 것이다. 그때까지 기다리기에는 마음이 너무 급했다. 때문에 직접 남작령에 위치한 영지 중앙 우체국에서 합격자 발표를 확인하려는 것이다.

"만약…… 떨어졌으면 어쩌려고?"

"매도 먼저 맞는 게 낫다고 하잖아요."

그렇게 말하며 활짝 웃는데, 왠지 그 미소가 유달리 눈부시게 보였다.

어느새 순환마차는 저 멀리 남작령에 접어들고 있었다. 바닥에 앉아 있어서 시야가 낮은 탓인지 정확한 확인은 어려웠으나, 그래도 주변 풍경과 저 멀리 솟구친 산맥의 흐름으로 대략적인 위치는 할 수 있었다.

"그런데 오빠는 남작령에 뭐 하러 가는 거야?"

문득 세레나가 새로운 질문을 던져온다. 오는 사이 제법 이야기를 나눈 덕분인지, 그녀의 말투는 한결 편안해 보였다.

갑작스런 물음에 뭐라 답할지 고민하던 제튼이 이내 어깨를 으쓱이며 진실을 털어놓았다.

"일거리 좀 구하려고 왔지."

"고향에 돌아오자마자 바로 일하게? 이야~! 정말 어른이 되기는 됐나보다."

"내가 너보다 한참 어른이란다."

"그런 사람이 가출해서 20년이 넘게 연락 한번이 없어?"

"……끄응!"

반박할 수 없는 약점을 쑤시고 들어온다. 절로 앓는 소리가 흘러나왔다.

"무슨 일을 할 건데?"

"그건 비밀."

말해줘도 상관없었으나 일처리가 끝나고 확정이 되기 전까지는 굳이 언급하고 싶지 않았다.

"그렇게 말하는 걸 보니까 뭐 할지는 확실히 정하고 가는 거구나."

"이야~! 똑똑한데. 그걸 금세 눈치 채다니."

"엣헴!"

콧대를 세우는 그녀의 모습에 실소하고 있을 즈음, 마차가 드디어 멈춰 섰다. 남작령에 들어가기 위한 성문에 도달한 것이다.

이곳에서 잠시 내려 성문 경비병에게 신분증을 보여줘야지 통과가 가능했다. 이내 마차의 인원들이 전부 내리고 하나같이 품 안에서 목패를 꺼내든다.

성인 장정의 손가락 두 개 크기의 납작한 직사각형 목패, 그게 바로 보통 평민들이 자신의 신분을 증명하기 위해서 들고 다니는 '신분증'이었다. 각 출신과 성명 등이 앞과 뒤로 나뉘어서 적혀져 있었는데, 평민들과 달리 귀족들은 금이나 은 그리고 동을 사용하여 계급의 특별함을 과시하고는 했다.

어느새 제튼의 순서가 되었는데, 웬일인지 제튼의 얼굴을 본 경비병이 깜짝 놀라는 게 아닌가. 바짝 긴장한 모습을 본 제튼이 쓴웃음을 지으며 가벼운 눈짓과 함께 고개를 흔들었다.

저들이 그에게 경례를 하려 한다는 걸 눈치 챈 것이다.

그 가벼운 동작으로 경비병을 물리며 성 안으로 들어 선 제튼이 어색한 미소를 지어보였다. 하필 세레나가 이 요상한 상황을 눈에 담은 게 아닌가.

'끄응…… 그걸 볼 줄이야.'

눈치가 비상한 그녀였다. 게다가 머리도 좋다. 분명 이상하다는 걸 느꼈으리라. 게슴츠레한 눈으로 그를 바라보는 눈빛이 보였으나, 애써 무시하며 순환마차에 올랐다.

"뭐야?"

당연히 이를 내버려 둘 세레나가 아니었다. 냉큼 그의 소매를 움켜쥐더니 물어온다. 어깨를 으쓱이며 능청을 떨었다.

"마차 출발하겠다. 가자."

일견 단호하다 싶을 정도로 거리를 두려하는 모습에, 할 수 없다는 듯 세레나가 한 발 물러섰다. 그러면서도 의심의 눈초리는 거두지 않았다.

'분명, 뭔가 있어!'

연신 따끔거리는 뒤통수에 제튼의 입가에 쓴웃음이 머

물렀다.

'내 실수지…….'

얼마 전 귀향길에 이곳을 통과하면서 있었던 일로써, 그가 지니고 있는 신분증 중에서 가장 낮은 등급의 신분증을 하나 꺼내들었는데, 그게 이곳에서는 특별한 신분증이었던 듯싶었다.

검패!

그가 꺼내어 든 신분증이었는데, 간단히 이야기하자면 이 시대 기사들의 신분증이었다.

보통 평민들이 자신의 신분을 증명하기 위해서 들고 다니는 걸 신분증명패 또는 줄여서 '명패' 라고 한다.

그렇다면 검패는 어떠한가?

우선 둥글납작한 외형을 지니고 있다. 거기에 앞, 뒤로 나뉘어 정면에는 세 개의 검이, 뒷면에는 출신국가의 마크가 진하게 새겨져 있었다.

정면 세 개의 검이 지닌 뜻은 이러했다.

-신과 주군 그리고 스스로에게 당당하여라.

뒷면의 국가 마크의 주변으로는 명패처럼 각자의 출신 및 성명을 적을 수 있는데, 이는 개개인의 자율의사에 따라 바뀔 수 있었다. 굳이 비밀을 고수하려는 이들의 경우에는 그 명성이나 신뢰도 등을 따져서 아무것도 새기지 않을 수도 있었다.

금, 은, 동, 목.

총 네 종류의 검패가 존재하는데, 우선 가장 최하위의 것이 바로 나무로 만들어진 것이다.

이는 기사가 아니라, 그들을 시중드는 견습기사들이 지니는 것으로써, 목검패는 명패와도 그리 큰 차이가 없어서, 실상 검패로도 취급하지 않는 게 보통이었다.

그리고 동검패.

이는 정식 기사를 뜻하는 것으로써, 준남작의 신분도 함께 겸용하는 준귀족의 신분증이기도 했다.

그 위의 은검패.

여기서부터는 정식으로 귀족의 자격을 인정받게 된다. 최소 남작위부터 자작위까지 인정되는 게 바로 이 은검패였다.

마지막으로 금검패.

실로 귀한 것으로써, 지니고 있는 것만으로도 고위 귀족의 자격을 증명하게 된다. 최소 백작위 이상을 인정하는 것이니만큼, 그 주인의 능력에 따라서는 공작위도 충분히 노려볼 수 있는 게 바로 이 금검패였다.

그리고 얼마 전, 제튼은 이런 검패들 중 하나를 이용해서 이곳을 통과했었다.

동검패!

그가 지닌 검패였다.

사실, 그 외에도 은검패와 금검패까지 목검패를 제외한 세 종류의 검패를 모두 지니고 있었다.

〈가출했다가 20년만에 돌아가는 놈이 여태껏 자리도 못 잡고 있었어봐. 얼마나 쪽팔리겠냐. 그러니까 요런 것 하나쯤 떡하니 들고 가야 체면이 서는 거다.〉

천마가 무림으로 돌아가기 직전 그의 직속수하를 시켜 만든 것으로써, 서류상으로도 아무 하자가 없는 완벽한 검패였다. 굳이 금, 은, 동의 세 종류를 모두 만든 이유는 각각의 상황에 맞춰 사용하라는 의미였다.

〈결국 네놈 그 소심한 성격에 동검패나 찔끔거리며 사용할 게 뻔하지만, 그래도 혹시 모르니까 받아 놔라. 마지막 정리라고 생각하고 지니고 있어.〉

비록 맘에 안 드는 존재였으나, 미운정을 생각해서 하나쯤 품고 있자는 생각을 해버렸다. 그렇게 은검패와 금검패는 녹여서 환전하고, 동검패만 이렇게 품은 것이었다.

어쩌면 그의 이런 행위를 예상하고 세 종류를 맞춰줬는지도 몰랐다. 그러지 않고 동검패만 줬더라면 그것도 이미 녹여서 환전해버렸을지도 모르기 때문이다.

세 개를 받았기에 하나는 남은 것이다.

하지만 설마 이 동검패가 이런 문제를 가져 올 줄 누가 예상이나 했겠는가.

'에휴~! 설마, 이곳에서는 동검패가 은검패와 동급일 줄

누가 알았나…….'

경비병들의 빠릿빠릿한 모습을 보라, 괜히 속이 쓰리고 애가 탔다.

'빌어먹을 촌동네!'

그냥 동검패가 아닌, '대제국' 동검패였다. 천마의 배려 덕분인지 이곳에서는 제국전쟁의 '최전방' 에 투입된 영지가 없었고, 덕분에 이 근방에서는 제국의 이름으로 새롭게 발급된 동검패는 특별할 수밖에 없었다.

이곳 영주의 호위기사가 은검패를 지녔다고 하는데, 그건 제국이 아닌 왕국시절의 은검패로써, 속된말로 한끗발 떨어지는 것이다.

'소문이 나지 않도록 부탁을 하기는 했는데……. 끄응! 모르겠네.'

언제고 그의 동검패가 알려질지도 몰랐다.

'그냥 용병패나 내밀걸 그랬어.'

그래도 고향에 오는 건데, 좀 더 당당하자는 생각에 내민 동검패가 제대로 말썽거리가 되어버렸다.

여전히 그의 뒤통수를 쏘아보는 세레나의 눈초리에 괜히 위가 아파왔다.

'아…… 천마. 썅!'

떠난 뒤에도 그를 괴롭게 한다. 차원을 넘어 그를 저주하는 재주가 있나보다.

순환마차가 멈춰 선 곳은 남작령의 중앙광장에 있는 분수대 앞이었다.

"하차~!"

마부의 외침과 함께 우르르 사람들이 순환마차에서 내렸다.

"그럼, 이만 수고해라."

제튼은 하차하기가 무섭게 세레나와 작별인사를 했다. 아무래도 성문 앞에서의 일 때문에 빨리 자리를 피하고 싶은 모양이었다. 세레나가 무어라 제대로 인사를 건네기도 전에 이미 제튼은 저 멀리 걸어가고, 아니 도망가고 있었다.

"흐음……."

그 모습이 더욱 세레나의 신경을 건드렸을까? 그녀의 매서운 눈초리가 제튼의 뒷모습을 마지막까지 쫓아왔다.

빠르게 중앙광장을 벗어난 제튼이 가슴을 쓸어내리며 벽 한쪽에 기대어 섰다. 그러면서 슬쩍 뒤쪽을 바라봤다. 혹여 세레나가 뒤를 쫓는지 살피는 것이다. 하지만 다행히도 그녀의 흔적이 보이지는 않았다. 재차 가슴을 쓴 제튼이 한결 편안해진 모습으로 걸음을 옮겼다.

"아무래도 영주성으로 가야겠지?"

한 차례 대면을 한 적은 있었다. 아무래도 얼마 전 이곳을 지날 당시, 제국 동검패로 인하여 자그마한 소란이 일었고, 그 때문에 영주와 직접 마주치게 된 것이다.

'에휴~! 또 쓸데없는 소리나 안 했으면 좋겠는데.'

대제국전쟁의 기사!

이 호칭이 주는 메리트가 생각보다 큰 모양인지, 그를 향해 끊임없는 러브콜을 보내왔었다.

천마의 배려로 인해, 이 인근에서 대제국전쟁을 거쳐낸 기사를 찾아보려면, 저 옆의 자작령 정도는 가야 볼 수 있었다. 얼마 전 남작의 이야기를 들어보면, 그나마도 그 숫자가 채 열명을 넘지 않는다고 한다.

'그래도 인근 영지를 관할하는 대영지인데, 겨우 열명이라니. 쯧!'

보통 백작위 이상은 되어야지 대영주의 자격을 얻지만, 이 근방에는 백작위를 얻은 이가 없었다. 그 때문에 자작령이 대영지가 되어 인근 영주들을 관리하게 된 것이다.

어쨌든 상황이 이러하니 제튼의 희소가치가 남다를 수밖에 없었다.

'이 빌어먹을 것!'

제튼이 품 안에서 동검패를 꺼내 든 뒤, 그 뒷면의 마크를 가만히 살폈다.

칼레이드 왕국이 칼레이드 제국이 된 이후 사용하게 된 '그리폰'의 문양이 눈에 띄었다. 왕국 시절에는 와이번을 사용했었는데, 제국이 되면서 그리폰으로 바꾼 것이다.

와이번과 그리폰!

바로 이 차이가 왕국 시절의 검패인지, 제국 발행의 검패인지를 확인시키는 기준점이었다.

'천마가 탈것으로 애용하던 녀석이 제국의 수호신이 되다니.'

웃기지도 않는 이야기였으나, 동시에 제국에서 천마가 지닌 위치를 깨닫게 만들어 주는 내용이기도 했다.

'이미 준비하고 있겠지?'

그가 성문을 통과했다는 보고가 이미 영주의 귀에 들어갔으리라.

'에휴~!'

아니나 다를까. 저 멀리 보이는 영주성 정문으로 남작의 집사가 마중 나와 있는 게 보였다.

'내가 올 지 안 올지 어떻게 알고…… 쯧!'

만약 찾아가지 않았더라면, 집사가 직접 영지를 돌아다니며 그를 찾았으리라.

쓸데없는 짓을 한다고 생각했으나, 그래도 얼굴에는 웃음을 그려냈다. 어느새 집사가 그를 발견한 까닭이었다.

"오랜만에 뵙습니다."

먼저 다가온 집사가 허리를 깊이 숙여온다. 그 모습에 제튼도 마주 예를 갖췄다. 그러면서 묻는다.

"영주님을 뵈러 왔는데, 혹시 뵐 수 있겠습니까?"

집사가 흔쾌히 고개를 끄덕이며 그를 환영했다.

"들어오시지요. 그렇잖아도 기다리고 계시던 참입니다."

저도 모르게 눈살을 찌푸릴 뻔 했으나, 애써 미소를 유지한 채 안으로 걸음을 옮겼다.

확실히 이곳에서는 대제국 동검패의 힘이 크긴 큰 모양이었다. 그가 온지 30분도 지나지 않았건만, 영주와의 만남이 즉각 이뤄지다니.

'쯧……용병패를 썼어야 했어.'

새삼 후회가 물밀듯 밀려왔다.

유난히 옆으로 성장해버린 '덩어리'의 소유자. 그게 바로 '루테츠 스테일' 남작 고유의 인상이었다.

듣기로는 어렸을 때 약을 잘못 먹어서 저리 되었다는데, 하는 짓을 보면 결코 그렇지가 않았다.

"우걱. 우걱……그러니까. 꿀꺽! 우리 스테일 남작령의 대표 기사가 되, 꿀꺽! 되어보는 게 어떻겠나."

보라. 한 마디 끝내기가 무섭게 먹고 삼키고 씹고 뱉어내는 저 어마어마한 역량을, 그야말로 '위' '대' 한 남자가 아닌가.

'먹던지 말하던지, 제발 하나만 해 다오.'

성질 같아서는 저 복부에 전사경을 먹여 있는 걸 다 토해내게 하고 싶었으나, 아쉽게도 그는 천마가 아니었다.

'조용히 살고 싶다고…….'

그런 생각으로 영주의 제안을 단호히 거절했다.

"전에도 말씀드렸듯이 이제는 검을 놓고 싶습니다."

"허어……꿀꺽. 그거 참 아쉽구만. 찹찹찹."

여전히 먹으면서 대화를 나누는 영주의 신기 속에서, 두 사람의 대화가 이어졌다.

"자네 같은 인재가 검을 놓다니. 찹찹. 저번에 말했던 것처럼, 꿀꺽. 정말 농사나 지으려는 생각인가?"

"예. 이제는 피 대신 흙을 만지고 싶습니다."

그 정중하고도 간절한 어투에 루테츠 남작이 돌연 식사를 중단하며 시선을 마주치는 게 아닌가. 진심이 통한 것일까? 남작의 표정이 언뜻 굳어가는 게 보였다.

"꺼어어억~!"

아니다. 그저 빠른 소화가 이뤄지고 있던 것뿐이다. 시원한 방출과 동시에 그의 폭풍식사가 다시 시작되었다.

'썩을…….'

자꾸만 나오려는 욕설을 삼켜내며 제튼이 급히 고개를 숙였다. 트림 공격에 표정이 살짝 구겨진 까닭이다. 각종 요리들이 잘 버무려진 놈의 향기가 너무 강렬했다.

그러거나 말거나 남작의 이야기는 쉴 새 없이 이어졌다.

"찹찹. 농사를 지으려면, 꿀꺽. 땅이 있어야 하는데, 쓸 만한 땅은 있고? 찹찹."

"그 문제 때문에 남작님을 뵙고자 한 것입니다."

"호~오. 찹찹?"

"땅을 좀 얻었으면 합니다."

"찹찹. 내 땅을?"

"예. 쉽지 않을 거라는 건 알고 있습니다. 하지만 제 동검패의 권한과 합리적인 가격을 토대로 토지를 구하고자 합니다."

사실, 평민이 땅을 얻는다는 건 쉬운 일이 아니다. 영주의 허락이 없으면 절대 구할 수 없는 까닭이었다. 하지만 그 위치가 준귀족의 신분으로 상승하면 이야기가 달라진다. 준귀족 이상부터는 일정 영역 이상의 토지를 소유할 수 있는 기본 권한이 있기 때문이다.

거기에 동검패를 지니면 기사로써의 최소 권한이 보장되면서, 그럴싸한 땅덩어리를 구하는 건 문제가 되지 않았다.

하지만 여기서 문제가 하나 발생한다.

"자네는, 찹찹. 검을 놓는다 하지 않았나? 꿀꺽."

기사로써 은퇴를 한다는 건, 동검패의 권한의 일부를 내려놓는 것과 같다. 정년을 마치고 물러나거나 신체적 결함으로 물러나는 게 아닌 이상, 일부 제한을 받을 수밖에 없었다.

그리고 제튼의 은퇴는 제한적인 영역에 있는 것이었다.

"많은 땅을, 찹찹. 구하기는 어려울 텐데? 꿀꺽."

물론 돈을 어마어마하게 투자한다면 또 이야기가 달라진다.

"돈 많나? 찹찹."

제튼이 쓴웃음을 지었다.

'돈이야 많지.'

단지 그 중에서 제대로 쓸 수 있는 게 없을 뿐이다. 결국 잠깐 용병생활을 하며 벌어들인 돈으로 해결을 봐야 하는데, 땅을 구입하기에는 터무니없이 부족한 수준이었다.

딱 최소 금액만 갖춘 상태였는데, 그 정도로는 가족들을 먹여 살리는 데 무리가 있었다.

'자소작농이 아닌 자작농 한번 되 보자.'

자소작농은 자작과 소작을 겸임하는 것인데, 땅이 부족한 자작농들이 땅을 대여해서 소작도 함께하는 경우를 뜻했다.

"솔직히 제가 가진 자금이 좀 부족합니다. 그래서 말씀드리는 건데…… 회색들판을 구입할 수 있겠습니까?"

"그곳을? 찹찹?"

남작의 눈이 동그래졌다.

"거긴, 찹찹. 자갈밭인데?"

"그러니 가격도 싸지 않겠습니까."

"찹찹. 정말 괜찮겠나?"

"땅을 고르는 작업이 오래 걸리기는 하겠지만, 그래도 비싸지는 않으니까요."

제튼의 말에 남작이 고민을 거듭한다. 개간되지 않은 회색들판이라고 하나, 그래도 어쨌든 땅을 넘긴다는 건 여러모로 생각을 하게 만드는 문제였다.

'그냥 팔기는 아쉬운데…….'

순간 번뜩이는 아이디어가 떠올랐다.

"찹찹. 좋아. 팔도록 하지. 꿀꺽. 단! 한 가지 제안을 하고 싶군. 찹챠찹!"

"……제안이라니요?"

왠지 모를 불안감이 엄습해왔다.

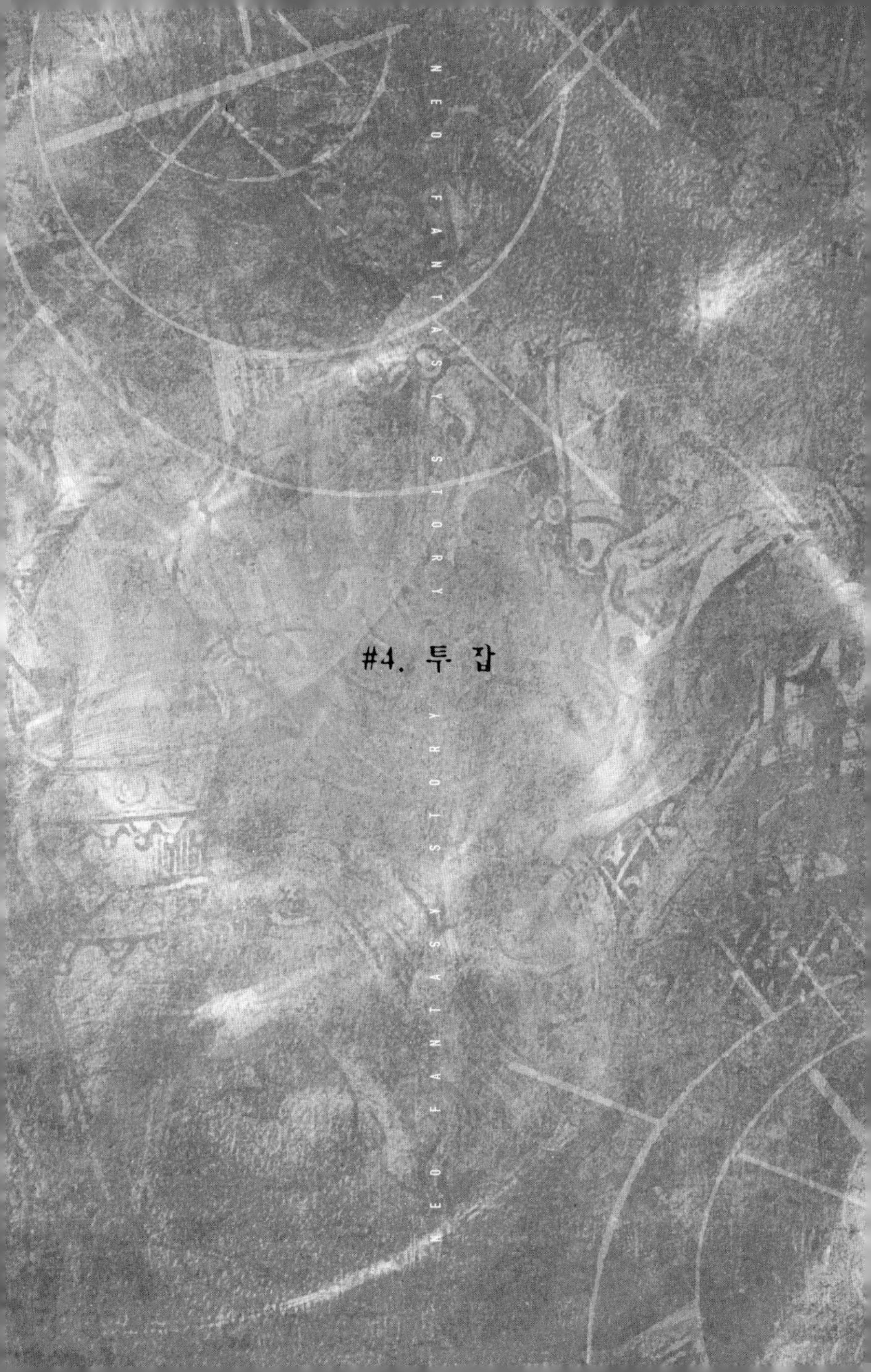

#4. 투잡

#4. 투 잡

땅을 얻었다. 회색들판이라 불릴 만큼 돌맹이로 그득한 엉터리 토지였으나, 어쨌든 제튼 반트의 이름으로 땅을 구입한 것이다. 부친의 이름으로 구하고 싶었으나, 아무래도 평민이 얻을 수 있는 땅과 준귀족의 신분으로 얻을 수 있는 땅의 가격차가 크기에, 그의 이름으로 등록한 것이다.

"하아! 후우~! 에휴……."

하지만 어쩐 일인지 제튼의 표정은 전혀 기뻐보이질 않았다. 오히려 한숨과 근심이 가득해서 당장이라도 땅이 꺼질 것 같은 분위기를 연출하고 있었다.

분명, 나쁘지 않은 거래였다.

회색들판이라고는 하나 그가 예상했던 것보다 무려 3배

나 넓은 토지를 얻었으니, 박수까지 쳐가며 좋아해야 할 정도였다. 하지만 한 가지 조건이 자꾸만 그의 신경을 거슬리게 한다.

〈찹찹. 일 한번 해보게. 찹찹.〉

그의 밑에서 일할 생각이 없다고 재차 말을 하려는데, 남작 왈!

〈시간 강사. 찹찹. 일인데. 찹찹. 어떤가?〉

여동생이 다니는 테룬 아카데미 기사학부의 시간강사를 해달라는 제안이었다.

원래 구상은 제튼을 밑에 두고서 주변 영주들에게 자랑을 하는 것이었으나, 제튼의 완고한 거절에 계획을 조금 변경한 모양이었다.

–내 영지의 아카데미에는 제국 동검패의 기사가 강의를 한다.

기존 계획보다는 못하지만 그래도 제법 끗발이 설 것 같았다. 자작령에 위치한 모던 아카데미에도 제국 검패의 기사는 없기 때문이다. 물론 왕국시절 은검패를 지녔던 기사들은 다수 있었다.

하지만 제국 검패의 소유자는 없던 것이다.

"미치겠네."

한참 고민하는 그에게 남작이 재차 조건을 제시했다.

〈찹찹. 내 제안을 받아들이면, 찹찹. 땅을 두 배로 내어

주지. 찹찹찹.〉

갈등의 심화과정에 이르고, 그 즉각 남작이 결정타를 날렸다.

〈세배!〉

콜이었다. 대답하고 난 뒤에야 아차 싶었으나, 이미 입밖에 뱉어버린 이상, 주워 담는 건 불가능했다. 평민간의 거래도 아닌 귀족과의 거래다. 실수? 그딴 건 생각할 수도 없었다.

"어찌한다."

어차피 주 1회에 2시간 밖에 안 되는 짧은 강의였다. 제튼의 앓는 소리에 남작이 사정을 봐 준 것이다.

"쯧! 생긴 것과 다르게 성격은 좋아서…… 젠장."

성질머리를 부리기에는 남작이 제법 괜찮은 영주였다. 먹는 모습을 보면 정말 뭐 저런 개돼지가 다 있나 싶겠으나, 그가 사는 풍경을 본다면 꼭 그렇지만도 않았다.

'영주성 어디에도 사치품이 없었지.'

먹는 것을 제외하고는 헛되게 돈을 부리는 경우가 없었다. 게다가 이곳으로 오는 와중에 이리저리 귀동냥으로 들은 이야기도 제법 있었다.

얼핏 듣기로는 소작세금을 3:7로 나눈다는데, 대부분 영지의 세금 비율이 4:6에서 5:5인 것을 감안한다면, 그는 확실히 좋은 영주가 틀림없었다.

"어우. 생긴 건 악덕 영주인데, 하는 짓은 뭐 그따위야!"

잘해줘도 난리였다.

"쯧…… 어쩔 수 없나."

뒷머리를 긁적거린 제튼이 한숨을 푸욱 내쉬며 허공을 올려다봤다. 맘에 안 드는 조건이었으나, 겉보기와 달리 선해빠진 영주의 제안을 더 이상 거절하는 건 예의가 아닌 것 같았다.

"테룬 아카데미라……."

저 한쪽의 낮은 지붕 너머로 우뚝 솟은 시계탑이 하나 보인다. 좀 더 정확히는 시계탑 주변에 적힌 문구가 시선을 사로잡고 있었다.

-테룬 아카데미!

그가 가야 할 목적지였다.

품 안에는 방금 막 제작한 따끈따끈한 영주의 추천장이 김을 내고 있었다.

"끄응…… 미치겠네."

왠지 발길이 무거워졌다.

◈

테룬 아카데미.

스테일 남작령에 세워진 배움의 터전으로써, 인근 영지

의 아카데미들 중에서는 손에 꼽히는 역사를 자랑하는 곳이었다.

물론, 그래봤자 겨우 5년이었으나, 제국 아카데미 사업의 초창기부터 뛰어들었다는 걸 생각한다면, 그래도 최전선에 있다고 볼 수 있는 것이다.

구석진 영지에 있는 탓에 별로 아는 이들이 없다는 게 흠이기는 했으나, 그래도 그 외형만은 제법 그럴싸하게 갖춰져 있었다. 영주의 전폭적인 지지가 있었기 때문이다.

그래서일까? 인근 영지들 중에서는 유일하게 자작령의 모던 아카데미와 어깨를 나란히 할 만한 곳이기도 했다.

하지만 딱 거기까지였다.

인맥의 차이. 혹은 계급의 차이, 또는 자금의 차이.

자작령의 모던 아카데미는 외형에 어울리는 내실을 다지는데 성공했다. 하지만 남작령의 테룬 아카데미는 외형은 봐줄만 했으나, 내부는 상당히 부실한 상태였다.

남작은 주변 영지를 돌아보며 제법 실력이 있는 이들을 초빙하고자 했으나, 이미 대부분이 자작의 요청에 의해서 모던 아카데미로 가버린 것이다.

모던 아카데미 역시 제국 아카데미 사업의 초창기 멤버였다. 동일선상에서 출발했기 때문일까? 실력자 초빙에서 급이 낮은 남작이 밀릴 수밖에 없었다.

결국 외적인 모습과 달리, 내적인 요소에서 모던 아카데미와 차이가 나버리게 된다.

"그래서, 자네가 그 내부격차를 줄이기 위한 카드라 이건가?"

제튼은 자신을 못마땅하게 쳐다보는 노인의 말에 쓴웃음과 함께 입을 열었다.

"과장이십니다. 그저 영주님께서 저를 좋게 봐 주신 거지요."

굳이 동검패를 언급하지는 않았다. 제튼의 심정을 헤아려 준 모양인지, 영주도 굳이 추천장에 동검패에 대한 기록을 자제했고, 덕분에 이처럼 대답하는 것이었다.

"자네가 설마 그 동검패의 기사인가?"

헌데 노인의 입에서 대뜸 감추려 한 내용이 튀어나온다.

"그 표정은 뭔가? 우리 영지에 제국 동검패의 기사가 나타났다고 소문이 자자하기에, 한 번 추측해 본 것인데, 정답인가?"

뒷목이 뻐근해졌다. 영주는 이미 동네방네 소문을 다 내고 다닌 모양이었다.

'이…… 이 개돼지 버그베어 새끼익-!'

속에서는 열불이 솟구쳤으나 입가에는 미소를 유지한다. 하지만 내, 외부의 감정적 차이 때문일까? 어색한 미소가 그려지고야 말았다.

그래도 이게 어딘가. 똥 씹은 표정을 내보이는 건 안 될 말이었다.

그도 그럴게 눈앞의 노인장이 바로 이곳 테룬 아카데미의 교장인 '아스트 어거르만' 이기 때문이다.

초면부터 틱틱거리는 저 태도에 불만을 가질 수도 있겠으나, 꼬장꼬장하게 생긴 저 노인장의 위치를 생각해 본다면, 그 정도는 이해하고 넘어가 줄 수 있었다.

'여동생 학점을 생각한다면, 참아야지!'

물론 평범한 삶을 위해서도 버텨야 했다.

'썩을…… 계급이 깡패지!'

게다가 하필이면 노인의 신분이 무려 남작이란다. 제법 이름난 명사로써 학문에 뜻을 둔 이들이라면 누구나 알 정도라는데, 아쉽게도 제튼은 이 부분에 대해서는 까막눈일 뿐이었다.

남작의 이야기를 들어보면 상당한 명성이 있다고 한다. 실제로 저 수도권 아카데미에서도 그를 초빙하려 했다고 할 정도였다니, 분명 가벼운 수준은 아닐 것으로 여겨졌다.

헌데, 이런 대단한 자가 어찌 모던 아카데미가 아니라 테룬 아카데미에 있는 걸까? 이유는 간단했다.

"확실히 나쁘지는 않군. 자네가 정말 동검패의 기사라면, 그 빌어먹을 난쟁이 '토파스' 를 물먹여 줄 수 있겠어."

토파스 마루단!

모던 아카데미의 교장으로써, 아스트의 숙적이었다. 출발 전 영주에게 둘 사이의 이야기를 간단히 들었는데, 그 내용이 황당했다.

'여자 하나를 두고 삼각관계로 빠졌다고 했나?'

원래는 아주 절친한 동문이었다는데, 하필 사랑이라는 놈에게 홀려서 하루아침에 원수가 되어버린 것이다. 더 서글픈 건 따로 있었다.

'결국 여인은 다른 남자에게 시집가고, 두 사람은 닭 쫓던 개가 되었다던가.'

그 부분이 더욱 서로를 자극했나 보다.

〈너만 없었으면 그녀는 내게 왔을 거다.〉

〈내가 할 소리! 너 때문에 그녀가 도망갔다!〉

니가 나쁜 놈 내가 잘난 놈 하며 티격태격 싸우다가 어느새 50년이 흐른 것이다.

'그 오랜 시간을 투닥거리다니. 정말, 징글징글하다!'

이런 제튼의 불순함 심정을 느꼈던지, 아스트의 두 눈이 매섭게 불을 뿜었다.

"왜 대답이 없나?"

"……예?"

아무래도 너무 깊은 상념에 빠지면서 아스트의 질문을 흘려버린 모양이다. 눈살을 찌푸린 아스트가 재차 물었다.

"난쟁이 놈을 제대로 찌부시킬 수 있냐고 물었잖아?"

'듣기로는 150세르(cm)를 겨우 넘는다던데, 거기서 더 찌그러트리면 드워프도 비웃습니다.'

물론 속마음일 뿐이다.

"그…… 글쎄요."

확답은 하지 않았다.

'설렁설렁 할 생각이라서, 자신하기는 어렵겠네요.'

게슴츠레한 눈빛으로 아스트가 제튼을 살폈다.

"열심히 하는 게 좋을 거야. 그렇지 않으면 영주 추천이고 나발이고 볼 거 없이 개작살을 내버릴 테니까. 알지? 내가 영주의 스승이면서 그놈 부친과 친우였다는 거."

몰랐다. 지금 알았고 덕분에 더욱 기어야 함을 깨달았다.

'하아……! 조용히 살기가 왜 이리 힘드냐.'

과거와는 다른 의미로 피곤해지는 순간이었다.

어디서부터 꼬인 것일까?

그저 가볍게 고향의 맛 집인 욕쟁이 파소 할머니의 스프로 점심을 때우려던 일정이었다. 그러던 게 어느 틈에 순환마차로 이어지더니 이렇게 남작령까지 도달했고, 결국에는 아카데미 강사라는 말도 안 되는 자리에까지 도착해 버렸다.

'어버버버…….'

벙찌는 느낌이랄까? 교장 아스트와의 면담을 무사히 마치고 나오는 제튼의 표정은 언데드 몬스터들의 표정과 매우 닮아있었다.

"기사학부라……."

기사학부 학부장 선생님을 찾아가서 이야기를 나누라는 아스트의 명령이 떨어졌다. 아직 정식 발령이 난 것도 아닌데, 벌써 직장생활이 시작된 느낌이었다.

"이제는 '투 잡' 시대라니까."

애써 스스로를 다독였다. 농사에 시간강사 일까지, 예정에 없던 일이 더해져 두 종류의 직업을 가져버렸다.

아직 자작농이 아닌 탓에, 확실히 부수입이 필요하기는 했다.

"좋게, 좋게 생각하자."

한숨을 푸욱 내쉬며 걸음을 옮기는데, 저 앞에 표지판이 보였다. 표지판이 알려주는 방향으로 쭈욱 길을 올라가니, 지붕이 있는 큼지막한 대형 연무장이 하나 나타났다.

"허…… 아낌없이 투자를 했다더니, 허언이 아니었네."

남작의 말이 새삼 떠오르는 순간이었다.

보통 기사들의 연무장은 평범한 흙바닥이나 들판을 정돈해서 사용하는 게 평균이었다. 그 때문에 비가 오거나 눈이 올 때면 대부분의 훈련이 제대로 이뤄지지 못하고는 했다.

이런 부분을 대처하기 위해서, 고위 귀족들은 지붕식 대형 연무장을 설치해 훈련일정의 빈틈을 메우는 방법을 도입했다.

상당히 괜찮은 방식으로 마법사들의 도움을 얻는다면, 상급 기사들의 대련도 가능할 만큼 튼튼한 연무장도 제작이 가능할 정도였다.

'단지…… 돈이 어마어마하게 들어가서 문제이려나.'

그 정도로 엄청난 거금의 연무장은 아니었으나, 어쨌든 지붕이 있다는 건 매우 중요했다.

'게다가 3층 건물이라니.'

비록 마법 강화는 없었으나, 층층이 연무장을 설치했다는 것만으로도 대단한 투자였다.

'정식 기사도 아니고, 꼬꼬마들 연무장으로는 과할 정도지.'

오러의 발현이 아니고서는 연무장에 이상이 생길 이유가 없었다.

잠시 연무장의 위용에 감탄하던 그가 입구 쪽으로 발을 들였다. 연무장 외곽으로 길게 복도가 뚫려 있었는데, 그 복도를 가로지르면 연무장에 들어갈 수 있는 구조인 듯싶었다.

"어라?"

연무장을 살피던 제튼의 두 눈이 이채를 띄었다.

'포나?'

의외의 장소에서 여동생을 발견한 것이다.

'기사학부라고?'

고개를 갸웃거렸다. 아무리 생각해도 여동생에게서는 기사들의 마초적인 향수가 풍기질 않았던 까닭이다.

'차라리 마법사라면 모를까.'

어리둥절한 한편으로 여동생의 훈련 모습을 유심히 지켜봤다.

'어설퍼. 힘도 없고, 중심도 안 잡혔고, 으음…… 눈은 왜 감는 거니?'

여러모로 살펴봐도 빵점이었다.

'분명 3학년이라고 들었는데?'

3학년 실력이 저렇게 엉망일리는 없다. 아무리 아카데미의 수준이 낮을지언정 저럴 수는 없는 것이다.

'어라? 이것 보게.'

그러고 보니 포나 혼자만이 아니다. 전체적으로 훈련을 하는 아이들의 수준이 매우 낮았다. 좋게 표현해서 그렇지, 안 좋게 이야기하자면 아주 '저질' 이었다.

'들고 있는 목검에 대한 모욕이랄까?'

여동생도 포함된 이야기였으나, 그렇다고 해서 진실을 외면할 수는 없지 않은가.

"뭘 하시는 거죠?"

그 때에 옆에서 들려온 음성이 그의 상념을 깨웠다. 20대 중반쯤 되어 보이는 핑크빛 머릿결의 여인이었다.

"그래 이거지!"

저도 모르게 튀어나와버린 한마디. 여인이 의아해서 쳐다보자 깜짝 놀란 제튼이 제 입을 틀어막았다.

'에구머니나.'

여인의 마초적인 자태에 입이 제멋대로 움직여버린 것이다. 딱 봐도 기사라는 게 느껴지는 여인이었다. 앞서 연무장의 엉터리 훈련에 심적 충격이 컸던 모양인 듯, 여인의 자태에 절로 탄성이 터져버렸다.

입을 가린 제튼의 시선이 여인의 전신을 빠르게 훑어 내려갔다.

'제법인데.'

마초적이라고 표현하기는 했으나, 어느 모로 봐도 여자였다. 그것도 제법 예쁘다는 평가를 받기에 부족함이 없는 미녀다. 그런 미인의 전신으로 은연중에 드러난 근육라인이 묘한 매력을 자아낸다.

남성의 것과 달리 날렵하게 빠진 굴곡들이 침샘을 절로 자극했다.

찌릿!

너무 대놓고 살폈던 모양인지, 여인의 날카로운 시선이

제튼을 찔러왔다.

"흠흠."

괜한 헛기침과 함께 시선을 슬쩍 피했다.

"누구십니까? 참관일도 아닌데, 외부인이 함부로 들어오다니. 대답여하에 따라서 구속을 해야 할……."

"여기 직원입니다."

제튼이 재빨리 말을 끊으며 대답했다. 왠지 복잡해지려는 상황에 재빨리 해답을 던진 것이다.

번쩍!

돌연 은빛 섬광이 허공을 가르며 뻗어 나왔다. 어느새 그의 귀밑에 바짝 붙어있는 검날이 보였다.

"허튼소리 마시죠. 제가 이곳의 직원인데, 당신 같은 교사가 있다는 소리를 들어 본 적이 없군요."

제튼이 양 팔을 들어 올리며 항복의 자세를 취했다. 그러면서 다급히 외친다.

"정말입니다. 여기, 내 안쪽 주머니. 왼쪽 가슴어림에 보면 그걸 증명할 수 있는 물품이 있습니다."

여인이 눈살을 찌푸렸다.

"당신의 몸을 만지고 싶지는 않군요. 그러니 직접 꺼내십시오."

'끄응…….'

앓는 소리가 절로 나왔다.

'그렇게 못난 얼굴은 아닌데. 쳇!'

슬금슬금 품을 뒤져 종이를 하나 꺼냈는데, 교장이 내어준 임명서였다.

"여기. 이걸 보면 아시겠지만, 보름 후부터 이곳에서 시간제 강사로 일하게 되었다는 증명서입니다."

외곽에 교장의 인장이 딱 하니 박혀있었다. 여인이 휙하니 증명서를 빼앗더니 읽어내려 간다. 얼마쯤 지났을까? 여인의 살벌한 눈빛이 한층 매섭게 타오르는 게 보였다.

'어째서?'

앗뜨거라 하는 얼굴로 제튼이 시선을 피하는데, 여인의 싸늘한 음성이 날아들었다.

"당신이 바로 그 동검패의 기사로군요."

'젠장! 동네방네 아주 신나게 나팔을 불었네.'

남작에 대한 원망이 새삼 솟구쳤다. 거기에 더해 떡하니 그의 정체를 밝혀버린 교장에 대한 욕지기도 꾸역꾸역 올라왔다. 애써 화를 삼켜낸 제튼이 어색한 웃음을 지어보이며 물었다.

"이, 이제 확인 됐으니, 이 검을 좀…… 꿀꺽!"

그 말에 여인의 눈가에 이채가 떠오른다.

"정말 소문의 그, 동검패를 지닌 기사가 맞습니까?"

제국에서 인정한 기사라면 이 정도 공격은 피해내야

하지 않은가.

'살기가 없었으니까.'

하지만 솔직히 말하면 괜한 관심만 끌 것 같아서, 여전한 웃음으로 대답을 회피했다. 그 모습에 여인의 눈가에 더욱 진한 주름이 잡혔으나, 이내 한숨과 함께 검을 회수하는 게 보였다.

"레이나 스테일. 기사학부 교직원입니다. 좀 전에는 실례했습니다."

딱딱한 어투의 말투가 그녀의 현재 기분을 대변하는 듯했다. 헌데 요상하게 걸리는 단어가 있었다.

'……스테일?'

설마, 싶은 마음에도 선뜻 묻지 못하고 침만 꼴깍꼴깍 삼키는데, 그녀의 음성이 이어진다.

"학부장님을 만나러 오신 모양인데, 따라 오시죠."

증명서를 전부 읽었기에 알 수 있는 내용이었다. 그 뒤를 따르는 제튼의 표정이 복잡 미묘하게 변해갔다.

'정말로 스테일 남작의 딸?'

그 질문이 너무나 하고 싶은데 할 수가 없으니, 속이 타는 것이다. 질문의 내용을 잘 못 해석하면 무례가 될 수 있기 때문이었다.

만약, 정말로 그녀가 남작의 딸이라면?

'말도 안 돼!'

그 외형에 이런 미녀라니.

'이건, 거의 창조마법의 영역이잖아.'

차마 내뱉을 수 없는 비명성이 그의 목울대를 쉴 새 없이 찧어댔다.

얼마나 걸었을까? 연무장 주변으로 나 있는 복도의 동선으로, 연무장의 여전한 풍경이 눈에 들어왔다. 물론, 간간히 지나치는 창문으로 보이는 것이었으나 여동생이 있는 까닭인지, 그 잠깐의 틈에도 자꾸만 시선이 돌아갔다.

이런 그의 모습을 눈치 챈 것인지, 레이나가 물어왔다.

"수준이 너무 낮아서 실망했습니까?"

핵심을 정확히 찔러오는 그녀의 질문에 제튼이 쓰게 웃었다. 뭐라 대답해야 할지 난감한 까닭이다. 어쨌든 그녀는 이곳의 선생이고, 저 아이들은 그녀의 제자가 아니겠는가.

"저 아이들은 일반학부의 아이들입니다."

'일반학부?'

행정학을 비롯한 경제학 무역 경영 회계 등, 일상생활에 쓰이는 교육부를 통틀어 일반학부라 칭한다. 마법이나 검술 등은 따로 특수학부라고 부르고는 했다.

"일반학부는 고학년이 되면 필수적으로 체력단련 수업을 들어야 합니다."

고학년이란 4~6학년을 말했다. 너무 책상에만 앉아 있다가 허약해지는 아이들이 속출할까 우려해, 교장의 독단으로 만들어진 테룬 아카데미만의 독특한 교육방침이란다.

'포나는 3학년 아닌가?'

다행이 이러한 의문도 이어지는 내용에 담겨 있었다.

"저 아이들은 아직 고학년은 아니지만, 일찌감치 체력단련 수업을 들으면서 고학년을 대비하는 아이들입니다."

고학년 때 듣게 되는 체력단련은 필수과목인 만큼 상당히 힘들었다. 때문에 필수가 아닌 선택과목으로 체력단련을 미리 해 놓는 것이다.

"아무래도 필수과목보다 여유가 있어서, 선택과목으로 일찌감치 경험을 해 놓는 겁니다."

갑작스런 체력단련으로 근육통에 시달리며, 한동안 수업을 제대로 못 듣는 고학년 선배들이 제법 있었다고 한다. 이를 미연에 방지하고자 3학년 이하 학생들끼리 내린 특단의 대책이 바로 저것이었다.

'그런 거였나.'

제튼이 고개를 끄덕이며 포나의 옆모습을 쳐다봤다. 열심히 땀을 흘리고는 있었으나, 확실히 근육통에 시달릴 정도로 치열하게 하고 있지는 않았다.

'적당하군.'

딱 그 정도였다. 그래도 저렇게 1년여를 하고 난다면, 어느 정도 체력이 붙을 것 같기는 했다.

"저기입니다."

문득 들려온 레이나의 음성에 제튼의 고개가 돌아갔다. 저 멀리 '학부장실' 이라는 명패가 시선에 들어왔다.

"그럼, 이만."

할 일을 다 했다는 듯, 레이나가 발길을 돌렸다.

"또 봐요."

제튼이 그녀를 향해 손을 흔들었으나, 그녀는 돌아보는 기색도 없이 그렇게 휙 하니 복도 저편으로 사라져버렸다.

'거참. 딱딱하기는.'

뒷머리를 긁적거린 제튼이 학부장실로 걸어갔다.

캐로 스타푼.

테룬 아카데미 기사학부의 학부장을 맡고 있는 노기사로써, 무려 은검패를 지니고 있는 실력자이기도 했다.

물론 제국 검패는 아니었다. 과거 왕국시절에 발급받은 것이었으나, 그럼에도 불구하고 은검패라는 사실이 그를 무시하지 못하게 만든다.

오러 발현!

왕국시절, 은검패를 지니기 위한 조건이 바로 그것이기 때문이다.

오러란 마법사들이 지닌 마나와 같은 것으로써, 기사를 초인의 반열에 올려놓을 수 있는 미지의 기운이었다.

제국이 되어버린 지금은 동검패의 기사들도 오러를 발현하는 이들이 있다고 하는데, 과거에는 은검패 이상은 되어야지 다다를 수 있는 게 오러 발현의 경지였다.

학부장 캐로는 이 경이로운 영역에 올라선 것이다.

그것도 무려 20년도 더 전의 일이니, 그가 얼마나 강할지는 더 말해 무엇하랴.

'확실히 대단하긴 하네. 익스퍼트 중급이라니. 시골 영지에서는 보기 드문 실력자네.'

내심 감탄사를 터트린 제튼이 조심스레 시선을 내리깐다. 그의 앞에서 무섭게 노려보는 캐로의 눈길을 피하기 위해서였다.

"흐음……."

사납게 그를 훑어보는 캐로의 눈초리가 몸 곳곳을 찌르고 지나갔다.

'은퇴한지 10년도 더 되었다더니, 여전히 현역 못지않은 기세네.'

지금 캐로는 시험을 하고 있었다. 눈빛과 분위기 그리고 호흡 속에 세심한 기세를 담아 제튼을 짓누르고 있는 것이다. 그리고 제튼은 가차 없이 밟혀주는 중이기도 했다.

'쓸데없이 튀지 말자.'

최대한 조용히 살고 싶은 탓에, 제 실력을 드러내고 싶지는 않았다.

“자네가 정말 제국 동검패의 기사라고?”

의심의 눈초리가 내리 꽂힌다.

‘애매할 겁니다.’

제국 동검패의 기사 중에서도 가장 하위 그룹의 수준. 딱 그 정도의 실력만 내비쳤다. 상황이 이러하니 캐로도 판단을 내리기가 어려울 것이다.

가장 하위 그룹이라면, 왕국 시절의 동검패와도 그다지 다를 게 없기 때문이다.

‘내게 너무 많은 기대를 하지 말아주오~. 부디!’

그의 의도대로 된 것일까? 슬쩍 훔쳐 본 캐로의 표정 가득 실망감이 역력했다.

‘조~오아쓰!’

계획대로 됐다. 여기서 완벽을 가하려면 이마 위로 땀방울도 송글송글 그려줘야 한다. 혈류를 자극해서 체내의 열기를 올리자 진득한 땀방울이 올라왔다.

“으음…….”

실망스런 리액션이 비친다.

‘됐다!’

10점 만점에 11점이었다.

‘1점은 노력상.’

잠시 후, 기대하던 음성으로 의도하던 대사가 흘러나온다.

"그만…… 나가보게."

더 할 말이 없다는 저 태도를 보라.

'여기서 잘리기까지 했다면 더 완벽했겠지만, 그럴 수는 없겠지.'

남작과 교장을 거쳐 온 임명장을 무시하는 건 무리이리라.

'오히려 너무 부실하게 보였다가는 더 의심을 살 수도 있으니, 딱 이정도가 적당하지.'

있는 듯 없는 듯, 그렇게 지내는 거다.

'술에 술 탄 듯 물에 물 탄 듯. 크하~! 멋진 내용이야.'

천마가 살던 세상 어딘가에 위치한 나라의 속담이라는데, 참으로 명언이라는 생각이 들었다.

지쳤다는 걸 한껏 어필하기 위하여 어깨를 추욱 늘어트린 채, 그렇게 힘겹게 학부장실의 문을 열고 밖으로 향했다.

그렇게 학부장실의 문이 닫히고, 이 모습을 한심하니 바라보던 캐로의 눈빛이 돌변한다.

'재미있군.'

그는 오래전 은퇴를 한 기사다. 교장 아스트와의 친분으로 인해 다시금 검을 들었으나, 전처럼 피를 보는 행위가 아닌, 교육을 위한 것이기에 이 자리에 서기로 결심할 수 있었다.

제국 전쟁이 본격적으로 시작되던 즈음에 물러났으니, 얼추 10여년 정도의 시간을 일반인들의 틈에 섞여서 살아 왔다.

그 기간을 기사로써의 권위도 내려놓으며 최대한 평범하게 지냈다.

기사의 능력을 지니고 평민으로써 살아 온 것이다. 특별한 힘을 품고 범인의 시점에서 살아 왔던 경험 때문일까?

작게나마 그는 '사람'을 볼 수 있게 되었다.

'숨기는 게 있어.'

기사의 눈으로 제튼이라는 사내를 봤다면, 그 실망감이 이루 말할 수 없을 만큼 컸으리라. 하지만 조금 특별해진 그의 시선이 제튼이란 사내를 달리 보게 만들었다.

그렇다고 해서 특별하게 여기지는 않았다. 단지, 보여진 모습보다 '조금 더' 무언가가 있다는 정도? 딱 그 정도까지 생각이 확장된 것이다.

'적어도 반? 아니지. 한 수? 그 정도는 더 높게 쳐도 되겠군.'

덕분에 보여 졌던 모습보다 아주 '조금 더' 나은 실력으로 상향평가 될 수 있었다. 제튼의 땀 연기가 너무 일품이라 그 이상은 생각하기가 어렵기도 했다.

물론 이 정도로 세부적인 사항은 몰랐다. 그래도 속이려

한다는 걸 알았기에, 그 의도대로 더욱 실망스런 모습을 보여줬다. 하지만 너무 감추려는 태도가 괘씸하여 더욱 부려먹어 주기로 결심해버렸다.

'그래도 명색이 아카데미 강사직인데, 날로 먹으려 하면 안 되지.' 제튼의 의도대로 되기는 했으나, 방향이 조금 틀어진 듯싶었다.

◈

어찌어찌 학부장을 잘 속여 넘기고 나온 제튼이었으나, 아직 더 큰 문제가 남았다는 것을 알고 있었다.

'엄마 아빠한테 뭐라고 말씀 드리지?'

부모님들에게 어찌 밝혀야 할지가 고민되었다. 비밀로 하고 싶었으나 결국 알려지게 될 터였다. 남작 덕분에 깔리기 시작한 소문은 얼마 안 가서 그의 마을로도 넘어 올 것이고, 그 즈음에는 대충 아카데미를 다니는 학생들을 통해 그의 소식도 전달 될 것이 분명했다.

굳이 그게 아니더라도 가족인 포나를 통해서 전해지게 되리라. 포나 역시 아카데미의 학생이기 때문이다.

뒷머리를 긁적거린 제튼이 슬쩍 창밖으로 보이는 시계탑을 쳐다봤다. 아카데미 중앙에 높게 솟아있어서, 어느 위치에서건 확인할 수가 있었다. 게다가 네 방면에 전부

시계를 설치 해 놓은 덕분에, 어디서건 시간 확인이 가능했다.

어느새 오후 4시가 다 되어가고 있는 게 보였다. 대개 선택이 아닌 필수 과목의 경우에는 오후 4시를 기점으로 종료가 된다. 선택과목은 그 이전에도 이후에도 개설되어 있기에, 저녁 8시까지도 수업이 있었다.

'포나는 몇 시쯤에나 끝나려나?'

아직 연무장에서 훈련을 받고 있는 여동생이 보였다. 기왕 온 김에 기다렸다 같이 들어가려고 생각한 것이다.

'우선, 기다려보자.'

동생과의 어색한 공기를 흩어버리기 위해서라도 최대한 시간을 가지는 게 좋을 것 같았다. 팔짱을 낀 채 복도 한편에서 잠시 기다리고 있으니, 어느새 4시 정각이 되면서 시계탑에 설치 된 종이 울린다.

대앵…… 대~앵……

과연, 그 시간에 딱 맞춰서 연무장의 훈련도 종료를 알리는 게 보였다. 이내 가벼운 인사말이 오가고 학생들이 밖으로 나오기 시작했다. 포나 역시 그 무리에 끼어 있었다.

"아!"

그를 발견한 듯, 깜짝 놀라서 탄성을 내지르는 게 보였다. 의외의 장소에서 의외의 인물을 만나자, 그녀답지 않게 목소리가 커진 것이다. 제튼이 활짝 웃으며 손을 흔들었다.

"여기는 무슨 일로……?"

좀 전의 외침이 거짓말처럼 다시 기어들어가는 목소리였다. 그런 그녀의 곁으로 함께하던 여학생들이 묻는다.

"이 아저씨는 누구에요, 언니?"

"삼촌이에요?"

뜬금없는 언어폭력에 제튼의 어깨가 휘청거렸다.

'아저씨라니.'

물론, 나이가 서른일곱이니 그 단어를 피할 수 없음은 안다. 하지만 막상 들으니 매우 슬픈 명칭이지 않은가. 게다가 삼촌이라니. 연달아 터진 치명타에 미소도 꺾여 버렸다.

"오…… 오빠야."

그녀의 소심한 대답에 소녀들이 화들짝 놀라며 제튼을 바라봤다. 그러다가 이내 고개를 갸우뚱하며 다시 묻는다.

"아닌데. 포나 언니 오빠는 더 곱상하게 생긴 미남인데."

"그러게. 저 아저씨는 아무리 봐도 좀……."

'좀 뭐?'

확 하니 성질을 내버릴 뻔 봤다. 부친을 닮은 켄트와 달리 모친의 핏줄을 진하게 이어받은 탓에, 제튼은 덩치도 제법 컸고 선도 굵었다.

"큰 오빠야."

"어머, 언니 오빠가 둘이셨어요?"

"그런데 나이차가 너무 나는 거 아니에요?"

소녀들의 재잘거림을 계속 듣고 있으려니 슬슬 뒷목이 뻐근해져 왔다.

"저희 먼저 갈게요."

다행히 소녀들이 먼저 자리를 피해주면서, 무릎이 꺾이는 것 까지는 막을 수 있었다.

"험한 일을 하시나봐, 얼굴이, 때깔이, 어머 어쩜……."

"저번에 본 오빠는 그 나이에도 피부가 그렇게 좋으시던데."

멀어지는 소녀들의 마지막 타격에 잠깐 오금에 힘이 풀리기는 했으나, 그래도 애써 무릎을 바로 세웠다.

"애…… 애들이 유쾌하구나."

제튼이 어색한 미소를 그려내며 힘겹게 입을 열었다.

"죄송해요. 애들이 아직 어려서."

"아니. 아니야. 그럴 수도 있지. 하……하핫!"

확실히 조금 전 소녀들이 어리기는 했다.

'16~17세?'

아카데미의 입학 기준이 15세 이상이라는 것을 떠올린다면, 아마도 열여덟 정도일 것 같았다. 포나와 같은 수업을 듣는다는 건 저 아이들도 3학년이라는 소리기 때문이다.

"애들이 이제 겨우 1학년이라서 그러니 이해해 주세요."

"1학년?"

의외의 대답이 나와 버렸다.

"3학년인 너와 같은 수업을 듣고 있는데?"

"선택 과목은 학년 관계없이 누구나 신청 가능해요."

"그…… 그래?"

아무래도 아카데미에 대한 지식이 좀 더 필요할 듯싶었다. 고개를 끄덕이는 제튼을 바라보며 포나가 슬쩍 처음의 질문을 되새긴다.

"그런데…… 여기는 어쩐 일이세요?"

"잠깐 볼 일이 있어서 들렀지."

아카데미에 볼일이라니. 의아해서 바라보는데 제튼이 조심스레 답을 해 준다.

"보름 뒤부터 이곳에서 일을 하게 되었단다."

"일이라면……?"

"시간 강사라고나 할까."

잠시 이해하지 못했음일까? 포나가 고개를 갸웃거리는 게 보였다. 그렇게 1초, 2초…… 정확히 5초 즈음 지났을 때, 그녀의 동공이 크게 확장되기 시작했다.

"예에에엣?"

그 시원스런 반응에 제튼의 입가에 쓴웃음이 걸렸다.

◈

이제 겨우 7~8세쯤 되었을까? 딱 봐도 빈약한 체구의 어린 사내아이가 힘겨운 몸짓으로 숨을 몰아쉬며 길을 걷고 있었다.

헌데, 그 모습이 너무 과할 정도로 힘겨워 보인다. 자세히 살펴보니 그 등 뒤로 무언가를 한보따리 메고 있는 게 아닌가.

보따리? 아니다. 그것은 사람이었다.

소년보다 더욱 어려 보이는 4~5살 또래의 어린 여아가 등 뒤에 업혀있었다. 어찌하여 저 어린 아이들이 이 넓은 광야를 가로지르며 나아가는 것일까?

"오빠…… 괜찮아?"

문득 등 뒤에 업힌 여아가 조심스레 입을 연다. 그 물음에 소년이 애써 기운찬 목소리를 내지르며 외쳤다.

"헉. 허억…… 당연하지. 오빠가 겨우 이 정도로 지칠 것 같아?"

하지만 숨소리가 너무 거칠었다.

"미안해. 괜히 나 때문에……."

"걱정 말라니까. 허억…… 헉. 이 오빠는 네가 원하는 건 뭐든지 해 줄 수 있다고 했잖아."

그렇게 애써 활기를 내비친 소년이 돌연 힘찬 걸음을

내딛기 시작했다. 걱정하는 동생을 안심시키려고 있는 힘 없는 힘 죄다 끌어 쓰며 활력을 내비치는 것이었다.

하지만 얼마 지속되지 못하고 걸음은 느려지고 호흡은 가빠지기 시작했다. 괜히 무리를 한 탓에 더욱 빠르게 체력이 떨어져 버린 것이다. 하지만 그래도 멈추지는 않았다.

'이제 얼마 안 남았어.'

언제고 지나쳤던 길이다. 덕분이 기억할 수 있었다.

'저 언덕만 넘으면…….'

아이의 기억이 맞다면 분명 저 너머에 목적지가 존재하리라. 그리고 잠시 뒤, 언덕에 오른 소년의 두 눈에 새로운 활기가 깃들었다.

'보인다!'

드디어 바라던 장소가 눈에 비쳤다. 아직도 상당한 거리가 남아 있었으나, 그래도 눈에 들어왔단 것 하나만으로도 기운이 샘솟았다.

'스테일 남작령!'

등 뒤로 자그마한 약동이 느껴진다. 소녀도 그와 같은 것을 본 모양이다. 아마도 웃고 있으리라. 동생이 웃고 있으리란 생각 때문일까? 소년의 입가에도 한 줄기 따뜻한 미소가 내려앉았다.

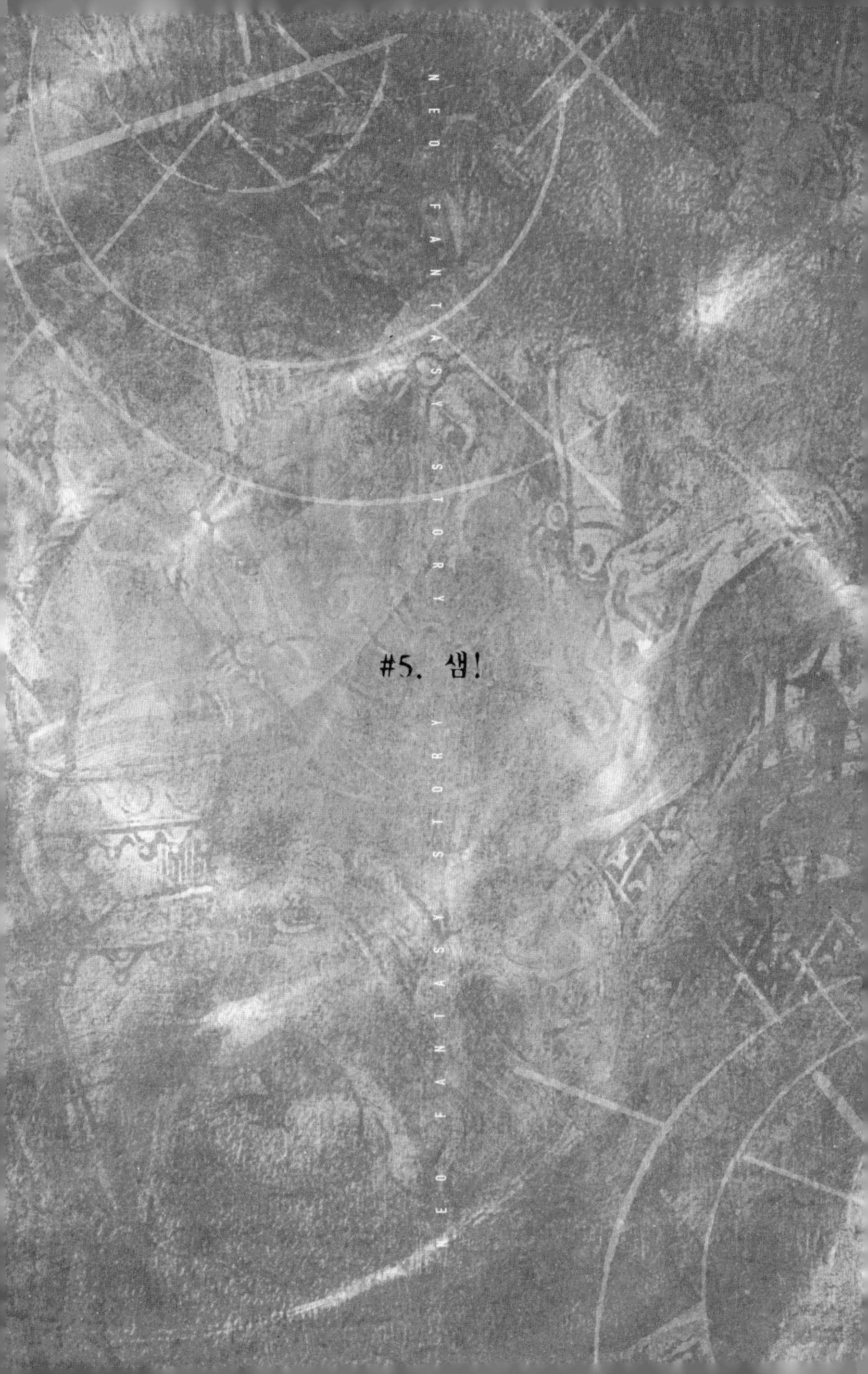

#5. 샘!

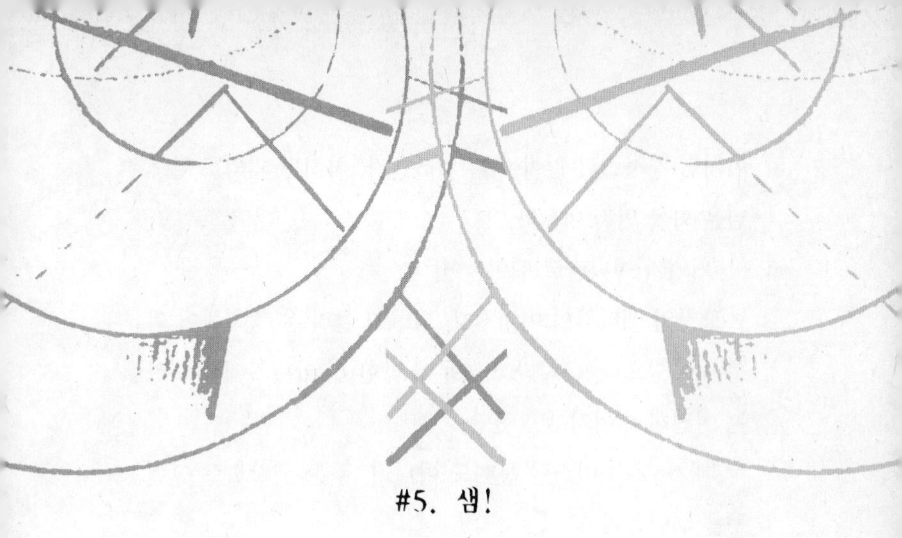

#5. 샘!

제국 동검패 기사라는 사실을 과감히 밝히면서 집안은 한바탕 난리가 나 버렸다.

당연한 수순이었다.

기사!

그 말이 뜻하는 게 무엇인가. 바로 신분의 상승을 의미하는 게 아니던가. 물론 동검패로는 '준' 귀족의 대우밖에 받지 못했다. 정식 귀족이 아니다보니 그들의 생활수준이 평민들보다 크게 나아지는 건 아니었다.

그러나 귀족들이 그를 바라보는 시선이 달라진다.

준 '귀족' 도 절반이나마 귀족은 귀족이기 때문이다. 아들의 사회적 위치가 올라갔고, 집안의 수준이 격상됐다.

이처럼 경사스런 일이 어디 있겠는가. 하지만 의외로 부모님은 화를 먼저 내셨다.

"거기가 어디라고 뛰어들어!"

모친의 매타작이 이어진다. 다급히 달려 온 형제들이 이를 막아줬으나, 그렇다고 말문이 막힌 건 아니기에 잔소리는 여전히 이어져야만 했다.

"네가 무슨 미스릴 통뼈도 아니고, 무슨 생각으로 그런 곳을 뛰어든거야!"

전쟁이다. 그것도 그냥 전쟁이 아닌 대륙의 지배자를 가리는 '대' 전쟁이었다. 이 전쟁으로 대륙의 절반 이상을 홀로 통치하는 거대 제국이 탄생했다. 기사로 참여한 것은 용병으로 참여한 것과는 또 다른 의미를 지니고 있었다.

그런 만큼 전쟁의 위험도 역시 만만찮았을 것이다. 모친은 이를 짐작하며 매질을 하는 것이었다.

'끄응…… 미치겠네.'

귀향 이틀째.

연달아 빗자루에 몸을 내어주고 있었다.

제튼이 고개를 절레절레 흔들며 실소했다.

'큭! 정말 상상하던 그런 일은 하나도 안 일어났네.'

이야기 속에서나 볼 법한 아름다운 귀향 스토리는 이미 첫날부터 깨진 것이나 다름없었다.

'하지만 이틀 연속 매타작이라니. 좀 너무했잖아.'

게다가 골 때리는 일은 그걸로 끝이 아니었다. 매타작 이후 뜬금없는 만남도 가져야만 했다.

"어…… 음. 큼큼. 반갑다."

어색한 몸짓으로 손을 흔드는 그의 모습에 후다닥 몸을 감추는 아이들이 있었으니, 5살이 되었을까 말까한 여자아이 한명과 그보다 어린 남자아이 한명. 각기 '세나'와 '세티어'라는 이름을 가진 두 아이는 바로 프릴과 켄트의 아이들이었다.

즉, 그의 조카라는 소리였다.

프릴의 품에도 자그마한 여아가 한명 잠들어 있는데, 루나라는 아이로 세나의 여동생이었다.

'어쩌다 이렇게 된 건지.'

나중에 따로 마음의 준비가 되었을 때 만나려고 했더니만, 대뜸 먼저 찾아와서 대면식을 치러버렸다. 갑작스레 삼촌 행세를 하려니 생각보다 쉽질 않았다.

참으로 어색하고 민망한 시간이 그렇게 흘러갔다.

'그래도 아주 나쁘지는 않았지.'

처음에는 그를 경계하던 아이들이었으나, 이상할 정도로 조심스런 반응을 보이자 그게 재미있게 비쳤던 것일까? 어느 순간부터는 아이들이 그를 쫓아다니기 시작했다.

아이들이 다가오면 제튼은 화들짝 놀라 피한다. 이게 또 재밌었던지 꺄르르 웃으며 다시금 쫓아온다. 그렇게 정신없이 움직이다 보니 어느새 아이들을 품에 안고 있었다.

'나쁘지는 않았어.'

양 손을 내려다보는 제튼의 눈시울이 언뜻 붉어질 때였다.

"선생님!"

돌연 들려온 외침이 그의 아름다운 상념을 깨워버렸다. 물빛 그림자가 눈 밑까지 다가왔건만 그 아련함을 깨트리다니.

'언놈이야?'

순간 밀려든 짜증에 고개를 휙 하니 돌리자, 저 한편에서 긴장한 얼굴로 그를 바라보는 16~7세가량의 소녀가 보였다.

'……놈이 아니네.'

이내 소녀 뒤편의 풍경들이 하나 둘 눈에 들어왔다. 소녀와 비슷한 또래의 아이들이 정렬해 있었는데, 그 너머로 장렬하게 펼쳐진 무기 거치대와 각종 병장기들이 현실을 자각하게 만들어줬다.

'여긴 어디? 난 누구?'

잠시 회상으로 도피행각을 벌였던 그의 정신이 빠르게 상황을 인지해간다.

'여긴 연무장. 난 선생.'

으악! 하고 비명성을 내지를 뻔 봤다. 원래는 보름 뒤에 정식 인사가 떨어지고, 그 주의 금요일부터 출근을 하기로 되어있었다. 헌데, 이 무슨 일이란 말인가.

그도 그럴게 오늘은 귀향 4일째 되는 날이었다.

'번갯불에 콩 볶아 먹는다는 말이 이럴 때 쓰는 걸까?'

저쪽 세계 어딘가의 격언이 떠올랐다.

남작과 대면하고 교장의 월권행위로 귀향 첫 주부터 직장생활이란 걸 시작하게 되어버렸다.

느긋한 삶에서 한 걸음 멀어진 기분이랄까?

'보름동안 쉬면서 땅 좀 고르려고 했더니. 에휴, 인생 참…….'

몰래 한숨을 내쉰 제튼이 연무장의 아이들을 둘러봤다. 대략 60명가량 정도가 보였는데, 하나같이 초롱초롱한 눈빛으로 그를 주시하고 있었다.

'짧은 시간에 많이도 모았다.'

모두 남작과 교장의 공작이었다.

-제국 검패의 기사를 채용 했다더라.

이 얼마나 똑똑한가. 제국 '동' 검패가 아닌 제국 검패의 기사라고 소문을 날린 것이다. 당연히 눈이 번쩍 뜨였으리라. 혹여 동검패라는 사실이 알려져도 상관없었다.

제국 동검패 역시 제법 값어치를 하기 때문이다. 왕국

은검패와 같은 등급으로 매기고 있다는 걸 생각한다면, 결코 만만한 게 아니었다.

게다가 기존 왕국 기사들의 수업과 어떻게 다른지 비교하는 것 역시 좋은 공부가 될 것이 분명했다. 남작과 교장은 바로 이런 부분 때문에, 약간! 아주 약간의 사기를 쳐가며 소문을 내 놓은 것이었다.

그렇게 소문을 먼저 접한 아이들부터 순차적으로 수업을 신청했고, 순식간에 수업의 총인원이 꽉 차버렸다.

'그러니까…… 64명인가.'

보통 첫 번째 수업은 학생들이 교사를 평가하는 수업이다. 생각보다 만족스럽지 못하거나 안 맞는 부분이 느껴지면 다른 수업으로 넘어가기 위해서다. 때문에 첫 수업 이후에는 신청을 취소할 수가 있었다. 헌데, 제튼의 수업은 그게 불가능했다.

이 점이 학생들을 의아하게 만들었으나, 학기 중에 개설된 탓에 그런가보다 하며 넘어갈 뿐이었다.

혹여 동검패 기사라는 사실을 알고 취소하는 아이들이 있을까봐 교장이 수를 쓴 것이었다.

"에~또. 나는 제튼 반트라고 한다. 기사 자격증은…… 제국의 동검패를 지니고 있고, 그리고…… 음…… 음?"

순간 싸늘해지는 연무장의 분위기에 제튼의 말문이 닫혔다. 남작과 교장의 사기행각을 알리가 없는 제튼으로써는 아이들의 반응이 의아할 따름이었다.

'그러고 보니 동검패의 기사 어쩌고 하는 소문이 있었는데?'

'아! 그랬구나. 그래서 피트가 수업신청하자는 소리에 그런 미소를 지은 거였어.'

'씨…… 씨바! 낚였다.'

학생들의 머릿속으로 광대한 혼돈의 파라다이스가 펼쳐지기 시작했다. 내심 '은' 검패를 떠올리며 나름의 기대치를 세웠던 까닭에 '동' 검패라는 소리가 충격으로 다가올 수밖에 없었다.

'여긴 어디? 난 누구?'

제튼이 했던 그대로 아이들이 따라하고 있는 것이다.

싸한 느낌에 깜짝 놀랐던 제튼이었으나, 이내 아이들이 두 눈 가득 몽롱한 빛을 발하며 그를 주시하고 있다는 걸 깨닫는다.

수업 첫날.

'느낌 괜찮네.'

그의 얼굴이 슬쩍 붉어졌다.

간단한 자기소개 시간이 끝났다. 하지만 학생들은 여전히 몽롱 혹은 멍청한 얼굴로 그를 바라만 볼 뿐이었다. 이에 뒷머리를 긁적거린 제튼이 양 손뼉을 마주치며 환기를 시켰다.

"자자. 주목!"

제법 음성이 컸던 탓에 아이들은 금세 정신을 차릴 수 있었다. 그 모습에 고개를 끄덕거린 제튼이 본격적으로 수업의 시작을 알렸다.

"복습과 나!"

그의 수업의 주제였다. 아직 아이들은 모르고 있었으나, 이미 교장과 학부장에게는 통보를 한 수업명이었다.

"이것이 바로 내가 가르칠 수업이고, 너희가 배워야 할 공부다."

제국 검패가 동검패라는 소리보다 더 골 때리는 이야기였다.

'복습? 설마…….'

'했던 걸 또 하는 건 아니지?'

아이들의 눈빛이 다시 꺼멓게 죽어가는 와중에도 제튼의 설명은 착실히 이어지고 있었다.

"토네이도, 스파이더, 클라우드, 오스카, 슬로우 스탭……."

제튼의 입에서 다양한 검술 및 체술 등의 명칭이 흘러나왔다. 어느새 그 종류가 20개를 넘기고 있었는데, 이를 들으면 들을수록 아이들의 눈빛은 더더욱 침잠되어 갈 뿐이었다.

분명 종류는 다양했다. 배울게 많다는 소리건만 아이들의 이 참담한 반응은 무엇인가.

'이게 뭐야? 종류 '만' 다양하잖아!'

그게 문제였다.

제튼이 나열하는 저 많은 검술 및 체술들은 이미 그들이 배우고 익힌 것들이었다. 물론 워낙 많은 종류를 나열하는 탓에 아직 접하지 못한 것도 있었다. 하지만 굳이 알고 싶지 않다는 게 그들의 생각이었다.

초급검술!

흔히들 삼류라고 부르는 하류검술이기 때문이다.

앞서 자기소개를 들은 뒤, 상당한 충격을 받았다. 동검패라는 반전이 있을 줄 몰랐기 때문이다. 하지만 실망스런 와중에도 일말의 희망을 가졌다. 동검패여도 어쨌든 제국검패의 기사가 아닌가. 그러니 뭔가 좀 더 특별한 걸 가르쳐 줄 것이라 믿었다.

헌데, 겨우 삼류 잡배들의 검술을 가르쳐 준다고 한다.

'이미 1, 2학년 때 배운 거잖아.'

어째서 수업 명에 '복습'이라는 단어가 끼어있는지 명확해지는 순간이었다. 그나마 몇몇 끼어있는 1학년 무리들은 귀를 기울여 줬지만, 2학년 이상부터는 대부분이 실망감을 드러내고 있었다.

'어째서? 왜? 그따위 걸 또 배워야 하는데?'

아이들의 소리 없는 절규가 목구멍까지 올라왔다.

'적당히 대충대충 해야지.'

아이들의 생각을 아는지 모르는지 이딴 생각이나 하는 제튼이었다.

실망이 너무 크면 분노가 치미는 것일까? 어느새 아이들은 살기 비슷한 기세를 뿜어내고 있었다. 아직 학생일 뿐이었으나, 저 많은 숫자가 한꺼번에 공통된 마음으로 분노하니 제법 그럴싸한 기세가 형성됐다.

'이거, 참…….'

기세를 받은 제튼이 난감한 표정으로 아이들을 돌아봤다. 어느새 그의 수업설명은 멈춰있었다.

'이를 어쩐다.'

이대로 아이들의 반발을 사서 제명당하는 것도 나쁘지는 않았다. 하지만 그랬다가는 왠지 남작이 그를 귀찮게 할 것 같았다. 턱을 쓸며 잠시 생각을 정리하던 그가 이내 쓴웃음을 지으며 입을 열었다.

"혹여, 너희는 초급검술이 우습게 느껴지더냐?"

일순간 아이들의 기세가 주춤거린다. 당연했다. 정곡을 찌르고 들어오는데 어찌 버티고 있겠는가. 여기서 그렇다고 대답하면 아이들은 소양이 부족한 놈이 되는 것이고, 아니라도 대답하면 수업은 이대로 진행될 상황이었다. 이래저래 난처한 질문에 아이들은 단체로 합죽이가 될 수밖에 없었다.

고개를 흔든 제튼이 본격적으로 말문을 열었다.

"너희가 우습게 여기는 초급검술 중, 오스카 검술은 그 창시자의 이름을 따서, '오스카' 라는 이름을 붙였다. 아느냐?"

아이들이 고개를 끄덕였다.

"그는 500년 전의 인물로써, 용병계에 이름을 날렸던 실력자다. 이 역시 아느냐?"

이번에는 몇몇 아이들의 고개만 움직인다. 아무래도 초급 검술이라는 생각에 제대로 된 공부를 하지 않은 모양이었다. 이에 혀를 찬 제튼이 충격적인 내용을 밝혔다.

"그가 생의 마지막에 이르렀던 경지는 흔히 초월자를 지칭하는 '마스터' 였다. 이 역시 알고 있느냐?"

이번만큼은 그 누구도 고개를 움직이지 못했다. 너무도 놀라운 이야기인 탓에, 믿기지가 않는 것이다.

'오스카 검술의 창시자가 마스터였다고?'

'말도 안 돼!'

마스터의 검술이 어째서 삼류로 분류된단 말인가. 믿을 수 없었다. 아니, 믿기 싫었다. 믿고 싶지 않았다. 그러거나 말거나 제튼은 이야기를 이어갈 뿐이었다.

"토네이도 검술을 창시하신 '도프만' 백작께서도 500년 전의 인물이시다. 알고 있는 사람 손."

몇몇 아이만 손을 든다. 역시나 공부가 부족하다는 증거였다.

'하긴, 도프만 백작의 일은 어지간한 기사들도 모르는 내용이기는 하지.'

오스카의 검술의 경우는 제법 아는 이들이 있었으나, 토네이도 검술은 생각보다 알려진 게 적었다.

"도프만 백작께서는 생의 마지막 순간까지도 익스퍼트 중급의 수준을 넘지 못하셨다. 알고 있느냐?"

아이들의 얼굴에 언뜻 실망감이 내비쳤다. 오스카 검술을 부정하면서도 내심 진실이었으면 하는 마음이 있던 것이다. 때문에 토네이도 검술도 뭔가 있기를 바랐던 모양이었다.

'결국, 그 정도지. 삼류검술이니까.'

'초급검술의 한계지.'

토네이도 검술의 실망감은 더더욱 오스카 검술을 배제하게 했다. 하지만 이야기는 아직 끝이 아니었다.

"그분이 타계하고 난 뒤, 10여년의 세월이 흘러 한 용병이 백작가로 찾아왔다. 백작의 후계자가 검을 휘두르는 것을 우연히 보게 된 용병이 말했다. '여기서 내 검술의 부족함을 깨닫는구나.' 그 이후 도프만 백작가는 수많은 명사들의 초빙을 받게 되었단다."

아이들의 머릿속에 '설마' 하는 생각이 떠올랐다.

"그 용병은 바로 마스터에 오르시기 직전의 오스카 님이시다. 이후 오스카님은 마스터에 올랐고, 당시 최강의 용병으로 불리며 이름을 떨치셨지. 알고 있었느냐?"

몰랐다. 전혀 예상도 못했다. 삼류라 불리는 초급검술에 그런 역사가 있을 줄 누가 알았겠는가. 듣고 있는 지금도 모를 지경이었다.

'그런 검술들이 왜 삼류가 되었는데?'

아이들의 이런 심정을 모르는지, 제튼이 새로운 운을 띄우며 물었다.

"이번에는 클라우드 검술에 대해 이야기를 해 줄까?"

어느새 합죽이가 되어버린 아이들의 모습이 보인다. 내심 실소하고 있는데, 돌연 한 아이가 손을 번쩍 들어 외쳤다.

"하지만 결국 초급검술입니다. 동네 건달들이나 익히는 삼류검술이란 말입니다."

"갈!"

돌연, 제튼이 성난 사자처럼 포효했다.

"누가 감히 삼류라 이름 지었더냐. 기교가 없어서? 그 수가 옅어서? 아니면 너도 나도 다 배울 수 있어서?"

이 사나운 모습에 아이가 움찔거리는데, 그러면서도 말을 멈추지는 않았다.

"예. 그렇습니다. 너도 나도 다 배우는데, 그게 어찌 특별할 수 있겠습니까? 결국 싸구려이기에 그런 것 아닙니까?"

그 말에 제튼이 한숨을 내쉰다.

"후우…… 어리석기는, 쯧! 누구나 배울 수 있다하여, 누구나 익힐 수 있다더냐?"

"그…… 무슨, 그건 궤변입니다."

"네가 이해하지 못하고, 납득하지 못하면 그것이 전부 거짓이더냐? 무엇이 궤변이란 말이냐. 나야말로 묻겠다. 네가 삼류 싸구려 검술이라 여기는 그 검술들을 과연 제대로 펼쳐 보일 수 있느냐? 그냥 입만 살아서 나불대는 게 아니냔 말이다."

"할 수 있습니다!"

아이가 자신감이 넘치는 얼굴로 대답했다. 아이의 이름은 '쿠너 플란' 으로써, 올해 4년차의 고학년생 이었다. 햇수로 4년을 익혀온 검술이었다. 학년이 올라가면서 다른 검술도 익혔으나, 그 대부분이 초급검술들일 뿐이었다.

이제 겨우 4년차에 접어들며 이류급의 검술을 하사받는 중이었다.

쿠너의 자신만만한 표정에 제튼이 조소하며 말했다.

"한번 펼쳐봐라."

그러면서 연무장 중앙을 향해 고갯짓을 한다. 목검을 챙겨 든 쿠너가 중앙으로 걸음을 옮겼다.

"어디 한번 그 잘난 주둥이만큼 실력도 제대로인지 확

인해보마."

제튼의 입에서 평소라면 하지 않았을 난폭한 언사가 쏟아져 나왔다. 이에 쿠너가 잠시 눈을 부라리는 듯싶더니, 빠르게 검을 뻗어갔다.

쿵! 착. 쿠웅! 차악. 차착!

절도 넘치는 동작과 힘찬 몸짓으로 검술을 펼쳐낸다. 과연, 아카데미에서 4년을 공으로 날린 것은 아닌 듯, 제법 그 재간이 드러났다.

후배 학생들이 적잖은 감탄사를 터트리는 게 보였다. 동기생으로 보이는 아이들마저 연신 고개를 끄덕이고 있었다. 하지만 어째서인지 제튼의 표정은 좋질 않았다.

〈여기는 신공이라 할 만한 연공법이 없지만, 그래도 검술은 제법 괜찮은 게 많이 있어.〉

언젠가 천마가 했던 이야기였다.

〈나야 천재라서 문제없지만, 너처럼 부실한 놈들은 아무래도 익히기가 까다로울 거야.〉

그 말처럼 제대로 익히려면 상당히 어려운 검술이 제법 있었는데, 그 중에는 초급검술도 상당량 섞여있었다.

〈하나같이 경지에 오르기 어려워서 싸구려 취급을 받는 거지.〉

얼핏 간단한 듯 보이는 검술들이었으나, 그 안에는 심오한 무학의 정수가 숨어있다고 한다.

〈무림에는 삼재검법(三才劍法)이란 게 있는데, 이게 상당히 거지같은 검공이란 말이지. 너무 단순해서 익히고도 이게 뭔가 싶거든. 하지만 알고 보면 이것처럼 조화로운 검술이 없단 말이지.〉

제대로 익히기만 하면 신성경에도 들 수 있는 검공이라고 했다.

〈단, 한 가지 단점이 있지. 저번에 이야기 해 준 삼재심법(三才心法)기억나지? 이것도 같은 과라서, 한 200년 정도 꾸준히 수련을 해야 한다는 거지. 물론 심법과 병행해야 되니, 그 고생도 두배라고 할 수 있지. 흐흐흐!〉

하지만 이룰 수만 있다면 인간으로써 신의 영역에 들어설 수 있었다.

'신선. 이쪽 세계로 치면 드래곤과 같은 존재라고 했던가? 그런 검술을 싸구려 취급이라.'

제튼의 시선이 연무중인 쿠너를 뒤쫓는다.

'놈!'

쿠너를 바라보는 그의 시선이 싸늘하게 식어갔다.

'이 놈 자식, 왜 이렇게 잘해?'

당혹스런 마음에 심장이 차가워졌다. 학생들이 감탄사를 터트리는 건, 다 그만한 이유가 있는 것이다.

'아 놔, 쌍!'

뒷목에서 강렬한 땡김이 전달됐다.

원래라면 대충대충 설렁설렁 복습이니 뭐니 하며 가벼운 가르침만 전달할 생각이었다. 느긋한 마음으로 여유롭게 보내고자 했다.

헌데, 그만 발끈해 버리고 말았다.

'설마, 초급검술을 걸고넘어질 줄이야…….'

아이들이 무시하던 검술들의 대부분은 무려 천마에게 인정받은 검술들이었다. 동시에 그의 뿌리가 되어준 검술이기도 했다.

천마의 말처럼 신공이라 할 만한 연공법은 없다. 대신 뛰어난 검술은 제법 있었다.

한 자리에 앉아 명상을 하듯 연공을 하는 심법을 정공(靜攻)이라고 한다. 하지만 이와 반대로 몸을 움직이며, 기운을 이끌어 쌓는 건 동공(動功)이라고 했다.

〈그토록 뛰어난 검술들이 초급에 삼류라는 소리를 듣는 이유는 간단해. 호흡하는 법이 사라졌기 때문이야.〉

초급검술들 중에는 뛰어난 검술들이 많다. 하지만 여전히 그것들은 삼류로 불린다. 이는 그 검술에 어울리는 호흡법이 사라진 까닭이었다.

〈동공 수렵법에 흔히 일어나는 일이지. 동공을 만들어낸 본인조차 제대로 이해하지 못하는 경우도 있고, 때로는 후대가 호흡에 대한 중요성을 인지하지 못해서 사라지는 경우도 있으니까. 여기는 체계적인 면에서 내가 살던

곳보다 한참 수준이 떨어지니까. 동공법의 생존이 더욱 어려웠겠지. 안타까운 일이야.〉

무림이라는 세계에는 정공의 연공법이 상당가량 발전해 있다고 한다. 물론 몸을 움직이는 동공의 연공법 역시 수준급으로 올라 있었으나, 정공의 연공법이 조금 더 앞서 있다고 했다.

이곳, 제튼이 사는 세상에는 정공의 연공법은 그렇게 많이 알려져 있질 않았다. 뛰어난 검가에서나 겨우 찾아볼 수 있는 정도였는데, 그나마 있는 것도 천마의 말을 빌리자면 이러했다.

〈허접한 수준이네.〉

하지만 동공의 수련법은 뛰어난 게 많았다. 단지 그 호흡법이 소실되어 완전하지 못할 뿐이지, 그 검의 흐름을 보자면 분명 뛰어난 수준이라고 했다.

〈쓸만하네.〉

그의 성격상 이 정도면 극찬이나 다름없었다.

때문에 제튼은 천마가 마련해 준 심상세계에서 초급검술들을 중심적으로 몸에 익혔다. 물론, 그가 이러고 있노라면 천마가 찾아와 한소리를 하고는 했다.

〈왜 그딴 걸 배워. 내가 가르쳐 준 거면 '왕' 소리도 들을 수 있다니까.〉

하지만 제튼은 그러고 싶지 않았다.

'기왕이면 내 세상의 것으로 경지에 이르고 싶었으니까.'

〈쯧! 그러니까 네놈이 평생 '졸' 일 수밖에 없는 거야.〉

상관없었다. 남의 것을 탐해서 떵떵거리고 사느니, 부족하더라도 내 것을 누리고 싶었다.

때문에 초급검술이 무시당하자 발끈 해버렸다.

아이들이고 학생들이라 하나 그의 근간이 되는 것을 무시한 것이다. 충분히 화를 낼 법한 상황이었다.

'얼마나 잘 하기에 그딴 소리를 하나 보자!'

그런 마음으로 지켜봤다. 그런데 이게 웬일?

'자…… 잘하네.'

그냥 잘하는 정도가 아니었다. 저 나이대의 아이들 중에서도 가히 발군으로써, 말 그대로 군계일학(群鷄一鶴)이었다.

'거참, 난감하네.'

원래 아이들에게 가르쳐 줄 것은 1 정도였다. 대충 하자고 했지만, 남작에게 귀찮은 꼴을 당하지 않으려면 최소한의 수준은 채워야 할 것 같았다. 그래서 1이라도 채워주려 한 것이다. 헌데, 그 1의 수준을 이미 쿠너가 펼치고 있는 게 아닌가. 골 때리는 상황에 입만 뻐끔거릴 뿐이었다.

그러는 사이 쿠너의 연무가 어느새 끝을 알리고 있었다.

"와아아아!"

착검과 동시에 터져 나오는 함성소리가 제튼의 정신을 일깨웠다. 박수소리가 요란하게 연무장을 흔드는 게 느껴졌다.

아이들의 환호 속에 오롯이 선 쿠너가 제튼에게 시선을 던져왔다.

-이 정도입니다!

그 자신감 넘치는 눈빛이 매우 불쾌했다.

'그래봤자 아직 한참이나 덜 여문 놈이 건방지게!'

재차 발끈하는 심경이 되어버렸다.

아이들의 시선을 받으며 그가 연무장의 중앙으로 걸음을 옮겨갔다. 그렇게 연무장의 중앙에 서자 쿠너가 기다렸다는 듯 자리를 비웠다. 그러면서도 도전적인 눈빛을 감추지는 않는다.

-해 볼 테면 해보시죠.

그 도발적인 시선에 슬쩍 입을 열었다.

"마지막까지 예의를 잃지 않는 것도 기사의 덕목이다."

그 말에 잠시 쿠너의 표정이 굳어졌다. 이에 실소한 제튼이 손을 내밀었다. 뭐냐는 듯 쳐다보는 쿠너에게 그가 말했다.

"검."

목검을 달라는 소리였다. 저 한쪽에 있는 무기거치대에 수많은 목검들이 있건만 왜 굳이 그의 것을 달라는 것일까? 개인 수련용으로 구입한 것으로써, 비록 목검이라고 하나 그의 '검' 이었다. 쿠너가 눈살을 찌푸렸으나 여전히 뻗어있는 제튼의 손에, 할 수 없다는 듯 표정을 구기며 목검을 건넸다. 이를 받아든 제튼이 고개를 끄덕였다.

'제법이네.'

목검의 손잡이에 남아있는 흔적으로 아이의 수준이 짐작됐다. 이미 눈으로 확인했으나 목검을 통해 그 너머의 열정을 엿본 것이다.

'재능 그 이상의 노력인가.'

목검을 건네받던 순간 손바닥을 확인할 수 있었는데, 학생답지 않은 굳은살이 단단히 새겨져 있었다.

'재미없게 됐네.'

쓴웃음이 절로 나왔다. 이 정도로 열심히 했으니 그런 실력이 나올 수 있는 것이리라. 적당히 하기가 더욱 어려워진 상황이었다.

'오냐. 한 수 보여주마!'

목검을 든 그가 조용히 기수식을 취해갔다. 아이들의 눈이 반짝거렸다. 초급검술로 감탄할만한 역량을 보여준 쿠너 덕분에 기대치가 상승한 것이다.

'과연 제국검패의 기사가 보여주는 초급검술은 어떨까?'

묘한 압박감 속에서 제튼의 시연이 시작되었다.

'먼저 스네이크 검술부터…….'

팍. 차착. 파팡. 스륵 착!

한 30여초 즈음 지났을까? 한껏 기대감 어린 눈으로 지켜보던 아이들의 얼굴에 점차적으로 실망감이 어려 갔다.

'뭐야? 저 히말테기 없는 검술은…….'

'절도도 없고, 동작도 제멋대로잖아.'

짜릿할 정도로 강렬하고 위엄 있는 쿠너의 검술을 본 까닭일까? 왠지 제튼의 검술이 더욱 시시하게 느껴졌다. 나름대로 힘을 실어서 친다고 하는데, 어째서인지 더욱 허술해 보일 뿐이었다.

하지만 단 한 사람.

쿠너만큼은 달랐다. 그의 얼굴은 오히려 잔뜩 굳어지더니, 이내 감탄어린 눈빛으로 제튼의 검로를 쫓아가고 있었다.

'힘이 없는 게 아니라, 힘을 뺀 것이다. 과한 절도는 오히려 다음 동작으로의 연계를 방해하는 것이구나. 언제든 반격이 가능하게 반보 빠져있다. 걸음걸음마다 사방에 대한 경계가 확실하다.'

눈이 번쩍 뜨였다.

지금껏 자신은 우물 안의 개구리였을 뿐임을 깨달았다. 학부 내에서 좀 알아주는 실력자라고 띄워주니 어느새 오만함이 쌓였던 모양이다.

겨우 학생 주제에 기사로 이름을 날린 선생들을 무시했다. 제튼의 말처럼 그는 예의를 좀 더 배워야 했다.

'내가 부족했다.'

인정해야만 했다.

때문에 제튼의 동작 하나하나를 품기 위해 눈을 크게 떴다. 가슴에 담기 위하여 전에 없던 집중력으로 제튼의 검을 좇았다.

이 모습을 곁눈길로 확인한 제튼이 입꼬리를 말아 올렸다.

'하…… 하핫! 미치겠네.'

헛웃음이 나온다.

'기죽고 자존심 상하라고 보여줬더니 오히려 깨닫고 있네.'

골 때리는 상황의 연속이었다.

'아 놔! 뭐가 잘 못 된 거지?'

이 장소에 있는 것부터가 이미 꼬인 거였다.

문득 천마의 감별법이 떠올랐다.

〈내가 살던 천만대산에서는 아이들의 재능을 총 9가지로 구분한다. 기본이 되는 천(天), 지(地), 인(人) 이렇게 세 급에, 각 급마다 상, 중, 하로 나뉘어서 급수를 매기는 거지. 예를 들면 네 녀석의 경우는 인중상 이렇게 매기는데,

이곳 계급으로 보자면 평민수준이지.〉

이를 듣고 내가 왜 그것밖에 재능이 없냐며 반박했으나, 천마는 그저 귀를 후비며 무시해버렸다. 이에 하도 어이가 없어서 천마에게 물었다.

〈그렇게 잘나신 분의 급수는 어찌 되십니까?〉

〈나? 당연히 나야 천외천급이지. 크하하하! 난 태생부터가 남다르니까. 첫 울음으로 사자후를 터트렸는데, 이를 들은 산파가 내상을 입었다는 게 전설처럼 회자……〉

실로 지존광대한 그의 외침에, 결국 삐져버린 제튼이 정신연결을 끊은 채 한참을 삐죽거렸던 기억이 났다.

그 감별법으로 쿠너의 급을 매겨봤다.

'지중상! 재능은 있지만 천급이 아니야.'

흔히 천재라 부르는 등급이 바로 천급이었다. 하지만 아쉽게도 그 수준까지는 아니었다.

지급 중에서 상이라면, 이곳 세상의 계급으로 치자면 귀족 대열에는 들었는데, 아쉽게도 하위귀족인 것이다. 겨우겨우 자작에 턱걸이라고나 할까.

'그 부족한 부분을 열정과 노력으로 메운 것이려나?'

저 나이에 저 수준이라면 충분히 천급과도 비견될 만했다.

그렇게 이런 저런 생각 속에 연무를 마치며 슬쩍 주변을 돌아보니, 일반 학생들이 그를 바라보는 눈동자에 큰 실망감이 어리는 게 보였다. 쿠너의 수준에 다다르지 못했기 때문에, 검로에 담긴 의미를 제대로 읽어내지 못한 것이다.

덕분에 아이들의 기대감이 대폭 하락했다는 게 느껴졌다.

'그나마 다행이네.'

적당히 가르칠 수 있는 조건을 갖춰졌기에 안도할 수 있었다. 저 아이들마저 그의 검로를 읽어버렸다면, 1이 아닌 2~3은 가르쳐야 할 것이 아니겠는가.

'저 녀석들은 1로 확정.'

내심 흡족한 미소를 지어보이던 그의 시선이 쿠너에게 닿아서 구겨졌다.

'저 녀석이 문제인데…….'

보아하니 언뜻 깨달음 비스무리한 걸 얻고 있는지, 몽롱한 눈빛이 심상치가 않았다.

'목안의 가시 같은 놈이로세.'

기를 죽이겠다는 생각으로 2가 아닌 3을 보여줬건만, 그럼에도 녀석은 뭔가를 얻어버렸다. 얼마만큼이나 성장했을지는 모르겠으나, 이것으로 쿠너는 1은 커녕 2로도 만족시키기가 어려워질 것 같은 느낌이 들었다.

'다 배웠으니 하산해라. 뭐 이런 느낌으로 나가면…… 안 되겠지?'

여전히 궁리하고 있는 녀석의 모습에 제튼의 손바닥이

마찰을 일으켰다.

짜–악!

시원한 울림과 함께 쿠너가 번쩍 깨어났다.

'너무 많이 알아버리면 귀찮잖아.'

부디 얻은 게 적기를 바라는 마음뿐이었다. 쿠너가 아리송한 얼굴로 갸웃거리는 것으로 보아, 그의 의도가 제법 먹힌 듯싶었다.

"자자. 이게 앞으로 너희들이 배워야 할 검술이다."

그 말에 결국 아이들의 실망감이 바닥을 찍었다. 시큰둥한 반응을 보이며 제튼을 바라보는데, 개 중 유난히 눈을 반짝이는 학생이 눈에 띄었다.

'으음! 쿠너 플란……'

깨달음을 방해했다는 것도 모른 채, 존경의 눈빛으로 그를 바라보고 있는 게 아닌가. 절로 양심이 찔리면서 가슴이 저릿해졌다.

'아…… 이 가시 같은 놈.'

목 뿐만 아니라 양심에도 박힌 모양이었다.

애써 그 눈빛을 무시하며 아이들에게로 시선을 돌렸다. 여전히 시큰둥한 모습과 그늘진 얼굴들이 보였다.

'그렇지. 이 얼마나 바람직한 태도냐. 더도 말고, 덜도 말고 딱 이 절반만 되도 바랄 게 없을 텐데.'

쿠너의 눈빛으로 봤을 때, 아주 귀찮게 할 것 같은 느낌이었다. 한숨이 절로 나왔다.

대애애앵……

멀리 종소리가 들려온다. 내심 막막함을 느끼던 찰나였기에 얼씨구나 싶은 마음으로 외쳤다.

"자자. 1교시 끝. 휴식시간이다. 10분간 휴식 후에 다시 보자." 그러고는 후다닥 자리를 피하는데, 문득 뒤통수가 화끈거렸다.

'아……놔!'

어느새 쿠너가 그의 뒤로 따라붙은 것이다.

'아이고 두야!'

걸음아 나 살려라 하는 마음으로 후다닥 내달리고 싶었으나, 이상하게 비칠 수도 있기에 꾸욱 참아내며 빠른 걸음을 유지했다.

모른 척 하며 복도 한쪽에 마련된 식수대로 걸어갔다. 타는 목에 수분 보충이 필요한 까닭이었다. 그렇게 마련된 물을 그릇에 따라 마시는데, 아니나 다를까 바짝 다가온 쿠너가 대뜸 허리를 숙이는 게 아닌가.

"죄송합니다!"

아찔한 현기증이 몰려왔다.

"제가 감히 선생님의 깊은 뜻을 모르고 건방을 떨었습니다. 게다가 선생님 말씀처럼 예의마저 잊고 살았습니다. 어떤 벌이라도 달게 받겠습니다. 가차 없이 벌해 주십시오."

'이…… 이놈 이거.'

상당히 제대로 된 녀석이었다. 그래서 더 골 때렸다.

'차라리 제 멋에 사는 놈이었으면 얼마나 좋아. 그럼, 내 가르침 따위 깡그리 무시하고 제멋대로 행동했을 거 아니냐고.'

그동안은 잠시 개념에 옆구리가 터졌던 모양인데, 오늘 그와의 만남으로 터진 부분에 봉합술이 시전 된 모양이었다.

'아. 이 올곧은 놈!'

대놓고 귀찮게 할 거라는 오라를 뿌려대고 있지 않은가.

"선생님!"

이제는 무릎까지 꿇어댄다. 저 복도 너머로 수업을 들었던 아이들이 다가오는 발소리가 들렸다. 더 놔뒀다가는 정말 머리 아픈 상황이 벌어지겠다 싶은 마음에 급히 쿠너를 일으켜 세웠다.

"그래. 지금이라도 깨달았으니 다행이다. 앞으로도 그런 마음가짐으로 잘, 열심히, 열정적으로, 노력해 다오."

'혼자서…… 부디!'

혼자서도 잘 할 수 있는 나이잖아. 라고 말할 뻔 봤으나, 가까스로 삼켜냈다.

"서…… 선생님…… 흐윽!"

'으악! 눈물은 왜 흘리는데, 꼭 감동 먹은 것 같잖아.'

먹은 것 같은 게 아니라, 정말로 감동한 것이었다.

"감사합니다!"

그러면서 그의 품에 포옥 안겨든다. 제튼의 덩치가 상당히 큰 덕분에 쿠너의 전신이 품 안에 포옥 들어왔다. 약간 거칠고 남자다운 쿠너였으나, 그 생김새는 제법 예쁘장한 편이었다. 때문에 남자와의 허그임에도 불구하고 묘한 기분이 들었다.

'이…… 이게 왜 이래?'

당황해서 그를 밀어내려는데 타이밍 좋게 학생들이 등장했다.

"어머. 어머. 어머. 저게 뭐야."

"맙소사. 엄멈멈머."

"마이 아~이, 좋아!"하필 그 대부분이 여학생들인 까닭은 무엇일까? 게다가 이 알 수 없는 불안감은 또 무엇이란 말인가.

'아…… 하늘이시여…….'

교직생활 첫 스타트가 아주 아름답게 시작되고 있었다.

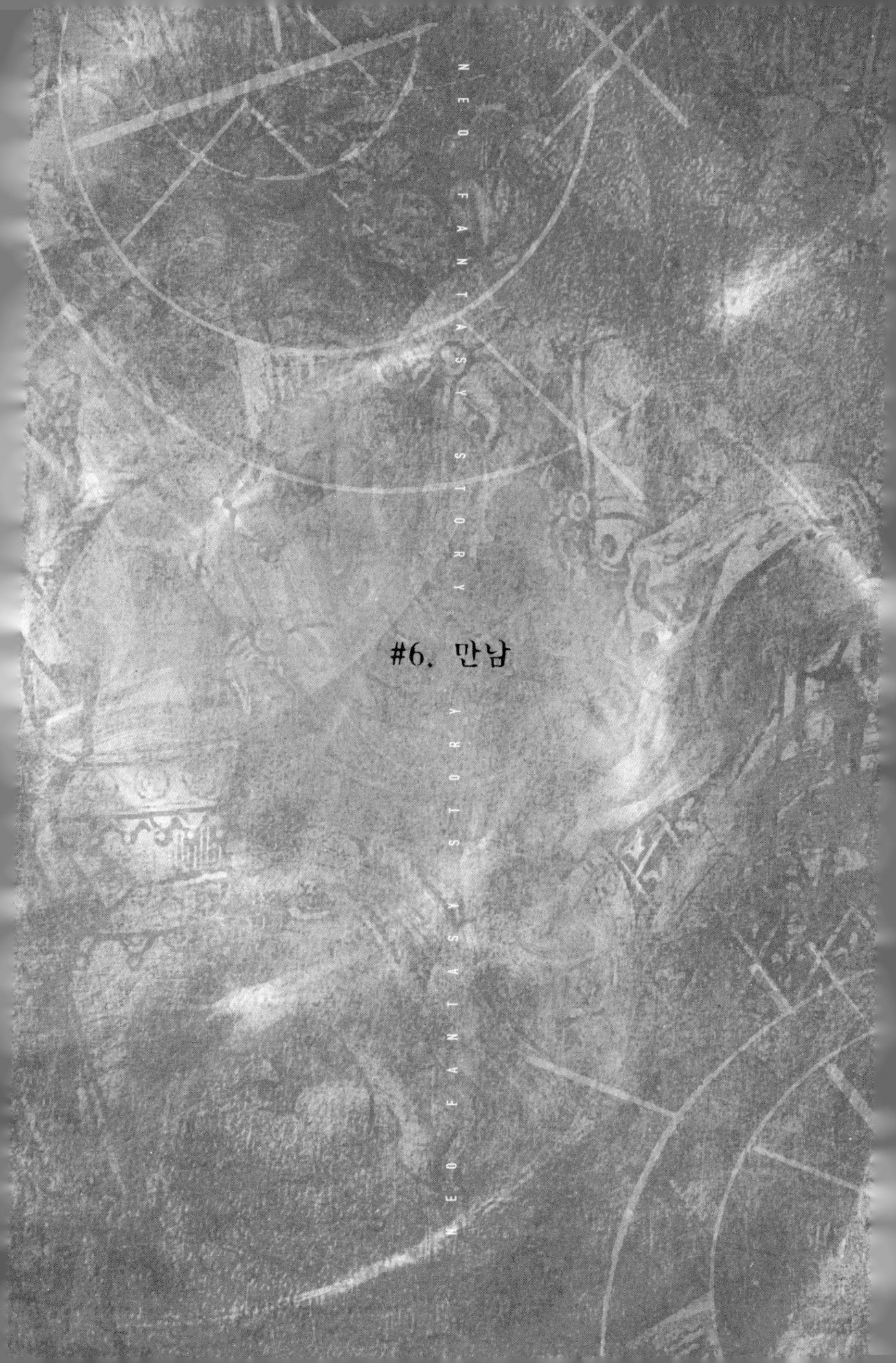

#6. 만남

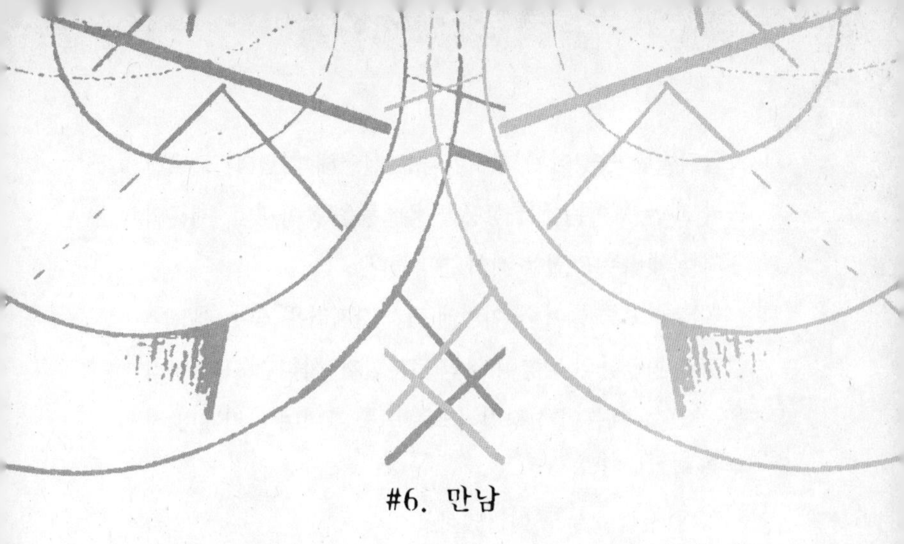

#6. 만남

본인도 모르게 여학생들의 인기를 얻어버린 제튼은 그 덕분에 아주 자연스럽게 아카데미 속으로 스며들 수 있었다.

그 '인기' 라는 게 '여학생' 들 한정으로써, 참으로 애매모호하고 알쏭달쏭한 내용이었으나, 본인이 모르니 크게 문제될 건 없어 보였다.

물론, 온전히 인기만 얻은 건 아니었다. 뜬금없는 수업으로 인해, 수강을 신청했던 학생들 중 '특히' 남학생들의 경우는 상당수가 불만을 표출하고 있었다.

복습과 나!

어벙벙한 수업 이름부터 이미 마이너스건만, 삼류급의

초급검술만 줄창나게 가르친다고 선언해 버렸다. 모르긴 몰라도 안 보이는데서 상당한 욕설들을 쏟아내며, 제튼의 귀지를 채워주고 있을 것이 분명했다.

"아 놔. 요즘 들어 왜 이렇게 귀가 간지러운 거야. 젠장!"

정말 학생들의 원념이 쌓인 덕분인지, 아니면 그저 더러운 것인지, 제튼이 신경질적으로 귀를 후비며 아카데미 정문을 빠져나갔다.

'그럭저럭 오늘도 버텨냈네.'

어느새 아카데미에 취직한지도 한 달에 가까운 시간이 흘렀다. 그 사이 총 네 번의 수업이 있었는데, 지금 바로 그 네 번째 수업을 마치고 나오는 길이었다.

왠지 모를 끈적한 시선과 노골적으로 적대적인 눈길 속에서, 계획했던대로 기초 교육을 착실히 수행했다.

"그럭저럭 나쁘지는 않은데, 에휴~!"

한숨이 나오는 까닭은 무엇일까.

'쿠너…….'

마치 해바라기마냥 그를 쫓아다니는 쿠너의 시선은 정말 치가 떨렸다. 그래서 한마디를 해 주려고 할 때면, 요상할 정도로 여학생들의 시선이 모여지니 험한 말을 내뱉기도 힘들었다.

"끄응! 인생 참……."

골 때렸다.

"이런 상황에 사용하는 격언이 뭐가 있더라."

천마세상의 명언 하나가 문득 떠올랐다.

"모사재인 성사재천(謀事在人 成事在天). 일을 꾸미는 건 사람이지만 이루는 건 하늘이라."

좀 심각할 정도의 비유였으나, 어쨌든 이렇게라도 스스로를 위로하고 나니 조금은 마음이 풀렸다.

"헤유…… 집에나 가자."

주저리주저리 혼잣말을 늘어놓고 있으니, 아카데미 경비가 이상하게 쳐다보고 있었다. 민망한 마음에 걸음이 더욱 빨라졌다.

순식간에 아카데미에서 멀어져 가는데, 돌연 한 줄기 음성이 그의 발목을 붙잡았다.

[도와주세요!]

순간 잘못 들은 줄 알았다.

[살려주세요!]

재차 들려온 음성에 정신이 번쩍 들었다.

"허……."

벙찌는 얼굴로 그가 허공으로 시선을 던졌다.

"이게…… 말이 돼?"

어이가 없어 기가 막힐 정도로 황당했다.

"혜광심어(慧光心語)라니."

제튼의 신형이 순식간에 자취를 감췄다.

◈

너른 도로의 옆으로 샛길처럼 나 있는 골목길의 그늘 아래, 일단의 무리가 좁은 길을 가득 채우며 북적거리고 있었다.

"하~! 이 말랑말랑한 놈 보게. 감히 내 주머니를 털어? 이 썅노무 자식이 뒈질라고 작정을 했구나."

겉보기에는 마치 현인마냥 선하게 보이는 인상의 사내가, 인상과 안 어울리는 욕짓거리를 연신 내뱉으며 성을 냈다.

"크큭! 저 꼬맹이도 재수 참 없다. 하필 걸려도 저놈한테 걸리냐."

"저놈 생긴걸 봐라. 딱 봐도 털고 싶게 생겼잖아. 크큭! 생긴거에 또 한 놈 넘어간 거지."

"저 개차반 '컬터' 한테 걸렸으니, 끝이지 끝."

주변에는 동료로 보이는 이들이 시시덕거리며, 그 시선을 한쪽으로 모으고 있었다.

8살?

딱 그정도 되어 보이는 남자아이가, 골목 구석의 쓰레기 더미 위에 너부러져, 거칠게 피를 토하고 있었다.

"커헉…… 컥! 으으으으……!"

신음성과 함께 몸을 움츠리는 아이의 전신 곳곳에, 심각한 폭력의 흔적들이 묻어났다.

"아 놔. 이 빌어먹을 애새끼 때문에 시간만 낭비했네. 퉤!"

빠악!

컬터라 불린 사내가 매섭게 남자아이를 걸어 찬 뒤, 손을 뻗어 아이의 품을 뒤적였다.

"으으...... 으......"

심각한 폭력으로 성한 데가 없는 까닭에, 아이는 그 손길을 거부할 수 없었다. 컬터의 손이 품을 나왔을 때에는 돈주머니가 함께하고 있었다.

"이야. 저 자식 저거 봐라. 저렇게 두드려 패놓고도 모자라서 코 묻은 돈까지 뺏네."

"그래도 치료비는 남겨줘야지. 아주 그냥 양심도 없다."

"너란남자 나쁜남자."

"그냥 나쁜놈이지. 크큭!"

"시끄럿-! 이걸로 술 산다면 얼씨구나 하고 처먹을 것들이."

"그야 당연하지. 킥킥킥!"

그리고는 시시덕거리며 골목길을 벗어나는 사내들의 모습이 보였다.

"으...... 으으...... 흑! 흐으으으......"

아이가 눈물 섞인 신음성을 뱉어내며 힘겹게 몸을 일으

켰다. 하지만 상태가 엉망인지라 제대로 앉는 것도 쉽지가 않았다.

"쿨럭…… 컥."

또한 내장이 상했는지, 쉴 새 없는 나오는 핏물로 인해 현기증까지 겹쳐, 중심을 잡기도 어려웠다.

"이것 참."

그 때에 들려온 음성에 깜짝 놀라, 어지러운 와중에도 시선을 들어올렸다. 앞서의 사내들이 돌아왔나 싶어, 그 눈빛 가득 두려움이 묻어났다.

'누구지?'

생전 처음 보는 사내가 서 있었다. 다행히도 앞서의 악질들은 아니었으나, 쉬이 남을 믿어서는 안 되는 삶을 살아온 탓인지, 경계심을 풀 수가 없었다.

그러거나 말거나 선뜻 다가온 사내가 손을 뻗어왔다.

'설마 또?'

아이는 또 다시 금품갈취를 당하나 싶어 몸을 움츠렸다.

번쩍!

하지만 사내는 아이의 품 대신, 전신을 들어올리며, 오히려 아이를 품에 끌어안았다.

"집이 어디냐?"

사내가 물었다. 그 순간 사내와 정면으로 눈이 마주쳤다.

'맑다.'

선한 인물이라는 느낌이었다. 하지만 쉬이 답하기가 어려웠다. 바로 조금 전에도 이처럼 선한인상의 사내에게 된통 당한 뒤가 아니던가.

"으…… 으으."

게다가 말을 할 만한 상태도 아니었다.

"쯧!"

사내가 혀를 차며 걸음을 옮겼다.

◈

올해로 10살이 된 케빈은 흔히 말하는 전쟁고아였다. 부친은 용병으로 제국전쟁에 참여했다가 전사했고, 모친은 홀로 생활고를 담당하다가 피로 누적으로 1년 전에 결국 세상을 떠나버렸다.

그렇게 고아가 되어야만 했다. 하지만 그렇다고 해서 외롭지는 않았다.

여동생 메리가 있기 때문이다.

'힘내야지!'

덕분에 억지로라도 애를 쓸 수 있었다. 지켜야 할 존재가 있다는 게 힘을 준 것이다. 하지만 말 그대로 '애를 쓸' 뿐 이었다.

이제 겨우 열 살!

그 나이또래의 아이에게 일을 맡길만한 고용주는 그리 많질 않았다. 게다가 여동생 메리의 사정으로 인하여, 항시 가까운 곳에 있어야만 했다.

하반신 마비.

선천적인 것이 아니라, 어릴 적 사고로 인해 지니게 된 상처였다.

이를 치료하기 위해 모친이 무리해서 일을 하다가 결국 쓰러지게 된 것이기도 했다. 물론 결정적인 이유는 따로 있었다.

가까스로 치료비를 모았건만, 한 발 늦었다는 신관의 말이 모친의 정신을 크게 흔든 것이다. 가까스로 버텨왔던 모친이었으나 그 날 이후 한 달을 시름시름 앓다가 결국 떠나버리고야 말았다.

그간 메리를 위해 모았던 돈은 모친의 한 달 치료비로 대부분 사용되었다. 그럼에도 불구하고 모친을 구하지는 못했다. 그만큼 지쳐있던 까닭이었다.

이러한 사정들로 인해 케빈은 어린 나이에 집안의 기둥이 되어야만 했다.

'힘들다.'

쉽지 않았다.

게다가 최근 들어서는 여동생을 데리고 스테일 남작령으로 이동해 온 상태였다. 이유는 간단했다. 옛 터전에서는 더 이상 먹고살기가 어려워진 것이다.

때문에 찾아야만 했다.

혈육!

일자리를 구할 수 있는 시기가 될 때까지 친인척의 힘을 빌려서라도 살아남아야 한다. 어린 기억 속에서 단 한번 보았던 풍경과 얼굴들을 찾았다.

하지만 한 발 늦어버린 것일까?

"작년에 떠났다. 웬 용병 여자한테 미쳐서 따라갔지. 그 친구도 예전에는 칼질 좀 했었으니 걱정은 말거라."

걱정? 삼촌에 대한 근심보다는 그들의 앞으로가 더 문제였다.

희망이 사라져버린 자리에는 절망이 꽃을 피운다.

"오빠."

하지만 여동생의 존재에 기대어 무너지는 걸 가까스로 버텨냈다.

'살아남는다.'

그렇게 뛰어든 곳이 바로 뒷세계였다.

어린 꼬마아이이기에 할 수 있는 일. 그곳에는 어리기에 더욱 유용한 일들이 여럿 존재했다.

소매치기.

그 중 하나가 바로 이것이다. 어리기 때문에 방심하고 틈을 내어준다. 아이의 손은 교묘하게 그 공간을 파고들며 보따리를 꿰어온다.

다행히 손재주가 있었던지 짧은 기간에 제법 그럴싸한 수준이 되었다. 하지만 항상 굶주려 있을 수밖에 없었다.

힘은 즉 권력!

뒷골목의 절대 법칙이다. 케빈은 바로 그 부분에서 최약체였다. 올해 겨우 10살이 된 그에게 힘이란 아직 너무도 먼 세계의 이야기일 수밖에 없었다.

게다가 이곳에 정착한지 얼마 안 된 까닭인지 요주의 인물들을 전부 파악하지 못했다. 예를 들면 선하게 보이지만 알고 보면 뒷세계의 범죄자라거나, 또는 같은 또래의 아이면서도 성인보다 더한 독종 등, 말 그대로 회피해야만 하는 악질들에 대한 정보가 부족한 것이다.

조직원들은 이런 사항에 대해 자세히 설명해주지 않았다. 같은 소매치기 아이들 역시 마찬가지였다. 때문에 이런 저런 피해가 클 수밖에 없었다.

더럽고 치사하고 아니꼽다.

그래도 버틴다.

'메리!'

여동생의 존재가 등을 받쳐주기 때문이다.

하지만 그럼에도 불구하고 가끔씩 문득문득 머릿속에 드는 생각이 있었다.

'이제 그만…… 쉬고 싶다.'

"쉬고 싶다."

나직한 읊조림과 함께, 아이의 눈이 뜨여졌다. 낯선 천장이 먼저 눈에 들어오고 뒤이어 어렴풋이 기억에 있는 얼굴이 비친다. 분명 기절하기 전에 봤었다.

"누구……세요?"

사내가 빙긋 웃으며 답한다.

"제튼이라고 한단다."

그리고 이어지는 질문.

"너는 이름이 뭐니?"

망설이던 아이가 힘겹게 입을 열었다.

"케빈…… '케빈 로진' 이요."

제튼이 재차 미소를 지으며 아이의 머리를 쓰다듬었다.

케빈이 깨어난 뒤, 제튼은 즉각 방문을 열고 나섰다. 케빈에게 일단의 사정을 들은 탓에, 아이의 여동생 메리가 걱정되지 않을 수 없었다.

사실 제튼은 케빈이 기절해 있는 동안 기공치료를 한 상태였는데, 생각보다 내상이 심각해서 어느새 날이 저물어 하늘 위는 칠흑빛 장막이 드리워져 있었다.

한 밤중에 메리가 홀로 공포에 떨고 있을 것이란 생각에 자연 그들의 발이 빨라졌다.

"이쪽이냐?"

"아니요. 저기로 들어가야 돼요."

이리저리 케빈의 안내를 받아 골목길을 가로 지르기를 잠시, 어느새 남작령 외곽에 도달한 제튼은 그 한편에 자리한 허름한 다리를 하나 볼 수 있었다.

케빈과 메리가 사는 곳이 바로 그 다리 아래였다. 주변으로 제법 다양한 움막들이 세워져 있었는데, 케빈 남매 외에도 다른 이들도 여럿 살고 있다는 걸 짐작케 했다.

제튼의 입가에 쓰디쓴 미소가 걸렸다.

남작의 통치아래 나름대로의 발전을 이루고, 백성들의 생활수준이 좋아지며 거리의 분위기를 밝게 가꿔내기는 했다. 하지만 온전히 빛만이 존재할 수 없는 것이 세상의 이치였다.

'빛이 있다면 어둠도 있는 법.'

"아저씨 빨리요."

품 안에서 케빈이 독촉하는 소리가 들렸다. 치유를 했다고는 하나 여전히 중상인 까닭에 제튼이 품에 안고 이동할 수밖에 없었다.

정신을 차린 제튼이 바삐 케빈이 사는 곳으로 향했다. 케빈이 솜씨를 발휘해서 만든 판잣집이었는데, 그 손재주가 과연 범상치 않은 듯 제법 그럴싸하게 지어져 있었다.

"내려주세요."

막 들어가려는 찰나, 케빈이 제튼의 품 안에서 내려왔

다. 혹여 메리가 걱정할까 염려하여 애써 멀쩡한 척 연기를 하려는 것이다.

제튼이 걱정스레 바라보는데 문제없다는 듯 빙긋이 웃은 케빈이 휙 하니 판잣집의 문을 열어젖혔다.

"메리야."

"오빠?"

다행스럽게도 별 탈은 없었던 듯, 밝은 목소리로 메리가 케빈을 반겨주었다. 두 남매가 감격스런 상봉을 하고 있을 때, 제튼은 문 밖에서 복잡한 눈빛으로 메리를 바라보고 있었다.

'심각하군.'

아이는 다리만 불편한 게 아니었다. 잘 먹지 못한 까닭인지 뼈가 드러날 정도로 바짝 말라 버렸고, 그로인해 육신이 전체적으로 기가 허해져 곳곳에 병마가 깃들어 있었다.

다쳐버린 다리 못지않게 전신이 바싹 마른 것이다.

케빈에게 듣기로는 없는 돈이나마 동생을 위해 퍼붓고 있다했다. 그 말대로라면 이 정도로 병약해서는 안 된다. 자세히 살펴보던 제튼의 두 눈이 빛을 뿜었다.

'기가 빠져나가는 건가.'

너무 마른 상체와 구분이 되진 않았으나, 그럼에도 불구하고 이상이 느껴지는 양 다리가 보인다. 추욱 늘어진 까닭인지 괜스레 시선이 가기도 했다. 그 발의 가장 밑부분으로 희미하게 기운이 유출되는 것이 느껴졌다.

이는 생각보다 다리의 부상이 심각하다는 의미로써, 이로 인해 생기가 끊임없이 새고 있다는 이야기였다.

만약 이대로 방치한다면?

'얼마 못 가겠지.'

올해를 넘기기도 힘들 것이다. 이런 여동생의 상태 때문에 케빈이 더욱 이를 악물고 내달리는 걸지도 몰랐다.

'쯧!'

내심 혀를 찬 제튼이 안으로 들어갔다. 워낙 비좁은 까닭인지 그의 어깨며 머리에 자꾸만 판자들이 치였다.

"누구세요?"

그제야 제튼을 확인한 듯, 메리가 눈을 동그랗게 뜨며 물었다. 이 험난한 상황 속에서도 유난히 투명한 빛을 발하는 아이의 눈빛에 제튼이 쓴웃음을 흘렸다.

'어찌한다.'

아이에게 씌워진 죽음의 그림자. 이를 걷어내는 방법을 안다. 하지만 선뜻 손이가질 않았다. 오랜 시간을 함께하며 관리를 해 줘야 하는 까닭이다.

'할 수 있을까?'

찰나의 시간, 수많은 고민과 갈등이 머릿속을 맴돌며 어지럽힌다. 조카들을 선뜻 만질 수 없던 이유가 떠오른다. 어찌어찌 조카들을 품에 안기는 했지만, 그래도 여전히 주저함이 생기는 건 어쩔 수가 없었다.

게다가 케빈을 살리던 것과는 그 의미가 다르다. 케빈은 호기심에 잠깐 손을 대었을 뿐이다. 하지만 메리의 경우는 호기심으로 움직일 수준이 아니었다.

'……해도 될까?'

그 때에 아이가 먼저 다가왔다. 워낙 작은 판잣집인 탓에 자그마한 움직임만으로도 제튼에게 접근할 수 있었다. 힘겹게 손을 뻗는 게 보였다. 저도 모르게 손을 빼려는데 어쩐 일인지 한 박자가 늦어버렸다.

순간 손끝에서부터 올라온 온기가 전신을 빠르게 치고 지나갔다. 동시에 피어난 한 줌의 용기가 등을 떠민다.

'후…….'

아이의 손을 힘차게 움켜쥐며 최대한 부드럽게, 밝게 미소를 지어냈다.

"제튼이라고 한단다."

아이가 마주 웃는 게 보였다.

◆

흑발에 흑안을 지닌 사내가 자신의 외형에 어울리는 흑의를 걸친 채, 도시가 자아내는 그림자의 숲을 거닐어 간다. 도시가 자아내는 그늘은 실로 다양하고 광대해서, 사내는 벌건 대낮에도 유령처럼 움직이는 게 가능했다.

그런 만큼 어둠이 깔린 지금 이 시간, 한 밤중에는 더욱 사내의 모습은 은밀하게 어둠에 녹아들 수 있었다.

그 깊은 어둠 속을 헤엄치며 도심을 돌아보는 사내의 눈가에 자그마한 불이 들어왔다.

'이게 겨우 남작령이라니.'

그 규모가 작아서 그렇지 제국의 대도시 못지않은 화려함이 곳곳에 피어있었다.

'어지간한 자작령 못지않군.'

스테일 남작령에 대한 사내의 평가였다.

'제국 전쟁에서 한발 빠져있던 덕분인가.'

거기까지 생각하던 사내가 이내 고개를 좌우로 흔들었다.

'그것만으로는 부족하지.'

요 며칠간 나름대로 살펴봤으나 이정도의 발전을 이룰 만한 영지는 아니라는 결론이 나왔다.

'어쩌면…… 정말로 너구리들과 연관이 있는 걸지도 모르겠군.'

물론 섣불리 결론을 내리지는 않을 것이다.

'이제 겨우 조사를 시작했을 뿐이니까.'

바로 옆의 자작령과 인근 지역의 영지들까지 전부 조사가 끝나봐야 확실해질 이야기였다. 잠시 남작성 방향을 바라보던 그의 신형이 다시금 어둠 속으로 녹아들었다.

'음?'

막 어둠과 동화되려는 찰나, 돌연 사내의 움직임에 제동이 걸렸다.

저 멀리 거리 한쪽을 지나는 한 사내가 눈에 담긴다. 사내는 남매로 보이는 아이 둘을 데리고 가는 중이었는데, 어느 모로 보나 평범한 가족처럼 보이는 풍경이었다.

하지만 결코 평범하지 않다는 게 느껴졌다.

유달리 마른 남매의 모습만으로도 결코 평범하게 여겨지질 않았다. 하지만 좀 더 정확히는 남매 중 동생으로 보이는 여아 때문에 시선이 돌아간 것이었다.

사내의 품에 안긴 여아로부터 흘러나오는 기운에 눈이 번쩍 뜨였다.

'이건, 성력인가?'

희미하게 새나오는 까닭에 정확히 판단을 내리기는 어려웠지만, 분명 성력인 것 같았다. 그 미약한 기운 사이에서 느껴지는 맑은 공기는 성력 외에는 설명할 길이 없었다.

'저 아이가 내는 걸까?'

이내 고개를 흔들며 여아를 안고 있는 사내를 바라봤다.

'저자로군.'

아이의 육신에서 흘러나오는 성력은 아이를 품은 사내에게서 나오는 것으로 여겨졌다.

'신관?'

하고 있는 복장을 보자면 사제처럼 여겨지지 않았다.

'떠돌이 신관이려나?'

신전을 떠나 수행을 하는 신관들 중에는 저처럼 일상복을 입고 사람들 사이로 깊이 파고드는 신관들도 있었다.

'아니면 자취를 감추고 사는 은둔자일지도 모르겠군.'

신관중에는 신전을 떠나 일상을 살면서 수행을 하는 이들 역시 드물게 있기에 이리 생각하는 것이다.

'제법…… 기운이 맑은 것이 상당한 성력을 지닌 모양이군.'

언뜻 느껴지는 기운이었으나, 그 자그마한 잔재만으로도 코가 활짝 열릴 정도로 맑은 향기가 그득하다. 일반 시민들은 모르겠으나 사내는 극한의 단련으로 경지를 이룬 강자였다.

기운에 민감한 만큼 옅은 잔재만으로도 많은 정보를 얻는 게 가능했다.

'확실히 보통 동네는 아니군. 저 정도의 신관이 숨어 있다니.'

잠시 눈을 빛낸 사내가 임무를 상기하며 다시금 어둠 속으로 몸을 묻었다. 하지만 어째서인지 그 속으로 사라지기 전 딱 한 번 더 사내의 모습을 바라봤다. 어렴풋이 보이는 옆모습에서 묘한 익숙함을 느낀 까닭이었다.

'어디서 본 적이 있나?'

이내 고개를 흔들어 상념을 털어내며 어둠속으로 빠져들었다.

흑발 사내가 바라보던 의문의 사내. 그 사내의 눈길이 한 차례 저 먼 곳의 골목길 쪽으로 향한다.

'어째서 이곳에……?'

딱딱하게 굳은 표정위로 차가운 한기가 맴돌고 있었다.

"제튼 아저씨?"

아래쪽에서 들려온 음성에 고개가 밑으로 향했다. 남자아이, 케빈이 의아한 얼굴로 그를 올려다보고 있는 게 아닌가. 그도 모르게 걸음이 멈춰버린 모양이었다.

"잠시…… 아는 사람을 본 것 같아서 그렇단다."

그러면서 다시금 골목길 쪽으로 시선을 내던졌다.

'어째서 여기에 있는 거냐?'

조금 전 골목길에서 그를 바라보던 흑발 사내. 그는 분명히 기억 속에 존재하는 인물이었다.

문득 품 안에서 여아, 메리가 꿈틀거리는 게 느껴졌다.

'이런.'

현재 그는 이동을 하며 메리를 치료하는 중이었다. 메리의 상태가 워낙 안 좋은 탓에 빠르게 치료를 시작한 것이다. 하지만 혹여 케빈이 걱정할까 우려하여 일부러 별 것 아닌 듯 행동하는 중이었다.

설마 이동하며 치료를 할 거라고 누가 생각이나 하겠는가.

'애초에 내가 치료한다는 것 자체도 알려서는 안 되겠지.'

그저 아주 조금씩 기적처럼 상태가 호전되는 것. 딱 그 정도의 변화를 줄 것이다. 원래라면 반년 정도의 시간이 지나면 숨을 거두게 될 터였으나, 그 반대로 반년여의 시간을 거쳐 조금씩 건강해지게 만들 계획이었다.

'내 능력을 드러낼 수는 없으니까.'

두 아이를 거두기로 했으나, 그의 진체는 밝히지 않으리라.

흑발 사내가 성력이라고 오해했던 그 기운은 제튼이 메리에게 불어넣는 기운이었다. 기운을 세심하게 컨트롤 했으나 메리의 몸 상태로 인해 자꾸만 새어버렸고, 그러다보니 흑발사내에게 들켜버린 것이다.

워낙 미미한 양이었으나 흑발사내는 그 미미한 흔적을 읽을 만한 실력자였다.

'그래도, 설마…… 알아차리지는 못했겠지.'

다시금 걸음을 옮기면서도 시선은 자꾸만 흑발사내가 있었던 골목길 방향으로 향했다.

'하긴, 들켰다면 저렇게 그냥 갈 리가 없지.'

다행히 기운이 흘러서 이목을 끌었다고는 하나, 그가 치유에 사용한 기운은 정종의 기운이었다.

'굳이 비유하자면 신관의 성력과 비슷하겠지.'

메리의 치유를 위해 최대한 맑은 기운만을 뽑아냈기에 천마가 사용하던 마기와는 다를 수밖에 없었다.

"그런데 저희에게 왜 이렇게 잘 해주시나요?"

문득 상념을 깨는 음성이 들려왔다. 케빈이 그를 바라보며 묻고 있었다. 이에 제튼이 실소하며 역으로 물었다.

"너는 왜 처음 보는 아저씨를 믿고 따라오는 거냐?"

고민하라고 던진 질문이었다. 하지만 답은 바로 나왔다.

"메리가 아저씨를 좋아하니까요."

"뭐?"

역으로 제튼이 당황한 표정이 되어 케빈을 바라봐야 했다.

"그게 무슨 말이냐?"

이해할 수 없는 이야기에 재차 물었다.

"메리는 낯을 심하게 가리는데, 이상하게 아저씨한테는 먼저 다가가더라구요."

"……그래?"

의외였다. 첫 만남에 선뜻 다가오던 메리의 모습에 원래 성격이 그런가 보다 여겼건만, 알고 봤더니 그가 느낀 것과 정 반대의 성향을 가진 모양이었다.

"게다가 이렇게 편한 얼굴로 자는 모습…… 정말 오랜만에 보는 것 같아요."

케빈의 이야기처럼 메리는 현재 제튼의 품 안에서 깊이 잠들어 있었다. 제튼이 불어넣은 기운으로 신체에 일부 활력이 더해지고 온기가 깃들며 자연스레 잠에 빠져든 것이다.

"어째서 저희에게 이리 잘 해주시는 거죠?"

케빈이 다시금 처음의 질문으로 되돌아가 물어왔다. 제튼이 재차 실소하며 한손을 내려 케빈의 머리를 힘차게 흔들었다.

"뒷세계 경험이 제법 고되기는 했나 보구나."

제튼을 믿는다 말하면서도 두 눈은 열심히 경계의 빛을 띄우고 있지 않은가. 마치, 메리 때문에 넘어가 준다는 느낌이었다.

'꼭 그것만은 아니겠지.'

메리 외에도 당장에 먹고 살기가 힘드니 좀 이용하자는 생각도 있으리라. 바로 조금 전 선한 인상의 사내에게 호된 꼴을 당했다. 그런 만큼 제튼을 향한 경계심을 풀기는 어려우리라.

하필이면 메리가 첫 만남인 제튼에게 꼬옥 붙더니 떨어지려 하지 않기에, 할 수 없이 그를 뒤따르는 것이었다.

"때로는 이유 없는 선행도 있는 법이야."

그 말에 케빈의 두 눈 위로 더욱 짙은 경계의 빛이 떠올랐다. 뒷세계 경험을 통해 그는 사람을 쉽게 믿으면 안 된다는 걸 깨달았다. 때문에 제튼에게도 무언가 의도가 있을 거라 여기는 것이다.

이에 제튼이 재차 입을 열었다.

"너는 잘 모르겠지만, 저 멀리 우리의 인지 너머의 세상에서는 옷깃만 스쳐도 인연이라는 말이 있다. 나와 너는 마치 그러한 인연을 통해 엮인 것이다."

갑작스런 혜광심어. 그로 인해 케빈을 만나고 그의 여동생 메리와도 만남을 가졌다. 동시에 두 아이를 거두기로 결심까지 했다.

"무슨……?"

이해할 수 없는 이야기에 케빈이 눈을 동그랗게 뜨며 그를 올려다본다. 그 모습이 왠지 귀여워 웃음을 터트린 제튼이 재차 케빈의 머리를 흔들었다.

"그냥 그런가 보다 해."

그러며 휙하니 앞서 나가버린다. 이에 케빈이 눈살을 찌푸리며 그 뒷모습을 바라보다 이내 어쩔 수 없다는 듯 그 뒤를 쪼르르 따랐다.

이 모습을 흘끗 쳐다본 제튼의 입가에 잠시 부드러운 미소가 그려졌다. 하지만 그것도 잠시 뿐이었다. 다가올 미래를 생각하니 절로 안색이 어두워질 수밖에 없었다.

'엄마한테는 뭐라고 설명한다냐.'

왠지 빗자루와의 대면식이 기다릴 것 같았다.

◈

갑작스런 두 아이의 출현에 집안은 또 다시 난리가 나야만 했다.

"밖에서 애까지 낳아온 거냐?"

당연하다면 당연할 수 있는 모친의 물음에 제튼이 쓰게 웃으며 사정을 설명했다.

물론 전부를 이야기하지는 않았다. 그의 능력까지 드러날 수도 있기 때문이다. 과거, 가출 시절에 도움을 받은 지인의 아이들이라고 설명을 한 뒤, 고아가 되어 힘겹게 살고 있기에 데려왔다고 했다.

"가까운데 사는걸 알았는데 모른 척 할 수는 없잖아요."

이에 모친의 표정이 복잡해지는 게 보였다. 저 한쪽에 세워진 빗자루에 자꾸만 눈치를 주는 것이 여간 불안했다.

'하긴, 멀쩡한 아들놈이 갑자기 아이들을 키우겠다는데 어느 부모님이 좋아라고 하겠어.'

그렇잖아도 서른일곱이나 먹은 노총각 중에서도 최상급의 노총각이었다. 좀 심각하게 이야기하자면 그의 나이에 손주를 품에 안는 집안도 있을 정도였다.

이대로라면 얼마 지나지 않아 동네에 소문이 다 날 것이고, 결국 제튼의 혼사는 물 건너갈 수밖에 없으리라.

갈등하는 모친의 곁으로 부친이 지나치더니, 이내 제튼의 곁으로 다가들었다. 그러더니 대뜸 아이들을 한 차례씩 쓰다듬으며 말했다.

"들어가자."

그 간단한 행동으로 단박에 사건은 종결이었다.

'허…… 참.'

제튼이 황당한 얼굴로 모친을 슬쩍 돌아봤다. 아니나 다를까. 이래저래 복잡해졌던 모친의 표정이 금세 풀어지더니, 이내 밝은 미소와 함께 아이들을 안으로 들이는 게 아닌가.

'끄응…… 역시. 진정한 실세!'

새삼 부친의 막강한 파워를 느끼며 제튼 역시 집안으로 향했다.

갑작스레 집이 생겨버린 케빈은 조금 당혹스런 얼굴이 되어서 자신의 방을 둘러봤다.

'이게…… 대체?'

오는 길 내내 제튼을 경계했다. 어딘가 알 수 없는 곳으로 데려가는 건 아닐까? 어떻게든 메리를 빼앗아 도망가야하지 않을까?

하지만 이내 포기해야만 했다. 아무리 생각해도 성인의 힘을 당해내기는 어려웠고, 게다가 메리까지 껴안고서 무사히 도망칠 자신도 없었다.

섣부른 판단으로 그와 동생 모두가 위험해지길 원치 않았다.

때문에 첫 만남 당시 보았던 제튼의 맑은 눈빛을 믿고, 또한 메리의 눈을 믿을 뿐이었다. 이상하게 들릴지도 모르나, 메리는 어린 나이임에도 불구하고 유난히 사람에 대해서 민감했다.

때문에 낯을 가린다고 여겨질 정도로 사람들과의 소통이 적었으나, 대신 '악'이라고 여겨지는 이들에게는 결코 다가들지 않았다.

'좋은 사람을 구분하는 눈이 있지.'

어찌 보면 스스로 지킬 줄 아는 본능이 있다고 볼 수 있었다.

'확실히 신기한 일이기는 한데.'

이상하게 여겨지는 일은 아니다. 어릴 적부터 항상 함께 지내며 봐 온 까닭인지, 그저 그런가보다 할 뿐이었다. 그나마 머리가 좀 크면서 '신기하다' '대단하다' 등의 생각을 지니게 된 정도였다.

"음냐음냐……."

문득 들려온 음성에 고개가 돌아갔다. 방 한쪽, 침대위에 누운 메리의 모습이 보인다. 오랜만에 깊은 잠에 빠져든 여동생의 모습에 절로 미소가 그려졌다. 그 옆에 다가가 메리의 볼을 가만히 쓰다듬어주었다.

'따뜻해.'

여동생의 온기일까? 아니면 방의 열기 때문일까? 괜히 가슴이 포근해져 왔다.

한 여름에도 다리 밑의 공기는 차가웠고 또 시렸다. 새벽에는 새우처럼 몸을 웅크린 채 부르르 떨어댈 정도였다. 그런 장소를 벗어나 오랜만에 제대로 된 방에 들어왔다.

제튼의 정확한 의도가 무엇인지는 모르기에 아직도 경계심은 가슴에 가득 쌓여있었다. 하지만 그럼에도 불구하고 이 훈훈한 공기에 저도 모르게 눈이 감겨왔다.

끼이이익……

조심스레 방문이 열리고, 아이들을 데리고 온 제튼이 모습을 드러냈다. 두 남매의 잠든 모습을 본 그가 쓰게 웃으며 안으로 들어갔다.

메리가 누운 침대에 얼굴만 묻은 채 불편한 자세로 잠을 청하는 케빈을 본 까닭이다. 살금살금 다가가 깨지 않게 조심히 아이를 안아 침대에 눕혔다.

'이 방도 예전모습 그대로네.'

방 안에는 침대가 두 개 준비되어 있는데, 이는 두 여동생 프릴과 펠다가 예전에 사용했던 방이기에 그런 것이다.

2층에는 총 3개의 방이 있는데, 그 중 하나가 제튼의 방, 그리고 다른 하나는 프릴과 펠다 그리고 켄트의 방, 나머지 하나는 창고방이었다.

홀로 독방을 사용한다는 게 어찌 보면 장남의 특권으로 여겨질 수도 있었으나, 꼭 그렇지만도 않았다.

'방 크기 차이지.'

제튼의 방은 말 그대로 딱 독방 사이즈였던 것이다. 물론 켄트까지 함께 지내기에 불편한 것은 아니었으나, 그래도 굳이 두 사람이 함께 하기에는 과한감이 있었다.

'뭐, 그래봤자 거기서 거기지만.'

사실, 세 방 모두 그리 큰 건 아니다. 하지만 미묘한 사이즈 차이가 1인실과 2인실을 구분하게 만들었다.

'원래는 창고 방을 켄트에게 주기로 했었는데…….'

제튼의 뜬금없는 가출로 인해 그의 방이 켄트에게 물려졌다.

'분명, 펠다가 적잖게 불평을 했을 거야.'

볼 수는 없었으나 그의 독방을 놓고 어떤 상황이 벌어졌을지 예상이 되었다. 프릴은 나름 얌전한 성격이니 문제가 없었을 터이나, 펠다의 경우에는 오빠라고 해서 양보할 성격이 아니었다.

'엄마의 철권정치에 두 손 들었을 테지.'

뻔한 결말이었다.

'크크크…….'

잠시 상상한 것만으로도 웃음이 나왔다.

후에 포나가 태어나고 제법 자랐을 즈음, 창고 방을 포나의 방으로 꾸미게 된다. 그 때에도 분명 펠다의 반란이 있었을 법 하지만 제법 나이를 먹고 난 뒤여서일까? 얌전히 독방을 물려주며 의외로 조용한 결말이 나버린다.

그리고 이 덕분에 집 옆에는 자그마한 창고가 한 채 지어지게 된다.

어쨌든 두 여동생이 혼인을 하고 떠난 이후에도 모친은 방을 그대로 두었는데, 그것이 이렇게 두 아이들의 방으로 탈바꿈 된 것이다.

'이상한 녀석.'

케빈을 향한 제튼의 평가였다.

'상단전이 열려있다니.'

혜광심어를 가능하게 만든 이유가 바로 그것이었다.

'원래라면 닫혀있어야 할 것인데.'

순수한 아기 시절이라면 모를까, 세상의 흐름 속에서 조금씩 막혀버리는 것이 바로 상단전이었다. 고된 수련으로 한계를 넘어 경지에 이르기 전에는 다시 열리지 않는 것이기도 했다.

'천마의 기억을 뒤적여 보면 꼭 그렇지만도 않지만…….'

아주 가끔 드물게 특이한 체질이 태어나는데, 그런 이들 중에는 간혹 상단전이 깨어있는 이들도 존재했다고 한다. 그리고 이런 이들은 대부분이 무림사에 특별한 이름을 남기고는 했다.

'그런 특이체질은 아니란 말이지.'

케빈을 치유하면서 직접 그 몸을 세세히 살폈다. 덕분에 알 수 있었다.

'선천적인 것이 아니야.'

그렇다면 남은 건 하나다.

'후천적인 개발이란 말인데.'

어이가 없었다. 10살의 나이에 후천적으로 단련을 해서 상단전을 연다?

'말도 안 되는 이야기지.'

헌데 그 말도 안 되는 일이 벌어졌다.

'이상한 녀석이야.'

재미있는 건 상단전이 완전하게 열리지 않았다는 사실이다.

'어중간해.'

어설프게 열려 있었다. 바로 이 어설픔 때문에 후천적이라는 걸 확신할 수 있었다.

그리고 이 어설픈 틈으로 의지를 쏘아 보내 혜광심어를 보낸 것이다. 아니 던졌다. 아무나 들어달라는 마음으로 간절히 내던졌으리라.

그리고 그걸 제튼이 주워 담았다.

원래는 불가능할 일이었으나, 간절함이 이를 가능케 했으리라.

'중단전과 하단전. 둘 모두 평범해.'

하지만 그럼에도 불구하고 상단전이 열려있다. 아쉽게도 어떻게 된 일인지 당장은 알 길이 없었다.

'이건 그 작자도 모를걸.'

천마를 떠올리며 내심 수긍해버렸다. 물론 천마가 들었다면 경을 쳤을 것이다.

〈천상천하 유아독존 절대지존 만물박사인 이 몸은 모르는 것 따윈 없다.〉

분명 이런 식으로 외쳐대리라.

'뭐…… 찬찬히 알아 가면 되겠지.'

한 차례 케빈의 머리를 쓸어낸 제튼이 메리에게로 향했다. 오는 내내 기공치료를 시행했다고 하나, 그것은 가벼운 응급처치 정도였다. 아무래도 이동중이었던 까닭도 있고, 이래저래 보는 눈도 있는 까닭에 제대로 집중치료를 하기가 어렵기도 했다.

'시간 날 때마다 틈틈이.'

초기 진압이 중요하다. 이미 메리의 상태는 최악이라서 초기라는 단어를 사용하기는 어려웠으나, 어쨌든 치료자체는 초기인 만큼 신중해야 할 필요성이 있었다.

혹여 케빈이 깰지도 모른다는 생각에, 조금 전 머리를 쓸어낼 때 혈을 눌러 두었다. 치료는 최대한 조용히 시행될 터였으나, 그래도 만에 하나라는 게 있기 때문이다.

"으으음……."

오랜만에 누운 침대였지만 잠자리가 바뀐 까닭일까? 메리가 한 차례 뒤척이는 게 보였다.

'그동안 많이 아팠을 것인데.'

때문에 고통 없이 치유해주고 싶었다. 그만큼 제튼의 부담감이 늘어날 테지만 그 정도는 문제없었다.

잠시 후, 제튼의 손 위로 은은한 빛이 맴돌며 치료가 시작되었다.

◈

"발 없는 말이 천리를 간다고 했던가."

소문이라는 놈은 참으로 날래서 순식간에 마을을 한 바퀴나 내달려버렸고, 제튼은 하루아침에 애 둘 딸린 유부남으로 변해있었다.

"에휴…… 어쩔 수 없지."

한숨과 함께 어깨를 으쓱였다. 사실, 이 나이 먹고 장가니 뭐니 하며 아등바등 살고 싶지는 않았기에, 굳이 소문에 흔들릴 이유가 없었다.

'나름대로 해 볼 건 다~아 해 봤으니까.'

간접경험 외에도, 육신을 되찾은 뒤로 나름의 경험치를 쌓아놓았다. 오랜 시간을 지켜만 봤던 게 이래저래 억울했기 때문이다.

"게다가 간접경험도 그 정도로 겪었으면 뭐…… 쩝!"

물론 조금 아쉬운 감이 없잖아 있었으나, 그 정도에 연연하기에는 그의 수행이 너무 깊었다.

'뭐…… 어찌 보면 쓸데없이 깊다고 해야 하려나.'

덕분에 심적인 여유가 생겨 나쁘지는 않으니, 굳이 문제될 건 없었다.

"선생님."

문득 들려온 음성에 상념이 깨어지며 눈살이 절로 찌푸려졌다. 저 멀리 하나의 인영이 빠른 속도로 다가오는 게 보였다.

지긋지긋한 얼굴이었다.

'쿠너…….'

아카데미에서 그가 가르치는 제자였다.

적당히 대충 대충. 이런 생각으로 아카데미 수업을 때우며 빠질 궁리만 하던 그에게 뜬금없이 달라붙은 찰거머리 같은 제자. 그게 바로 쿠너 플란이었다.

제튼에게 제대로 감명은 받은 것인지, 주말이면 어김없이 찾아오는 게 아닌가.

'괭이…….'

쿠너의 어깨에 걸린 농기구가 눈에 들어왔다.

현재 제튼은 남작에게서 구입한 땅을 개간 중이었는데, 이를 알게 된 쿠너가 매 주말마다 괭이를 들고 찾아오고 있었다.

"안녕하십니까!"

어느새 다가온 쿠너가 넙죽 인사를 건네 왔다. 그 예의 바른 모습이 참으로 부담스러울 따름이었다.

"또…… 왔나?"

찌릿하니 뒷목이 당겼지만 애써 웃음으로 받아줬다. 안타깝게도 쿠너는 제법 돈 좀 만지는 상가의 자제였다. 제국 수준의 상가는 아니었으나, 이곳 남작령 내에서는 제법 떵떵거릴 수준의 집안이기는 했다.

게다가 스테일 남작가와도 제법 친분이 있다는 소문 역시 들었다. 가족도 모르는 회색들판에 대한 정보 역시 이러한 인맥으로 알게 된 것으로 여겨졌다.

'쓸데없이 눈 밖에 나면 귀찮겠지.'

아무래도 이 근방에서 제법 행세를 하는 집안이니만큼 적당한 관계유지는 필요할 듯싶었다.

'그렇다고 해서 잘 해줄 생각도 없지만.'

최대한 '무시'하는 것. 그게 지금껏 내린 결론이었다.

물론 대놓고 행동할 수는 없다. 드러나지 않게 실행할 뿐이었다.

"스승님이 고생을 하시는데 어찌 제자가 편히 쉴 수 있겠습니까. 얼마든지 부려주십시오."

하지만 이 예의바른 태도를 보라.

'아…… 양심이 조금만 부족했어도.'

참으로 아쉬운 순간이었다. 이런 땐 천마가 너무나 부러웠다.

'양심도 없고 개념도 없고 싸가지도 없고…….'

이런 저런 생각을 하는 사이, 쿠너는 이미 저 한편에서 괭이질을 시작하고 있었다.

'끄응…… 착실한 자식.'

돈 좀 있는 집 자제라면 좀 건방져도 이상할 게 없건만, 쿠너는 너무나 착실했다.

'바람직한 놈.'

그 말 외에는 떠오르질 않았다.

'평범하게 살고 싶건만.'

이리도 달라붙어대니 참으로 난감할 따름이었다. 그나마 다행이랄까?

'동검패의 약발은 다 됐으니.'

제국 동검패의 기사라는 소문에 그나마 기대하던 학생들이었으나, 얼마 지나지 않아 제튼의 의도에 넘어가버렸다.

〈제국 동검패도 별 거 없잖아.〉

〈은검패와 동급이라더니, 구라였네.〉

〈왕국 동검패보다 조금 나은 수준?〉

대충 이런저런 이야기들이 오가며 제튼에 대한 저평가가 이뤄지기 시작했다. 초반 기대가 상당했던 까닭인지, 그를 향한 평가는 빠른 속도로 추락하고 있었다. 특히 그의 수업이 '복습' 이라는 이야기가 퍼지며, 더욱더 그에 대한 인지도는 떨어질 수밖에 없었다.

실로 환영할만한 일인 것이다.

'딱 거기까지는 좋았지.'

하지만 단 한 명. 쿠너만큼은 그런 소문에 현혹되지 않았다. 그는 스스로 보고 느낀 걸 믿었다. 때문에 이처럼 스승의 예를 다하며 최선을 다하는 게 아니던가.

'에휴…….'

괭이질을 하며 땀을 흘려대는 쿠너를 보고 있노라면 한숨이 절로 나올 것 같았다.

이 뿐만이 아니다. 아카데미 내에서도 시간이 날 때마다 틈틈이 찾아와 제자로써의 예의를 다하려고 노력하고 있었다.

'열심히도 한다. 쯧!'

한숨만 나올 따름이었다.

'그래도 제법 훈련이 잘 되어있기는 하단 말이지.'

농사일은 초보라고 하지만 잘 단련된 육체 덕분인지 빠른 속도로 땅을 골라내는 게 보였다.

'하지만 아무리 그래도 검을 들던 손으로 괭이를 들려하니 쉽지는 않겠지.'

송글송글 맺힌 땀방울들이 그 증거이리라.

'그래도 확실히 쓸만한 노동력이긴 하지.'

굵직한 돌덩이들도 휙휙 내던지는 저 팔심을 보라. 여리여리한 체구와 달리 잘 단련된 육신이 의외의 파워를 발산하고 있었다.

'구경만 할 때가 아니지.'

이내 제튼의 괭이도 힘차게 휘둘러지기 시작했다.

어느새 해가 서산 너머에 바싹 내려앉으며 하늘위로 흐릿한 붉은기가 어리는 게 보였다.

"읏~차. 여기까지만 하자."

제튼이 허리를 쭈욱 펴며 하는 이야기에 저 한쪽에서 '푸하~!' 하는 거친 숨소리가 들려왔다. 고개를 돌려보니 땀에 흠뻑 젖어서 주저앉은 쿠너가 보였다.

'농사일도 쉬운 게 아니지.'

가볍게 실소한 제튼이 쿠너에게 다가가 그 어깨를 두드려줬다.

"고생했다."

동시에 미약한 진기를 흘려보냈다. 들키지 않도록 소량만을 불어넣었으나 그것만으로도 가벼운 피로감은 치워낼 수 있을 것이었다.

"아닙니다. 이것도 다 수련이고 단련이니까요."

기특한 소리만 골라서 한다. 이러니 도통 미워할 수가 없었다.

'쯧!'

입맛이 썼다.

'조금…… 정도는 가르쳐볼까?'

최근 들어 조금씩 이런 생각이 들었다.

'제법 쓸만하단 말이야.'

첫 인상이 어땠는지는 이미 잊어버렸다. 초반에 잠시 건방을 떨던 모습을 지워버릴 만큼 쿠너가 보여준 모습을 훌륭했다.

그가 아카데미를 자주 나가는 게 아닌지라, 만남의 기회가 적을 수밖에 없음에도 불구하고 쿠너는 꾸준히 그를 쫓아다녔다. 시간이 날 때마다 그를 찾아와 얼굴을 비치며 제자로써의 예의를 다하려 노력했다.

이리 싹싹하게 굴어대니 미운 마음이 생길수가 없었다.

'미운 놈 떡 하나 더 준다던가?'

천마의 세상 어딘가에서 떠도는 이야기라는데, 참 재미있는 이야기다.

'미운 놈에게 떡을 줄 정도면 예쁜 놈은 어떨까.'

채찍질을 해서라도 잘 키우고 싶을 것이고, 좋은 것도 참 좋은 걸 먹이고 싶으리라.

'가식 같은 게 아니지.'

말 그대로 지금 이 모습이 쿠너의 본질이었다.

'착실한 놈.'

한때나마 자신의 실력과 더불어서 주변의 찬사로 인해 오만의 늪에 한 발 담갔었으나, 제튼과의 만남으로 빠르게 이를 씻어냈다.

생각해보면 그의 공부를 덧없이 묻어버리기에는 아쉬웠다. 천마에게 대항하기 위해서 그 나름대로 이 세상의 공부를 모아서 직접 탄생시킨 것이 아니던가.

무림이라는 세상의 무공이 아니라, 이 세상의 검술과 연공법이었다.

'조금 정도는…….'

남겨도 괜찮지 않을까 하는 생각이 불쑥 들었다.

'확실히…… 바람직한 놈이란 말이지.'

여리여리한 겉모습과 다르게 내부에는 단단한 기둥에 세워져 있었다. 그간 보여준 모습들이 거짓되고 포장된 모습이라고 여기지 않는다.

천마 정도는 아니지만, 그도 경지에 이른 초월자였다. 상대를 꿰뚫어 보는 통찰력 정도는 지니고 있는 것이다.

'이놈, 물건은 물건인데.'

천마가 이야기하는 최상급의 자질을 가진 건 아니다. 하지만 그에 못지않은 단단함을 마음속에 품고 있었다.

'아주 조금 정도라면…….'

문득 쿠너가 자리에서 일어나는 게 보였다. 그러더니 대뜸 인사를 건네 온다.

"그럼 이만 가 보겠습니다."

언제나 일이 끝나면 바로 돌아가 버리는 저 모습이 특히나 마음에 든다.

'조금이라도 더 배우고 싶은 마음이 있을 건데, 꾸욱꾸욱 삼키고 참으면서 드러내질 않는단 말이지.'

그저 이렇게 땅만 고른 뒤 발길을 돌린다. 그 걸음걸음에 은은히 배어있는 갈망을 느낄 수 있었다.

〈배우고 싶다. 더, 더 배우고 싶다.〉

실소가 절로 나올 정도였다.

"배 안고프냐?"

뒤돌아 걸어가던 쿠너의 발걸음이 문득 멈춰 섰다. 그가 눈을 동그랗게 뜨고는 돌아보는 게 보였다.

"배…… 배요?"

"그래. 배."

"고픕니다!"

쿠너의 우렁찬 대답소리가 쓰게 웃은 제튼이 농기구를

챙기며 말했다.

"사줄테니. 밥이나 먹고 가라."

지금껏 단 한 번도 보여주지 않았던 제튼의 관심에 쿠너의 두 눈 위로 진한 격동의 물결이 스쳐갔다.

"예! 옙!"

제튼의 입가에 자그마한 미소가 걸렸다.

'아주 조금만…….'

조금 정도라면 괜찮을 것 같았다.

그리고 일주일 뒤.

새로운 갈등이 찾아왔다.

"제게도 가르쳐 주세요."

"……뭘?"

"검. 아니 강해지는 방법을요."

난감한 얼굴이 되어 전방의 꼬맹이를 바라봐야만 했다.

케빈!

갑자기 들이닥친 작은 돌풍의 정체였다.

#7. 초급검술

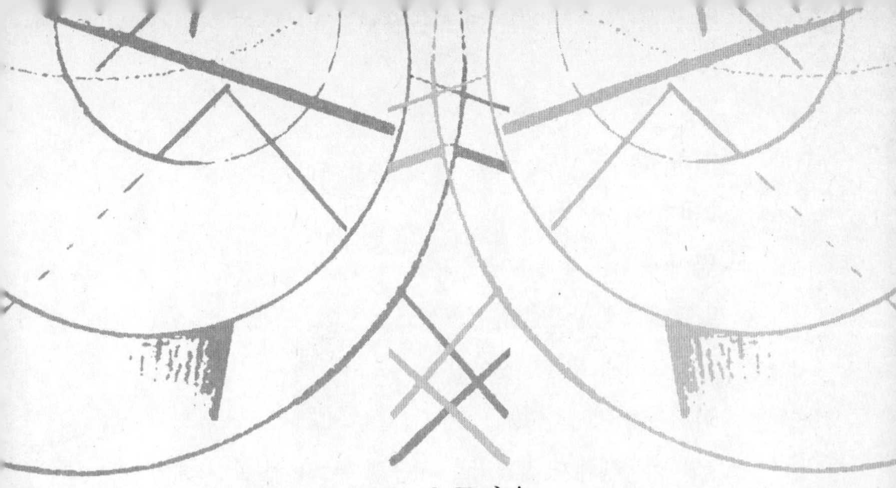

#7. 초급검술

어리기에 당했던 수모.

'아니 힘이 없어서 당한 거야.'

약하기에 겪었던 비참함.

'강해지고 싶어!'

바람이었다.

'아카데미.'

뒷세계에 빠지기 이전부터, 작게나마 원해왔던 또는 꿈꿔왔던 세상이었다.

'나도…… 다닐 수 있을까?'

하지만 이내 집안 사정을 떠올리며 고개를 흔들어야만 했다.

'엄마.'

그리고 여동생 메리.

'꿈이야.'

말 그대로 환상이었다.

그런 그에게 기회가 찾아왔다.

'아저씨가 기사라고?'

그와 여동생에게 잠자리를 제공해 준 사내. 그 사내의 정체가 무려 '기사' 라고 한다.

'게다가 아카데미의 강사!'

얼핏 듣기로는 보통 실력으로는 아카데미 강사를 할 수가 없다고 들었다. 저도 모르게 심장이 쿵쾅거리며 뜨거워졌다.

아카데미에 다니는 건 어려울 것이다. 하지만 검을 배우는 건 가능할 수도 있었다.

'배우고 싶어!'

꿈을, 환상을, 미래를 잡고 싶었다.

"제게도 가르쳐 주세요."

그래서 부탁했다.

"검. 아니 강해지는 방법을요."

왠지 모르게 난감한 얼굴이 되어 그를 바라보는 사내가 보인다.

제튼!

격하게 허리를 꺾으며 힘차게 외쳤다.

"가르쳐 주세요!"

대답이 없다. 입술을 잘근 깨물며 반응을 살피려고 슬며시 고개를 들었다. 그리고 볼 수 있었다.

휑한 공간과 싸늘한 정적.

'도망쳤다!'

단박에 알 수 있었다. 다급히 허리를 피며 주변을 살폈으나 어느새 시야 밖으로 사라진 것인지 그 어디에서도 흔적을 발견할 수가 없었다.

"으음……."

절로 신음성이 새나왔다.

'이 정도로 포기할 수는 없지.'

강한 의지를 불태우며 두 주먹을 불끈 움켜쥐었다.

걸음아 나 살려라 하는 심정으로 내달린 제튼은 마을 외곽까지 가서야 겨우 신형을 멈추며 숨을 고를 수 있었다.

"어우…… 깜짝 놀랐네."

하도 갑작스런 사건인지라 그 역시도 적잖게 놀라야만 했다.

"뜬금없이 검이라니."

당혹스러웠다. 일주일이라는 시간을 함께 한 이상, 그의 직업이라던가 하는 일에 대해서 모를 수가 없다지만, 그래도 대뜸 검을 가르쳐달라고 할 줄이야.

'애초에 이쪽으로는 흥미를 보인 적이 없었으니.'

그간 데면데면하며 일정거리 이상을 허락하지 않았던 까닭에 이런 상황은 생각지도 못했다.

여기까지 생각하고 나자 새로운 사실을 하나 깨달을 수 있었다.

'어느 정도…… 신뢰를 얻은 건가.'

그렇지 않고서야 지금 같은 질문을 어찌 던지겠는가. 배우고자 한다는 건, 스승과 제자의 인연으로 묶인다는 말과 같다.

'군사부일체(君師父一體)……라고 했지.'

천마세상의 용어로써, 왕과 스승 그리고 부모님을 똑같이 섬긴다는 의미였다.

'그 조심성 많은 녀석이 먼저 제자가 되겠다고 각오를 다졌단 말이지.'

물론, 케빈이 천마세계의 용어를 알리는 없다. 그래도 스승과 제자의 관계가 결코 가벼이 볼 것이 아니라는 것 정도는 충분히 알 법한 나이였다.

'거참, 미묘하네.'

마치 말 안 듣던 고양이가 대뜸 안겨온 기분이랄까?

'하필이면 검이라니.'

고양이를 안으려고 봤더니, 몸에 두드러기가 나는 꼴이

었다. 조금 과한 표현일수도 있으나, 현재 제튼에게 검이란 두드러기 같은 것이기 때문이다.

'황당한 건 놓을 수가 없다는 거지. 병이야, 병.'

그것도 아주 고질병이었다.

〈한 번 발을 들인 이상, 헤어 나올 수가 없지. 크흐흐흐…….〉

언제고 천마가 비릿한 웃음과 함께 했던 이야기가 떠오른다.

"무공. 아니. 힘."

그리고 검!

"맛을 알아버렸지."

혐오하는 한편 그 짜릿한 마력에 황홀해하는 자신이 있다.

"눈 가리고 아웅 하는 격이랄까."

야한걸 보고 얼굴을 가리면서도 손가락 사이로 안광을 빛낸다. 마치 그런 우스꽝스런 모습이 지금 제튼의 상황이었다.

〈꺄악! 저질! 변태! 끼야아…… 아흐읍 멋져!〉

대충 이런 형상인 것이다.

"웃기지도 않은가."

씁쓸한 미소와 함께 그가 손을 내려다봤다. 수많은 피에 물들었던 양 손이다. 검에 빠져든 이유는 사실 아주 단순했다.

'손에 피를 묻히고 싶지 않아서.'

그 뿐이었다.

〈전투는 손맛이지.〉

천마는 무기를 사용하지 않았다. 그저 상황에 맞춰서 시시때때로 바꿔가며 전투를 즐겼다. 말 그대로 '즐긴' 것이다. 그러기 위해 무기보다는 맨손 격투를 선호했다. 무기는 전투 중에 가끔, 아주 간간히 상대의 것을 빼앗아서 사용할 뿐이었다. 천마 스스로 무기를 들고 나선 적은 없었다.

덕분에 수많은 감각을 양 손으로 겪을 수 있었다.

"그게 싫어서 검을 들었지."

그리고 이내 흠뻑 빠져버렸다.

'애초에 할 것이라고는 그것 뿐이었으니까.'

천마가 만들어준 정신의 공간 속에서 그나마 할 수 있는 유일한 유희거리였다.

"검이라……."

케빈의 외침이 떠올랐다.

〈가르쳐 주세요!〉

그것은 마치 메아리마냥 귓전을 맴돌았다. 힘을 향한 순수한 열정을 느꼈다. 어리기에 더욱 강렬한 열망이 담겨있었다. 언젠가 그 역시 품었던 감정이었다.

'안 돼…… 안 될 일이지.'

고개를 흔들며 애써 외침을 털어냈다.

◈

레이나 스테일.

그녀는 이름에서도 알 수 있다시피 스테일 남작의 자녀로써, 남작가의 장녀였다.

올해 나이 스물다섯.

'노' 처녀 소리를 들으며 시집가라는 압박을 한 몸에 받아내야 할 때이지만, 의외로 스테일 남작은 그녀에게 이렇다 할 압박을 가하지는 않았다.

"참참참. 가면 가는 거고, 꿀꺽꿀꺽. 말면 마는 거지. 참참참참."

스테일 남작이 언젠가 보인 반응의 단편으로써, 그에게는 딸의 시집보다 먹는 게 더 중요한 듯, 그저 먹는 일에만 집중할 뿐이었다.

남작부인 역시 크게 무어라 재촉하지는 않는다.

"때 되면 가겠지."

이게 남작부인의 의견이었다. 아마도 남작의 영향일 것이라고 여겨졌다.

그나마 남작가의 후계자인 남동생이 수시로 그녀에게 '시집' 이라는 단어를 언급하며, 이를 간간히 상기시켜 줬다. 하지만 남동생은 누이가 어딘가 멀리 떠나는 게 싫은지 언급 정도로 끝낼 뿐이었다.

이렇다 보니 그녀 역시 시집이라는 단어에 그리 연연하지 않았다. 그리고 이러한 주변 분위기 덕분인지 더욱 열심히 자신의 꿈을 향해 걸음을 내딛을 수 있었다.

기사!

남작가의 힘이 아닌, 순수하게 그녀 스스로의 노력으로 이뤄낸 성과였다.

테룬 아카데미에서 아이들을 가르치게 된 것 역시, 스테일 남작의 입김이 아닌 그녀의 실력 덕분이었다.

아카데미 내에서도 세손가락 안에 들어가는 실력을 지니고 있는 것이다.

"부족해."

하지만 만족하지 않았다.

"이제 겨우 오러를 움직이는 수준일 뿐이니까."

조금 더 빠르고 강한 힘을 내는 정도로써, 진정한 초월자의 영역에 이르는 건 그 다음부터였다.

오러발현.

검이라는 영역을 한 단계 뛰어넘는 영역이었다. 때문에 교사가 된 지금도 배움의 자세로 스스로를 채찍질하길 주저하지 않았다.

아침 일찍 가장 먼저 아카데미에 출근도장을 찍는 것도

그런 이유에서였다.

'조금이라도 더 일찍 와서 한번이라도 더 검을 휘둘러야지.'

물론, 출근 전 집에서도 몸을 풀어주기는 했다.

'그건 식전 운동.'

아카데미에 와서 하는 건 식후 운동 이었다.

이런 저런 생각을 하는 사이, 어느새 연무장이 코앞이었다. 막 그 안으로 들어서려는 찰나,

안쪽에서 들려오는 기합소리에 눈이 번쩍 뜨였다.

'이 시간에 누가?'

지금껏 단 한 번도 없던 일이었다. 새벽부터 일어나 활동하는 그녀였다. 아침 식사도 이른 시간에 마무리가 되었다. 이후, 식사를 마치기가 무섭게 출근을 하는 까닭에, 적어도 한 시간은 더 있어야 아카데미가 깨어나고는 했다.

호기심에 눈을 빛내며 조심스레 연무장을 살폈다.

'학생?'

그녀 담당의 학년은 아니었지만 그래도 기억에 있는 학생이었다.

'쿠너 플란.'

올해로 아카데미 4년차의 학생으로써, 제법 우수한 실력을 지닌 까닭에 더욱 선명하게 기억 할 수 있었다.

'웬일이지?'

그 또래 중에서도 손에 꼽히는 실력자라는 건 알고 있었다. 그만큼 노력도 열심히 한다고도 여겼다. 하지만 이렇게 이른 시간부터 나와서 수련하는 건 이전까지는 본 적이 없었다.

'고학년생이 돼서 마음가짐을 달리했나?'

4년차 이상부터는 고학년생이라 부르는데, 이때부터는 슬슬 졸업 이후를 생각하는 시기였다.

특히, 제국 아카데미 사업이 본격적으로 시작한 것이 아직 5년밖에 안 되어서, 5학년생 이상을 찾아보기란 쉽지가 않았다. 때문에 현 4학년생들은 거의 최고학년이나 다름이 없는 실정이었다. 더더욱 '아직' 4학년 임에도 불구하고 '벌써' 4학년이라 여기는 학생들이 생기고는 했다.

미리 졸업하여 길을 개척한 이들이 별로 없는 상황인 만큼, 그들 스스로 길을 개척해야 하기 때문이다.

그렇다고 해서 5년차 이상이 전혀 없는 건 아니었다. 테룬 아카데미에도 몇몇 6년차 학생들이 있기는 했다.

승급심사.

바로 이 특별한 심사 덕분이었는데, 아카데미에서 지정한 기준치를 통과할 경우, 한 학년을 뛰어서 그 다음 학년으로 올라가는 게 가능했다. 상황에 따라서는 두 단계를 넘는 경우도 있었고, 때로는 조기졸업까지도 이어질 수 있었다.

이러한 경우 외에도 6년차 학생들이 존재하는 아카데미들도 있기는 했다. 제국 아카데미 사업이 본격적으로 시행되기 이전, 시범적인 케이스로 세워졌던 몇몇 소수의 아카데미들이 바로 그 경우였다.

물론 테룬 아카데미의 경우에는 초기 시범 케이스가 아닌 만큼, 5학년생 이상을 보기는 힘들었다. 때문에 지금의 4학년생들은 특별할 수밖에 없었다.

'졸업생이 몇 안 나온 상황이니까.'

이런 저런 생각을 하며 쿠너의 수련을 지켜보던 레이나가 이내 어깨를 으쓱이며 발길을 돌렸다. 아무래도 오늘은 학부내의 연무장이 아닌, 교직원 전용 연무장을 이용해야 할 모양이었다.

'시간이 좀 아깝기는 하지만 어쩔 수 없지.'

그녀가 기사학부 내 연무장을 사용하는 이유는 간단했다. 교직원 전용 연무장은 교직원 숙소 옆에 설치 된 까닭이었다. 걸어서 겨우 10분 남짓이었으나, 그 잠깐의 시간마저도 아끼고 싶은 마음에 학부내의 연무장을 애용하게 된 것이다.

그리고 다음 날.

이번에도 그녀는 교직원 전용 연무장을 이용해야만 했다. 전날과 다름없이 쿠너가 먼저 연무장을 차지하고 있는 까닭이었다.

'오늘도?'

잠시 고민을 하던 그녀는 한 주 정도 지켜보기로 결심했다. 이번 주 내내 쿠너가 연무장을 사용하고 있다면, 앞으로는 학부내의 연무장이 아닌 교직원 연무장으로 출근할 생각이었다.

쿠너와 함께 수련을 해도 상관이 없었으나, 아무래도 아침에는 개인수련을 하고 싶었다. 애초에 이른 아침부터 출근을 하는 이유도 그 때문이 아니던가.

식전 수련 시간은 문제가 없었다. 하지만 식후 수련 시간에는 남작가 기사들의 단체 수련 시간과 겹쳤다. 이를 피하고자 출근을 서두르게 된 것이었다.

'우선은 좀 더 지켜볼까.'

잠시 잠깐 솟구친 열정인지를 살피기 위함이었다. 한 차례 더 쿠너를 지켜보던 그녀의 발걸음이 이내 교직원 연무장으로 향했다.

그리고 정확히 일주일 째 되던 날, 그녀는 쿠너가 제대로 마음을 잡았다는 걸 깨달았다.

'제법이군.'

기특한 생각이 들었다.

'건방 떨 만도 한데.'

또래 중에서도 단연 손에 꼽히는 실력자가 바로 쿠너였다. 나태해지고 오만해지며 스스로에게 너그러워질 수도 있었다.

'오히려 더욱 채찍질을 하다니.'

대견한 생각이 들었다.

'어쩔 수 없나.'

그녀 스스로가 약조했던 일주일이란 시간이 지났다. 그럼에도 불구하고 쿠너는 아침훈련을 멈추지 않았다. 가벼운 마음으로 시작한 게 아니라는 뜻이었다.

'앞으로는 교직원 연무장을 이용해야겠군.'

그렇게 생각하며 발길을 돌릴 때였다.

'음?'

문득 그녀의 걸음을 붙잡는 게 있었다. 두 눈이 동그래졌다.

'그러고 보니…….'

왜 이제야 알았을까.

'초급검술?'

기억을 더듬어보니 일주일 내내 쿠너는 초급검술만을 펼치고 있었다. 물론 쿠너의 수련을 처음부터 끝까지 지켜본 건 아니다. 그저 잠시잠깐 지켜보다 교직원 연무장으로 향했다.

하지만 그 잠깐의 기억들을 모아보니 하나 같이 초급

검술들의 연속이었다.

'어째서?'

더 나은 검 더 높은 검 더 강렬한 검을 갈구하며 갈증을 느끼는 시기가 바로 3, 4년차가 아니던가.

'5년차도 다를 건 없지만.'

졸업 이후에도 기사가 된 이들도 마찬가지인 마음이 바로 높은 경지에 대한 갈망이다. 때문에 어지간하면 돌아보지 않는 게 바로 초급검술이었다.

'몸 풀기인가?'

갑작스레 든 의문이 그녀를 멈춰 세우며 쿠너를 관찰하게 만들었다. 그것은 이내 10분이 되고 30분이 되더니 한 시간을 꽉 채워버렸다.

'몸 풀기가 아니었어!'

오로지 초급검술의 연속이었다.

'왜?'

순간 머릿속을 가득 채우는 물음표 하나.

'초급…… 검술?'

뭔가가 달랐다. 정확히 콕 집어서 뭐라 하기는 어려웠으나 기억속의 초급검술과 미묘한 괴리감이 느껴졌다.

'뭐지?'

그녀의 두 눈이 쿠너의 검로를 조용히 추격해갔다.

노력의 결과라고나 할까?

제튼은 쿠너에게 정식으로 검을 가르치기 시작했다. 매일처럼 제튼의 마을까지 왔다 갔다 해야 한다는 불편함이 있었지만 그 정도는 충분히 감수해줄 수 있었다.

'그렇게라도 하지 않으면 제대로 배우기도 어려울 테니.'

제튼은 아카데미에 오는 금요일 날을 빼고는 굳이 쿠너와 만나려고 하지는 않았다. 상황이 이렇다보니 쿠너가 찾아갈 수밖에 없는 것이다.

'토네이도 검술과 스틸라 검술.'

그가 최근 들어 배우고 있는 초급검술이었다. 물론 이미 아카데미 1, 2년차에 배우고 익힌 것들이다. 하지만 제튼의 가르침이 더해지니 전혀 다른 신세계가 펼쳐지기 시작했다.

'거친 토네이도에 날카로운 스틸라 검술의 조합이라니.'

별 거 아니라는 초급검술 두 개의 연계일 뿐이지만, 그것만으로도 두 검술은 한층 매섭고 날카로운 폭풍이 되었다.

'대단해!'

정말 감탄사가 절로 나왔다. 어느새 검을 배운지도 한달이 다 되어간다. 그 시간동안 배운 거라고는 그저 초급검술들 뿐이었다. 하지만 결코 아쉽다거나 후회되는 감정이

들지는 않았다.

매 순간순간이 새롭게 여겨지는 까닭이었다.

〈난 너에게 대단한 걸 가르치려 하지는 않을 거다.〉

그 말처럼 초급검술들만 배우고 있다. 하지만 충분히 만족스러웠다.

'게다가 이 호흡법.'

이런 놀라운 연공법이 있다는 건 처음 알았다.

'검을 휘두르면서 오러를 쌓을 수 있다니.'

충격적이었다.

'연공법이라고 하면 그저 한 자리에 진득하니 앉아서 익히는 거라고 생각했는데.'

이러한 상식을 깨버렸다.

〈애초에 연공법이라는 단어가 나오기 이전부터도 이미 마스터는 존재했다.〉

제튼의 이야기처럼 오래전에도 초월자들은 있었다.

'고정관념이라고 했지.'

연공법이 세상에 알려지고, 그 놀라운 파괴력이 선보여지면서 이전의 상식과 관념을 헤집어놓은 것이다. 거기다 연공법의 탄생과 동시에 초월자들의 수가 늘어나면서, 기존의 검술이 잊혀져버린 이유도 컸다.

〈이건 사실 그렇게 대단한 것도 아니다. 네가 잘 모르는 것뿐이지 몸을 움직이면서 오러를 쌓는 연공법들은 아직

도 제법 존재하니까.〉

단지, 하나같이 제대로 전승이 되질 않은 까닭에 유명세를 타는 게 없을 뿐이었다. 이렇다보니 마법사들의 명상법처럼 고정된 자리에서 쌓는 연공법이 더욱 알려질 수밖에 없었다.

〈제국 수도에 있는 아카데미에 가보면 이에 대한 서적들이 제법 있을게다.〉

그 이야기를 듣고 언젠가는 한번 꼭 찾아가보리라고 결심했다.

"푸후우우우우……."

가볍게 숨을 고르며 검을 내려놓았다. 아무래도 상념이 많아지는 걸 보니 잠시 휴식이 필요할 모양이었다.

〈아침 공기를 마시면서 연공을 하는 것도 제법 도움이 될 거다.〉

지난 주, 제튼이 해줬던 이 말 때문에 지금처럼 수련을 시작하게 되었다. 레이나는 모르는 부분으로써, 그녀가 오기 한참 전부터 쿠너는 연무장에서 검을 휘두르고 있었다.

"확실히 새벽공기를 마시며 하는 운동도 나쁘지는 않네."

새벽 일찍 일어나 아카데미 식당이 열리는 아침 시간까지 검을 휘둘렀다. 대략 2시간 정도를 아침훈련에 투자하는 것이다.

그전까지라면 집에서 식사를 마치고 왔었으나, 이젠 아카데미 식당에서 아침을 해결했다.

"슬슬 끝내볼까."

밥 생각을 했더니 배가 고파왔다. 몸의 열기가 식기 전에 한번만 더 휘두르고 끝을 내는 게 좋을 것 같았다.

잠시 후, 연무장을 나서는 쿠너의 뒤로 하나의 인영이 모습을 드러냈다.

레이나 스테일.

원래라면 식후 훈련을 위해 교직원 연무장으로 갔어야 하나, 쿠너의 초급검술에 충격을 받은 나머지 훈련마저 빼먹고 내리 구경만 해 버렸다.

'달라.'

그녀가 알고 있는 기존의 초급검술이 아니었다.

연무장의 한 가운데로 간 그녀가 쿠너가 검을 휘두르던 장소를 차분히 훑어갔다. 그의 발자국이 군데군데 남아서 조금 전의 검로를 연상시켜줬다.

'초급검술?'

더 이상 초급검술이라고 부를 수 없는 검술이 펼쳐졌다. 하지만 그렇다고 해서 고급검술이라고 할 수는 없었다. 두 개의 삼류 검술이 합쳐져서 한 단계 너머의 검술로 진화를 한 정도일 뿐이다.

하지만 그럼에도 불구하고 시선을 잡아끄는 매력이 있

었다.

스릉……

그녀의 검이 뽑혀 나오더니 이내 허공에 휘둘러졌다. 조금 전 그 장면을 되새기며 조심스럽게 검로를 흉내내갔다.

두 가지 검술의 조합이라고 하나, 너무도 익숙한 초급검술이었기에 따라하는 건 어렵지 않았다. 하지만 이내 그 검로가 끊기더니 동작을 멈춰야만 했다.

'이게 아니야.'

쿠너의 검과 무엇이 다른지 콕 집어 이야기할 수는 없었다. 하지만 분명 그녀가 흉내낸 검과는 달랐다.

'이게…… 정말 초급검술?'

질문이 꼬리를 물고 이어졌다.

'초급검술이란 게 뭐지?'

거기에서 막혔다. 그리고 이내 머릿속을 가득 채워갔다.

'삼류검술이란 게 대체 뭐지?'

딱딱하게 굳어버린 그녀의 표정이 평소보다 더욱 차가운 분위기를 자아내고 있었다.

펠마 보히턴은 테룬 아카데미 기사학부의 1년차들을 가르치는 교사 중 한명이었다.

그가 가르치는 건 기사라면 누구나 알 수 있는 초급검술로써, 흔한 것 중에서도 가장 흔한 검술을 중점적으로 가르쳤다.

삼류라고 불리는 검술을 가르치는 까닭일까? 그의 수업은 2학년생 이상에게는 그다지 큰 인기를 끌지 못했다. 잘 모르는 1년차 학생들이 필수로 배워야 하는 과목이 아니었다면, 그나마도 수업은 유지되기가 어려웠을 것이다.

'이런 초급검술이나 가르치고 있어야 하다니.'

때문에 불만이 쌓이는 건 어쩔 수가 없었다. 헌데, 그의 수업에 처음으로 1학년생 외의 방문자가 생겼다.

레일나 스테일.

교직원들 사이로 기사학부의 '꽃' 이라 불리는 여인이었다.

'예쁘다!'

시선이 절로 가는 미인이 바로 그녀였다. 항시 딱딱하고 차가운 표정에 절도로 가득한 행동만을 하는 까닭에 접근하기가 쉽지 않았으나, 그 때문에 더욱 교직원들을 두근거리게 만들기도 했다.

"이게 바로 플레논 검술이다. 하압! 흐랏! 타!"

때문일까? 평소보다 더욱 열정적으로 학생들을 가르치게 되었다. 비록 유부남이라고 하나 미녀에게 잘 보이고 싶은 건 어쩔 수 없는 남자의 본능이었다.

"잘 봤느냐! 허억…… 허억…… 헉!"

혼신의 힘을 다한 나머지 단 한 번의 연무로도 숨이 목까지 차올랐다. 나름 멋진 마무리였다 여기며 슬쩍 레이나를 훔쳐보는데, 이게 웬일인가.

'으잉? 어디로 갔지?'

그녀가 보이질 않았다. 감탄성을 터트리며 그를 바라보고 있을 거라 여겼건만, 어느새 그녀가 사라지고 없었다.

"우와아아~!"

"선생님 대단해요!"

"완전 멋져."

뭣 모르는 1년차 학생들의 감탄사가 들려왔다.

"끄응……."

앓는 소리가 절로 새나왔다.

복도를 걸어가는 레이나의 미간위로 자그마한 주름이 올라왔다.

'아니야. 전혀 달라. 저런 게 아니었어.'

쿠너의 검술을 보고 난 뒤 적잖은 충격을 받았다. 때문에 초급검술에 대해 새롭게 해석하고 싶어졌고, 이를 위해 초급검술을 잘 아는 이들을 찾아갔다.

1, 2년차의 교사들이었다.

사실, 남의 수업 중에 들어가는 건 예의가 아니었다. 사전에 통보를 보낸 뒤 듣는다면 모를까, 지금처럼 아무런 예고도 없이 갑작스레 들이닥치는 건 선생이나 학생이나 여러모로 폐가 될 수밖에 없었다.

하지만 마음이 너무 급했다. 이런저런 사정 신경 쓸 여유가 없었다. 그나마 학생들이 신경 쓰지 않게 하려고 몰래 들어가는 것, 그게 당장 그녀가 할 수 있는 최대한의 예의였다.

아무래도 시야 안쪽에 들어올 수밖에 없는 까닭에 선생들에게는 들켰으나, 학생들은 그녀의 존재를 눈치 채지 못했다. 그들의 뒤쪽에서 훔쳐본 까닭이었다.

그렇게 시간이 날 때마다 1, 2년차 초급검술반을 들락거렸다. 그리고 내린 결론은 하나였다.

'전혀 달라.'

쿠너의 초급검술이 특별하다는 걸 깨달은 것이다. 아랫입술을 질끈 깨물었다.

'궁금해.'

알고 싶었다. 무엇이 다른지. 하지만 쉽지가 않았다. 쿠너는 학생이고 그녀는 선생이기 때문이다. 가르쳐야 하는 입장인 그녀가 제자에게 배운다?

'으음……'

상상만으로도 머리가 어지러웠다.

"후우…… 할 수 없나."

한숨을 푸욱 내쉬며 쿠너에게 찾아갈 결심을 할 때였다.

"아 정말 실망이라니까. 제국 동검패라고 해서 기대했

었는데.”

“그 정도로 엉망이야?”

“아니. 엉망은 아니야. 단지 가르치는 검술이 문제지.”

“아~! 그 초급검술?”

저 한편에서 들려오는 학생들의 대화에 문득 눈이 뜨여졌다.

‘초급…… 검술?’

학생들의 대화가 이어졌다.

“벌써 두 달이 다 되어가는데, 초급검술 외에는 가르칠 생각을 안 해.”

“대박. 그러게 듣지 말라니까. 제국 동검패라고 해 봤자 결국 동검패일 뿐이라니까. 제국 동검패가 특별하다는 건 다 뻥이야. 어떻게 동검패가 은검패와 비교가 되냐.”

“그러니까 말이다. 네 말 들을 걸 그랬다. 3년차에 초급검술이라니. 젠장!”

아이들의 이야기는 계속 이어지고 있었으나, 레이나의 귀에는 더 이상의 이야기가 들리지 않았다.

‘복습과 나!’

그러고 보니 초창기에 들었던 기억이 났다. 제국 동검패의 기사가 가르치는 수업이 대체 뭘까 하는 궁금증에 잠시 잠깐 관심을 가졌었다.

그리고 이내 잊어버렸다. 제국 동검패의 기사가 초급

검술을 가르친다는 사실에 실망한 까닭이었다.

레이나의 두 눈이 번쩍 뜨였다.

'그래. 아직 하나가 남았구나.'

초급검술이라서 1, 2년차 수업만을 중점적으로 훔쳐봤다. 3년차부터는 초급검술 수업이 배치되지 않는 까닭이었다.

때문에 생각지도 못했다.

'제튼!'

그의 수업을 보기로 결심했다. 부디 다른 1, 2년차 선생들과 조금이라도 다른 게 있기를 바랄 뿐이었다.

◈

작열하는 태양빛에 가만히 서 있기만 해도 땀방울이 송글송글 맺히는 날씨였다. 어느새 여름이란 계절도 절정으로 치닫고 있었다.

제튼은 그 무더운 날씨를 온몸으로 받아내면서도 얼굴 가득 싱그러운 미소를 머금었다.

방학!

그의 머릿속을 가득 채우는 그 한 단어 때문이었다.

'으흐흐흐! 드디어 방학이구나.'

오늘 수업을 끝으로 일명 '여름방학'이라는 아카데미의

휴식기가 시작되는 것이다. 무려 한 달이라는 장기 휴식이었다.

"그렇게 좋으세요?"

등 뒤에서 들려오는 음성에 제튼이 이를 드러내며 웃었다.

"당연히 좋지 안 좋겠냐?"

"선생님은 정말 아카데미가 싫으신 모양입니다?"

"그걸 이제 알았냐?"

"아니. 뭐, 진작부터 알고는 있었습니다."

제튼과 이리 허물없이 대화를 나누는 사내. 그는 바로 제튼의 정식제자로 들어간 쿠너 플란이었다.

사제관계를 맺은지도 어느덧 한 달여. 그 사이 쿠너는 좀 더 제튼에 대해 알게 되었고, 조금 더 친밀한 관계를 형성할 수 있게 되었다.

제자로 받아들였다고 하나, 제튼은 굳이 거리를 좁히려 하지 않았다. 그는 아쉬울 게 없기 때문이다.

하지만 쿠너는 전혀 달랐다. 그는 시간 날 때마다 제튼을 찾아가서 배움을 청하는 한 편, 시시때때로 제튼과 대화를 나누려 노력하면서 그와의 관계를 돈독히 다지려고 노력해왔다.

명색이 상인의 아들이었다. 기사가 된다며 외면해왔으나, 어릴 때부터 보고 배워온 게 있었다. 이를 최대한 살린 것이다.

그 덕분인지 지금에 와서는 한 층 친밀한 사이가 될 수 있었다.

"그렇게 싫어하시면서 아카데미는 왜 오신 겁니까?"

"어쩔 수 있냐. 권력이 하라는데."

스테일 남작을 말하는 것이었다.

"그런데…… 요즘도 케빈이 쫓아다닙니까?"

쿠너의 물음에 제튼이 쓰게 웃었다.

"집에 들어가기만 하면 내 앞에서 무릎 꿇고, 바짓가랑이 붙자고, 에휴~! 아주 귀찮아 죽겠다."

쿠너는 '가르쳐 줘 버리시죠.' 라는 말이 목구멍까지 치솟았으나, 차마 내뱉지는 못했다. 제튼이 누군가를 가르치는 일을 꺼려한다는 것을 잘 아는 까닭이었다. 행여 잘 못 이야기 했다가는 그의 배움도 끝일 수 있기에 선뜻 입에 올릴 수가 없었다.

"요즘은 어머니도 케빈에게 홀랑 넘어가서, 아주 집에 가기가 두려울 지경이다."

평소라면 '엄마' 라고 하겠으나, 그래도 제자 앞이라고 꼬박꼬박 '어머니' '아버지' 이렇게 높임말을 붙여댔다.

"그래도 다행이네요."

"뭐가?"

"케빈이요."

그 말에 제튼도 가만히 고개를 끄덕였다. 한 달 남짓의 그리 길지 않은 시간이었으나, 그동안 케빈과 메리는 온전하게 한 가족이 될 수 있었다.

서로가 마음의 빗장을 연 것이다.

제튼의 부모님들은 케빈과 메리를 마치 친 자식처럼 대해주었다.

'자식보다는 손주이려나?'

실제로 그 또래의 손주들이 있기도 하니, 더욱 애잔한 마음도 있었을 것이다.

"머리 아픈 이야기는 그만하자."

제튼이 손을 휘휘 저으며 케빈에 대해서 마무리 했다.

"그것보다 넌 왜 따라오는 거냐?"

"저도 오늘로 수업 끝이니까요."

"그래. 그러니까 이젠 방학을 즐기러 가야지. 왜 날 따라오는데?"

"하하핫! 제자가 스승을 모시는 건 당연한 소리 아닙니까."

"뭐?"

제튼이 황당하단 얼굴로 쿠너를 바라봤다.

"그게 무슨 말이냐?"

"선생님 집에 방 하나 잡았습니다."

뜬금없는 이야기에 제튼이 눈을 동그랗게 떴다.

"방? 남는 방이 어디 있다고?"

케빈과 메리가 들어오면서 빈방이 없었다. 헌데도 방을 잡았다고 한다.

"창고가 있잖아요."

"창고?"

"예. 이미 선생님 어머님께는 말씀 드렸습니다."

방 값도 내기로 했다.

사실, 이 부분이 결정적이었다. 대충 지은 허름한 창고를 통해 돈이 들어온다는 데 거절할 이유가 없지 않은가.

"창고 물품은 어쩌고?"

제튼이 눈살을 찌푸리며 묻자 쿠너가 활짝 웃으며 답했다.

"걱정 마십시오. 창고가 넓어서 잘 공간은 나오니까요. 정리만 잘 하면 제법 그럴싸할 것 같던데요. 덕분에 방값은 싸게 받았습니다. 하핫!"

결국 창고 물품과 함께 생활하겠다는 이야기였다.

"허……."

제튼이 어이없다는 듯 쿠너를 바라보며 헛웃음을 흘렸다. 그의 모친이 이미 허락한 일을 그가 취소할 수는 없기에 할 수 없다는 듯 고개만 흔들 뿐이었다. 그래도 한마디 정도는 해 줘야 할 듯싶었다.

"앞으로 이런 일은 미리 나하고 상의를 좀 하자."

"예!"

쿠너가 호쾌하게 대답했다. 그 모습에 제튼이 재차 헛웃음을 흘렸다.

"넌 내가 그렇게도 좋냐?"

"당연하지 않습니까."

"어휴~! 징그러운 놈."

제튼이 고개를 절레절레 흔들며 훌쩍 앞서갔다. 그 뒤로 쿠너가 바삐 따라붙었다.

이날, 제튼의 집에는 식구가 한 명 늘었다.

◈

챙그랑……

검을 놓쳤다. 아니 놓았다. 한 번도 생각해 본 적 없는 일이었지만 분명 그랬다.

'이게 아니야.'

레이나는 바닥에 떨어진 검을 바라보다 이내 두 눈을 질끈 감았다.

그녀의 머릿속으로 하나의 검로가 펼쳐진다.

'초급검술.'

쿠너가 보여줬던 바로 그 검술들의 조합이었다. 그것은 그녀가 지니고 있던 상식에 커다란 파문을 일으켰다.

'삼류 검술…… 삼류란 뭐지?'

어찌하여 초급검술을 향해 하류니 싸구려니 하는 소리들을 하는 것일까.

그녀는 쿠너의 검을 본 뒤, 다시금 초급검술을 되새겨보기 시작했다. 좀 더 정확히 알기 위해서 일부러 1, 2년차의 초급검술 수업에도 참석했다.

하지만 그 어디서도 쿠너가 보여주었던 충격적인 장면을 볼 수는 없었다.

이는 제튼의 수업 역시도 마찬가지였다. 그의 수업을 기대하고 들어갔다. 마지막 남은 희망이라 여긴 것이다. 하지만 안타깝게도 그에게서도 얻을 건 없었다.

당연했다. 제튼은 남에게 보이는 걸 싫어하는 성격이다. 그녀가 참관한 순간부터 그의 수업인 '복습과 나'는 철저하게 '자습' 위주로 돌아갔고, 그나마 보여지는 것도 별 볼 일 없는 모습만 비쳐줬을 뿐이었다.

결국, 허탈한 심정으로 물러나야만 했다.

'삼류.'

그들의 검에서 느껴지는 건 딱 그 정도였다. 왜 초급검술을 삼류라 부르는지 알게 하는 검이었다. 때문에 더욱 쿠너의 검이 뇌리에 남았다.

'삼류?'

처음 검을 잡았던 그 시절처럼, 다시금 초급검술을 휘두르기 시작했다. 쿠너의 검을 떠올리며 최선을 다해 검로를 그려갔다.

하루, 이틀…… 일주일, 보름……

근 한 달여의 시간동안 초급검술만을 휘둘렀고, 몸에 새겼다. 그리고 이내 검을 떨어트렸다.

'모르겠어.'

알려고 할수록 이해가 되지 않는 기분이었다. 그나마 한 달여의 시간을 투자하며 파고든 덕분일까? 한 가지는 알 수 있었다.

'나야말로 오만했구나.'

그간 초급검술이라며 무시해왔던 그녀의 사상에, 그 한 심함에 검을 놓고야 말았다. 창피하고 부끄러웠다.

"결코 삼류가 아니었어."

콕 집어 무어라고 말 할 수는 없으나, 초급검술에는 그녀가 알 수 없는 무언가가 담겨 있었다. 그리고 그 무언가가 궁금해졌다.

자연스레 떠오르는 얼굴이 있었다.

'쿠너 플란!'

그라면 이 의문점을 해결해 줄 수 있을까?

"으음……."

하지만 이내 신음성과 함께 생각을 멈췄다. 그도 그럴게 쿠너는 학생이 아니던가. 비록 그녀가 가르치는 학생은 아니라고 하나 어쨌든 제자의 신분이었다.

스승이 제자에게 배움을 청한다?

쉽지 않은 일이었다.

그녀의 머릿속으로 새로운 갈등이 시작됐다.

◈

케빈은 제튼으로 인해서 '가족'이라는 단어를 상기시키는 계기를 얻을 수 있었다.

특히 제튼의 부친인 홀든과 모친인 케나, 그들 부부는 케빈 남매를 진정 가족처럼 대해줬고, 덕분에 잊었다고 생각했던 가정의 따뜻한 품도 새로이 떠올릴 수도 있었다.

그들 가족에게는 정말 감사한 마음 뿐이었다.

'그건 그거, 이건 이거!'

하지만 고마운 마음과 별도로 그를 움직이게 만드는 게 존재했다.

제튼 그리고 검.

그로인해 많은 것을 얻었다. 사람이 염치가 있다면 더 바랄 수는 없었다. 하지만 케빈은 욕심을 부려보고 싶었다.

좀 더 정확히는 어리광을 부리는 것일지도 모른다.

이제 겨우 열 살.

케빈의 나이였다. 이 어린 나이에도 불구하고 수없이 참아왔다. 그 인내심을 딱 한번만 배신하고 싶었다.

어쩌다 이런 마음이 든 것인지, 그도 모른다. 하지만 바로 눈앞에 있는 '검'을 놓치고 싶지 않았다.

"가르쳐 주세요!"

그래서 오늘도 그는 제튼의 뒤꽁무니를 졸졸 따라다녔다.

쿠너의 일과는 아주 간단했다.

새벽 수련, 아침 식사, 식후 수련, 점심 식사, 땅 갈기, 저녁 식사, 야간 수련, 취침.

하루 일과의 대부분이 수련으로 이어져 있었다. 물론 땅 갈기라는 부가적인 행위가 있기는 했지만, 이 역시 제튼의 지도 아래 수련으로 이용되고 있었다.

"일정한 힘으로 일관되게 땅을 갈아. 보폭이 너무 제멋대로다. 땅이 고르지 못하다고 걸음걸이가 흔들리면 안 되는 법이다."

제튼의 지시로 인해 땅을 고르는 작업이 배는 힘들어져야 했다. 덕분에 작업이 끝날 즈음에는 거의 녹초가 되어서 흙바닥에 너부러질 정도였다.

그 상태로 저녁 식사 후 바로 야간 수련을 들어가니, 얼마나 고되겠는가. 하지만 쿠너는 이를 악물고 제튼을 따랐다. 그 고된 노동과 수련의 너머에 달디 단 과실이 기다리고 있을 거라 여기는 까닭이었다.

"달콤? 과실? 뭔 헛소리냐. 더 빡센 훈련이 기다리고 있는 게 당연하지."

제튼의 골 때리는 이야기에 잠시 휘청거렸으나, 그래도 쓰러지진 않았다. 스스로 선택한 길이 아니던가.

"검을 들었으면 단맛이 아니라 쓴맛을 감상하는 법을 배워라."

그의 말이 옳다 여겼다. 쿠너는 고개를 끄덕이며 더욱 각오를 다질 수 있었다.

이렇게 수련이 연속되는 일상 사이로 새로운 그림자가 하나 끼어들었다.

케빈.

애초에 검술 수련은 집 뒷마당에서 한 까닭에 케빈의 시선을 피하는 건 불가능했다. 그리 넓지 않은 공간이었으나, 한 사람이 검을 휘두르기에는 충분했기에 뒷마당을 이용하고 있었다.

수련을 방해하지 않으려는 것일까? 케빈은 그 공간의 한쪽 끝에서 그저 조용히 제튼과 쿠너를 지켜볼 뿐이었다. 제튼은 이런 케빈을 신경 쓰지 않았다.

원래 남의 수련을 훔쳐본다는 건, 예의에 어긋나는 행위다. 하지만 케빈은 이런 사실을 몰랐다. 게다가 이젠 가족이기도 한 아이였다. 매몰차게 몰아낼 수는 없었다.

'구경하는 것 정도는, 뭐…….'

일견 가벼운 마음이기도 했다.

그리고 얼마 후, 그는 자신의 결심을 후회했다.

그날도 전과 다를 것 없이 땅을 고르기 위해 회색 들판을 찾았다. 하지만 이내 도구가 하나 빠졌다는 것을 알고 제튼만 따로 걸음을 돌렸다. 쿠너는 먼저 땅을 가는 '훈련'을 시킨 참이었기에 그가 직접 움직인 것이다.

그리고 집에 도착했을 때, 그는 괴이한 기합성을 들었다.

"흡! 핫! 타압!"

쿠너의 수련장 한편에서 열심히 몸을 움직이는 자그마한 그림자가 보였다. 케빈이 검을 휘두르고 있는 게 아닌가. 물론 진검은 아니었다. 제 손으로 깎은 것인지, 엉성해 보이는 목검이 손에 들려 있었다.

문제는 그게 아니었다.

'이럴…… 수도 있나?'

케빈의 검을 보던 제튼은 적잖게 충격을 받아야만 했다. 그리고 떠올리고야 말았다.

〈내가 살던 천만대산에서는 아이들의 재능을 총 9가지로 구분한다. 기본이 되는 천(天), 지(地), 인(人) 이렇게 세 급에, 각 급마다 상, 중, 하로 나뉘어서 급수를 매기는 거지. 예를 들면 네 녀석의 경우는 인중상 이렇게 매기는데,

이곳 계급으로 보자면 평민수준이지.〉

천마의 인재 분별법.

'인(人)…… 급!'

안타깝게도 케빈의 재능은 지독히도 평범한 수준이었다.

'어떻게?'

때문에 이해가 안 되었다.

'검로를 따라간다고?'

어설픈 흉내내기였다. 하지만 그 안에는 분명 '호흡' 이 있었고, '박자' 가 담겼으며, '의미' 가 존재했다.

어린 아이의 덜 여문 육신으로 인해 어설프게 보일 뿐이다. 하지만 그 깊은 곳에 흉내내기를 넘어서는 무언가가 느껴졌다.

이해할 수 없는 일이었다. 겨우 인급의 재능으로 그의 검술을 따라한다?

문득, 떠오르는 게 있었다.

'상단전!'

어설프게 열린 케빈의 상단전이 생각났다. 처음에는 조금 신기하게 여겼으나, 이내 별다른 징후가 없다는 걸 알고는 잊어버렸던 부분이었다.

'설마, 그 정도 열린 걸로 머리가 깨어났다고?'

말도 안 되는 일이다. 헌데, 그 말도 안 되는 일이 눈앞에 펼쳐졌다.

'나이…… 때문인가?'

이제 겨우 10살의 어린 아이다. 어설피 열린 상단전으로도 충분한 효능을 얻는 게 가능할지도 몰랐다.

'내 실수다.'

인정해야만 했다. 일이 이렇게 될 줄 알았더라면 훔쳐보는 걸 내버려두지 않았을 것이다.

'어설픈 상단전만이 아니겠지.'

아마 케빈 자신의 능력도 끼어있을 것 같았다. 상단전 이전에 케빈 스스로가 뛰어난 머리를 지니고 있었으리라. 여기에 상단전의 자그마한 도움으로 배가되었을 것으로 여겨졌다.

'그 동안 쿠너의 동작들을 관찰하고 분석해 왔으려나. 후우…….'

한숨이 절로 새나왔다.

'어찌한다.'

이대로 내버려 두기에는 케빈의 재능이 너무 뛰어났다. 육체적인 부분에서는 사실 별다를 게 없었다.

'얼추, 예전 내 수준인가.'

하지만 머리가 깨어있었고, 그걸로 부족한 재능을 뻥튀기 시켜버렸다.

'잘만 다듬는다면, 어쩌면 천(天)급도 가능할지도.'

아마 이대로 저 능력을 극한까지 끌어올린다면, 세상에 둘도 없는 인재가 될지도 모른다.

'으으음…….'

확실히 똑똑한 아이였다. 검을 휘두르는 것만 봐도 알 수 있었다. 언뜻 막힌다 여겨지는 부분이 나오면 즉각 검을 멈추고 궁리한다. 손을 훑어보니 상처가 제법 숨어있었다. 그간 매일처럼 검을 휘둘러 왔다는 증거였다.

'쯧! 도망치느라 바빠서 제대로 살피지도 못했네.'

가족으로 받아들인다고 해 놓고서는 너무 무관심했던 것 같아 미안했다.

"합! 핫! 하아!"

궁리가 끝났는지 다시금 검을 휘두르는 게 보였다. 어설펐다. 하지만 앞전과는 또 달라져 있었다. 저 열정을 무시하고 내버려 뒀다가, 혹여 잘못된 길을 밟아버린다면?

'에휴~! 어쩔 수 없나.'

케빈은 이제 그의 가족이었다.

'시끄럽게 졸라대는 것도 이젠 지겨우니까.'

제튼이 고개를 절레절레 흔들며 뒷마당으로 들어섰다.

이날, 쿠너에게는 사제가 한명 생겼다.

그리고 하루 뒤,

"가르쳐 주십시오!"

제튼은 새로운 복병을 만나야만 했다.

'레이나 스테일?'

그녀가 그의 집을 찾아왔다. 이유는?

"제게 검을 가르쳐 주십시오!"

케빈과 같았다.

'아…….'

뒷목이 뻐근해졌다.

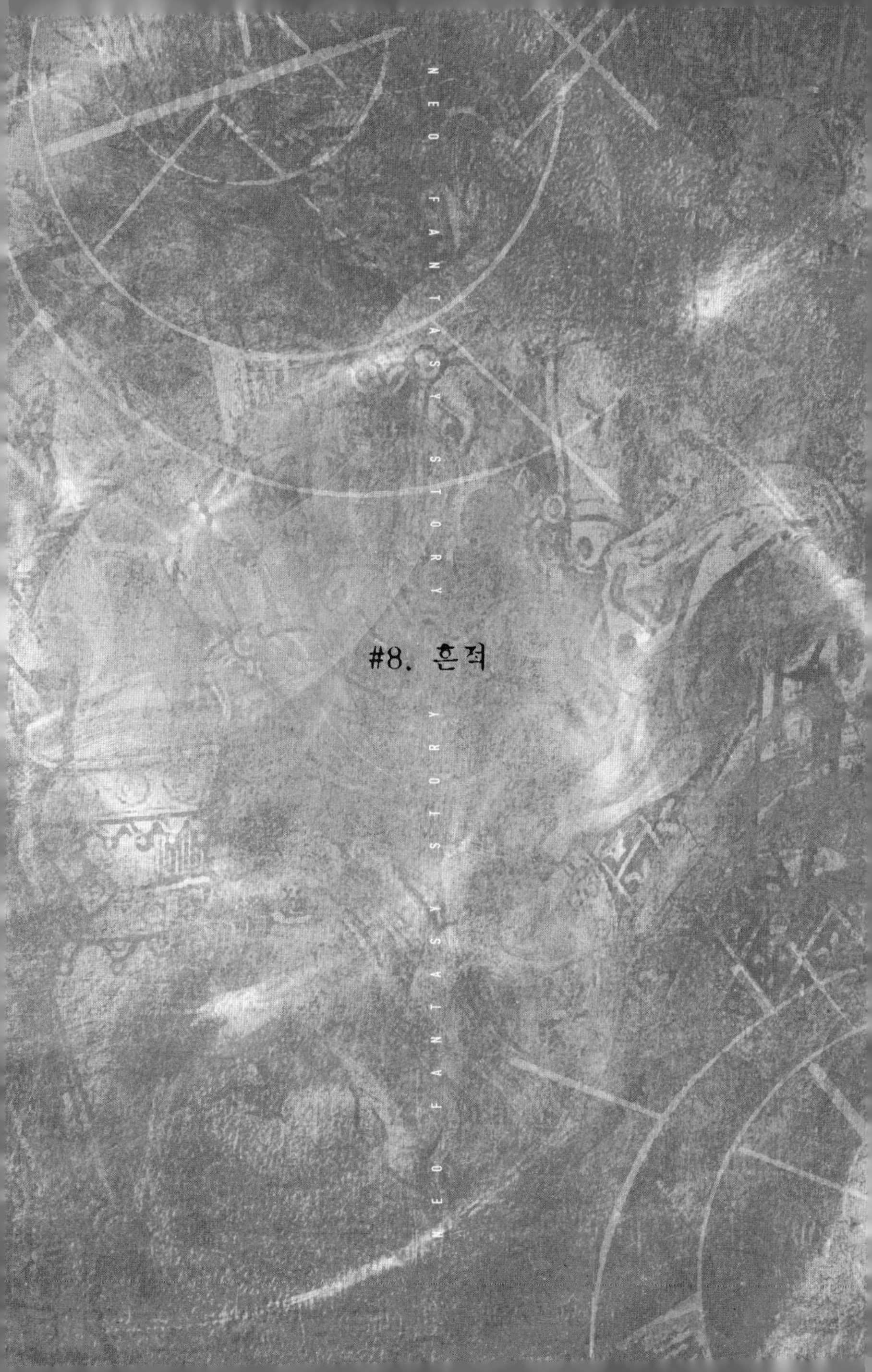

#8. 흔적

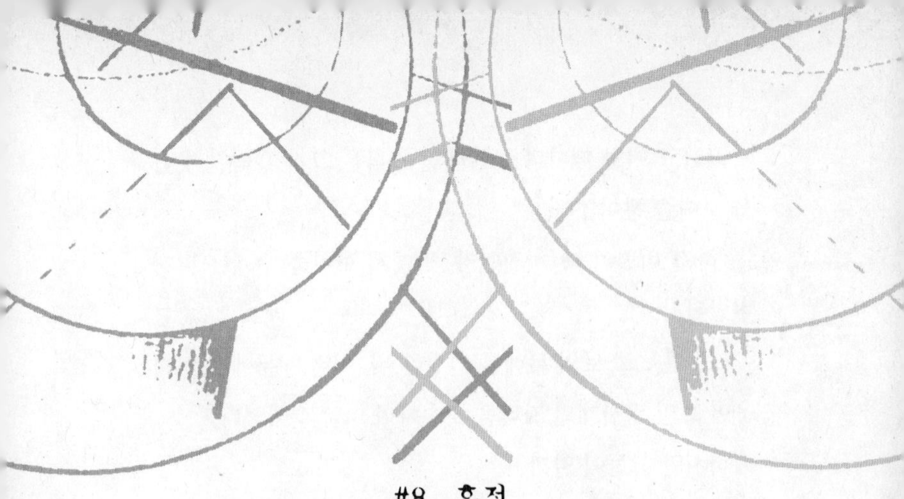

#8. 흔적

데로스 로사테인 자작.

영지 개발의 선구자.

소영지를 대영지로 탈바꿈해낸 위대한 지도자.

……등등의 수식어가 붙으며 자작령 뿐만 아니라, 인근 영지에서도 칭송하기를 주저하지 않는 위대한 경영자로 알려져 있었다.

때문일까? 그를 찾아오는 이들은 하나같이 똑같은 질문을 던지고는 했다.

“어떻게 이런 훌륭한 영지를 가꿔내신 겁니까?”

“그 비결이 뭔지요?”

“부디 가르침을 내려주십시오.”

그리고 이럴 때마다 로사테인 자작은 그저 후덕한 웃음을 보여줄 뿐이었다.

'하긴 비법이 왜 비결인가. 남에게 보여줄 수 없으니까 비법이지.'

그들은 스스로의 무례를 인정한 뒤, 이런 질문에 오히려 웃어 보인 로사테인 자작을 칭송하며 떠날 뿐이었다.

하지만 그들이 알까?

'나도 모르는 사실을 어찌 가르쳐주겠냐!'

로사테인 자작 역시, 그 비법을 몹시 궁금해 하고 있다는 사실을, 그 누구보다 궁금해 미치는 게 바로 자작 본인이었다.

'잠자고 일어나니, 하루아침에 세상이 바뀌었다.'

딱 이런 말 외에는 표현할 방법이 없었다.

특별히 무언가를 하려 노력하지도 않았건만, 상인들이 찾아왔다. 대뜸 찾아와 계약하고 도움을 주니, 영지 스스로 성장하듯, 어느새 개발이 이루어지고, 점차 그 영역이 넓어져갔다.

본래 그는 자작이 아닌 남작이었다.

헌데, 인근에 대영지가 없으니, 주변 영지들 중에서 가장 특출난 그의 영지를 중심으로 삼겠다고 통보가 내려오더니, 어느 순간 자작의 자리에 올라버렸다.

뛰어난 공적을 세운 것도 아닌데, 별안간 남작위에서 자작위로 올라버리다니, 황당한 한편으로 기쁜 심리도 작용했기에, 조용히 이를 받아들였다.

'혹시, 잘못 말했다가 취소되면 안 되니까.'

정말 조용히 받았다.

백작위에 오르지 않는 이상, 그의 영지가 대영지로 불리는 건 무리다. 하지만 인근 영지의 중심이 될 자격은 충분했다. 주변에서 가장 높은 자작위에 올랐고, 영지도 하루가 다르게 커나가며 대영지에 준하는 규모가 되어가고 있기 때문이다.

명실상부한 로사테인 자작령의 시대가 도래한 것이었다.

'하지만 왜 이리 찝찝하지?'

스스로의 힘으로 일궈내지 못한 탓일까?

'싸고 나서, 뒤를 안 닦은 기분이란 말이야.'

마치 보이지 않는 손이 움직이는 것 같았다. 누군가의 어릿광대가 되어서 조종당하는 것 같다고나 할까?

"전쟁. 제국 전쟁이 벌어지던 시기부터였나?"

찬찬히 변화의 시작점을 추측해 보니, 분명 그 즈음부터인 듯싶었다.

"생각해보면 아무리 변방의 촌동네라지만, 전 대륙을 질타하는 대전쟁을 피해갈 수 있다는 게 이상한거지."

대륙 동부의 패자가 되기 위한 전쟁이 아니었다. 무려 대륙 전체를 아우르기 위한 전쟁이었다. 그런 대전쟁에서

징집을 피해갔다?

칼레이드가 비록 지금은 대제국이라 불리지만, 당시만 해도 일개 왕국의 하나일 뿐이었다. 최대한 병력을 쥐어짜도 모자랄 판에, 징집의 자유라니.

"그저 운이 좋았다고 생각했는데, 지금 생각해보면 그게 아닐지도 모르지."

당시에는 그저 전쟁을 피한다는 기쁨에, 신께 감사기도만 가득 드렸을 뿐이었다.

"이 갑작스런 발전은 정확히 그때부터 시작이었지."

상인들이 활발하게 찾아들며 점차 도약의 발판을 마련해갔다. 그리고 자작령이 된 뒤, 인구가 늘어나고, 주변 영지의 중심지가 되었으며, 아카데미가 세워지기까지 했다.

"누굴까?"

궁금했다. 이처럼 승승장구 할 수 있게 손을 쓴 자에게 호기심이 생겨났다.

"하지만 도저히 못 알아보겠어!"

인근 제일의 귀족으로 알려진 로사테인 자작. 안타깝게도 그는 지극히도 소극적인 성정을 지닌 '내성남' 이었다.

아는 것도 없고, 말주변도 없다. 거기에 소심한 성격까지.

여타 질문들에 웃음으로 얼버무리는 이유?

"흑! 혹시 말실수라도 할까봐 무서워서 미치겠네."

다 그럴만한 까닭이 있는 것이었다.

때문에 섣불리 조사하려 하지 않은 채, 그저 최대한 욕심을 자제하며 주변을 살펴왔다.

헌데, 로사테인 자작이 움직였다.

언제나 움츠린 채, 의문을 가슴에만 품고 있던 그가 직접 행사에 나섰다.

"영지에 뿌리내린 정보길드를 좀 이용해야겠어."

어린 시절을 함께 보낸 만큼, 믿을 수 있는 총관을 통해서 정보를 사들이기로 결심했다.

정보길드의 이용.

그것은 양날의 검과 같았다. 내가 상대에 대하여 조사를 하는 순간, 길드는 상대에게 자신의 정보를 팔아넘길 수 있기 때문이었다.

운이 나쁘다면, 그의 의도가 들켜 그간 조심히 지켜왔던 모든 것들이 무너질 수도 있었다.

지금까지 움츠리며 자제해 온 이유였다.

그럼 어째서 이리 갑작스레 움직이게 된 것일까?

-초대장.

이달 초, 그의 앞으로 날아든 이 한통의 편지가 문제였다.

프란트 파스카인 공작!

최근 귀족파의 실세로 급부상하고 있는 강자였다.

대전쟁이 끝난지도 어느새 4년여의 세월이 흘렀다. 실질적으로 종전을 맞은 건 4년이지만, 대제국의 토대가 완성된

시기를 생각한다면, 얼추 7~8년여 정도의 시기가 지난 상화이었다.

대제국 건설 후, 전쟁 영웅의 지지아래, 황제는 절대권력을 손에 넣을 수 있었다.

하지만 언제부터일까?

전쟁 영웅의 모습이 더 이상 보이지 않았고, 그 눈치를 보던 귀족들이 하나 둘, 숙였던 고개를 들어올렸다.

그리고 어느새 파벌을 이루더니, 점차 황제와 대립구도를 세우는 게 아닌가.

그럼에도 영웅은 돌아오질 않았다.

더욱 기고만장해진 귀족들이 목소리를 높이기 시작했다.

그리고 그런 귀족세력 중에서, 손에 꼽히는 파벌을 이루고 있는 강자. 그게 바로 파스카인 공작이었다.

"이유가 뭘까?"

초대장을 받고 아무리 고심을 거듭해도 결론은 하나 뿐이었다.

보이지 않는 손.

그의 영지를 경영해 온 실질적인 주인의 정체였다. 분명 그 외에는 이유가 없었다.

'파스카인 공작이 그 보이지 않는 존재일까?'

이런 생각도 들었다. 하지만 명확히 답을 내릴 수가 없기에, 그는 결국 정보길드를 이용하기로 결심해야만 했다.

오랜 시간 움츠려왔던 그의 본격적인 첫 행보였다.

어둠이 내려앉은 깊은 밤.

"알아낼 수 있을까?"

"글쎄……."

로사테인 자작성이 한눈에 보이는 고층 건물의 옥상 위로, 행상인으로 여겨지는 사내 둘이 이야기를 나누고 있었다.

"파스카인 공작일까?"

"아마도? 어쨌든 그가 이곳에 초대장을 보냈다는 건 확실하니까. 의심은 해 볼 수는 있겠군."

30대 중반으로 보이는 두 행상인 사내들의 외모는 유달리 평범하여, 유심히 지켜보지 않으면 크게 기억에 남지 않을 정도로 별 볼일이 없어 보일 정도였다.

"누굴까?"

"누구지?"

"누가 이런 변방 영지에, 이 정도의 발전도시를 세웠을까?"

"로사테인 자작은 절대 아니다."

"그래. 그렇지."

"지켜본 결과, 그는 너무 소심해. 어떻게 이런 대영지의 주인이 맞는 건지. 의심이 갈 정도다."

"꼭두각시로 부리기에는 딱 좋은 성격이잖아."

두 행상인의 시선이 자작성을 벗어나, 구석진 건물 한쪽으로 향했다.

"정보길드일까?"

"그럴 거다. 드디어 접촉하는 모양이군."

"조잡한 실력이야."

"딱 촌동네 정보길드 수준이다."

"크큭!"

잠깐 실소를 흘린 두 사내가, 다시 자작성으로 시선을 되돌렸다.

"어떻게 이런 영지가 아직까지 윗분들의 시선 밖에 있을 수 있었을까?"

"그걸 알아내는 게 우리가 할 일이다."

"우리 임무와는 상관없는데?"

"몰랐으면 모를까. 두 눈으로 확인한 이상. 파악해야한다."

"추가 근무인가? 수당은 챙겨주려나."

두 사내는 그렇게 몇몇 이야기를 더 나누고 난 뒤, 그곳에서 자취를 감추었다.

두 사내가 자취를 감추고 난 뒤, 그들이 서 있던 자리 위로 한 사내가 모습을 드러냈다.

"파스카인 공작에 로사테인 자작이라."

어둠에 물든 듯, 흑발에 검은 눈동자가 잘 어울리는 사내였다. 언제고 스테일 남작령에서 제튼을 눈여겨 봤던 사내였다.

"그 배후가 파스카인 공작이냐? 아니면…… 다른 너구리가 따로 있나?"

그가 흑안을 번뜩이며 시선을 두 방향으로 나눴다. 앞서 이 자리에 있던 행상인들이 갈라진 방향이었다.

"이놈들은 또 어디서 왔으려나?"

흑발 사내의 신형이 신기루마냥 흩어지며, 암흑 속으로 녹아들었다.

◈

레이나는 길고 긴 고민의 끝에 하나의 결론을 내렸다.

'배운다!'

쿠너가 비록 제자라고 하나, 더 이상 그런 것에 얽매이지 않을 것이다. 자존심 따위? 내던지기로 결심했다. 그리고 이내 쿠너를 찾아갔다.

그의 집안은 남작령 내에서도 알아주는 상인집안이라 찾는 건 어렵지가 않았다. 그리고 의외의 소식을 들었다.

"여기 안 계십니다."

검을 배우러 떠났다고 한다. 황당한 한편으로 기대감이

차올랐다.

'스승이 있었어!'

쿠너의 검에 진정한 뿌리가 따로 있다는 걸 알았다. 심장이 쿵쾅거렸다. 다급히 그 스승이란 사람을 물었다. 상대가 머뭇거리는 눈치였으나, 부친의 이름을 잠시 빌리자 손쉽게 답이 나왔다.

"제튼…… 반트?"

의외의 대답이었다. 동시에 왜 쿠너의 집안사람들이 주저했는지를 알았다. 아무래도 아카데미 선생이 한 학생을 집중교육한다면, 여러모로 말이 많을 수도 있기 때문이다.

하지만 정식제자라는 신분을 고수한다면 이 정도는 충분히 무마가 가능했다. 물론, 잠시간의 소란은 어쩔 수 없는 일이었다.

'그에게 검을 배운다고?'

초급검술에 대해 새로이 알아보고자, 이와 관련된 수업을 전부 들었다. 그 중에는 제튼의 수업 역시도 있었다. 당시 그녀의 감정은 하나였다.

실망!

혹은 절망. 당연했다. 제튼의 수업을 가장 마지막으로 확인했던 까닭이었다. 마지막이기에 기대감이 제법 있었다. 때문인지 반동 역시 만만찮았다.

그런데 그 제튼을 쿠너가 스승으로 모신다고 한다.

수업시간에 그가 보여줬던 검로가 떠올랐다. 실로 별 볼 일 없는 검이었다.

'내가…… 못 본 건가?'

아니다. 그저 제튼이 숨긴 것이었다. 하지만 레이나는 순진하게도 이를 의심하지 않았다. 당시도 그렇고, 지금 역시도 그녀는 검에 대해서 적잖은 갈등을 느끼고 있기 때문이다.

정확한 판단을 내리기가 어려운 상황이었다.

'여기서 고민해봤자 답은 없다.'

그리고 제튼의 집을 찾아갔다.

우연일까? 아니, 운이 좋았다고 해야 할지도 모르겠다. 웬 꼬마가 엉성한 목검을 휘두르는 걸 발견했다.

'맙소사!'

어설프지만 쿠너와 비슷한 느낌이 풍겨왔다.

제튼의 집에서 그녀가 찾아 헤매던 검로가 그려진다. 이게 무엇을 이야기하는 것일까?

'그였어.'

이 모든 의문의 열쇠가 제튼이라는 걸 직감적으로 깨달았다. 그 즉시 집 안으로 걸음을 던졌다. 하지만 채 서너 발자국 가기도 전에 발길을 멈춰 세웠다. 그러더니 이내 왔던 길을 그대로 밟으며 되돌아가는 게 아닌가.

그 날 저녁, 부친에게 정식 통보를 내렸다.

"저 독립할게요."

가족 모두가 벙찐 얼굴로 그녀를 바라보는데, 그러거나 말거나 그녀는 이미 짐을 싸서 집을 나서고 있었다.

목적지는 제튼의 집 근처의 여관이었다.

한 달 하고도 보름.

그녀가 쿠너로 인해 머리를 싸맸던 기간이었다.

'더 이상 기다릴 수 없어!'

늦은 밤, 방을 잡았다. 그리고 다음 날,

"제게 검을 가르쳐 주십시오!"

제튼은 새로운 태풍을 맞이해야만 했다.

◈

쿠너의 수련은 원래 제튼의 집 뒷마당에서 이뤄졌었다. 하지만 이제는 그 장소가 회색 들판으로 옮겨졌다. 땅을 고르는 자리 옆에서 수련을 하는 것이다.

새로이 제자를 받아들이고 그 수가 둘로 늘어나면서, 기존의 뒷마당은 비좁게 여겨진 까닭이었다.

제튼이 케빈에게 먼저 지시한 건 아주 간단했다.

"뛰어라."

검을 드는 건 아직이라는 판단이었다.

"체력이야말로 기본중의 기본이다."

이를 다지기 위하여 케빈은 뛰고 또 뛰어야 했다. 입에서 단내가 나도록 뛰게 했다. 그의 등을 향해 제튼은 외쳤다.

"포기하면 편해!"

열이 받아서라도 포기할 수가 없었다. 그렇게 케빈을 내버려두고 제튼은 쿠너에게 검을 가르쳤다. 언제나처럼 초급검술이었다.

'이젠, 제법 호흡에 적응을 했네.'

한 눈에 봐도 쿠너의 변화가 비쳐졌다. 이는 그의 수련시간 외에도 평소에도 연공법의 호흡을 유지하려 노력했다는 증거였다.

'일상생활 중에도 연공을 멈추지 않는 노력.'

이러한 부분이 바로 쿠너의 장점이었다.

'뭐, 이것도 다 내 뛰어난 연공법 덕분이지만.'

천마에게 살짝 물이 들기는 들었나보다. 그에게도 자화자찬의 기질이 있을 줄이야.

'안정성을 중점적으로 생각하면서도 기운의 축적도 함께 배려한 연공법. 크아~! 내가 생각해도 정말 잘 만들었다.'

천마의 세상에 있는 삼재심법을 생각하며 만든 연공법이었다. 단지 다른 게 있다면 삼재심법은 정공이고, 그의 연공법은 동공이라는 것이다.

확실히 삼재심법을 생각하며 만든 연공법이니 만큼 기운의 축적량이 미미할 수밖에 없었다.

'하지만 이곳은 천마가 사는 세상보다 자연의 기운이 넘쳐나니까.'

천마의 말로는 반 호흡 정도 더 쌓을 수 있다고 했다.

〈200년 걸릴 거, 140년 정도에 쌓는 게 가능하지.〉

뭔가 좀 미묘한 비유였다. 삼재심법으로는 여전히 경지에 오르기가 어렵다는 소리처럼 들렸기 때문이다. 이를 해결하기 위해 '안정성' 부분에 더욱 집중했다.

'애초에 움직이면서 쌓는 동공이다.'

이를 수련만이 아니라, 밥 먹으면서 싸면서 자면서 축적할 수 있게 만들었다.

'만들었다기 보다는 만들어졌다…… 고 해야 하려나.'

천마를 통해 초급검술들이 그저 삼류검술이 아니라는 걸 알았다. 실제로 삼류인 검술도 있기는 했다. 하지만 제대로 된 호흡법만 만나면 뛰어난 검술로 탈바꿈 되는 것들도 제법 있었다.

그러나 각 검술들에는 각 검술에 맞는 호흡법이 필요했다.

다른 호흡을 끼워 넣는 순간, 이도 저도 아닌 검술이 되어버린다.

'아차 잘못하면 주화입마에 빠질 수도 있지.'

물론, 그 정도로 극악한 상황이 되려면 애초부터 기운이 제법 있어야 한다는 전제조건이 깔려있었다.

'검술들의 연계에 문제가 없는 연공법!'

각각의 검술들을 조합하고 규합하며 이들의 흐름을 통합시켰다. 그 와중에 하나의 호흡법이 만들어졌다. 그게 바로 쿠너가 배운 연공법이었다.

'삼재심법과 축적량은 비슷하지만 보다 안정적이다.'

하지만 다른 게 하나 있었다. 그의 연공법은 정말 '막' 쌓는 게 가능했다. 앞서 언급한 것처럼, 배변 활동을 하면서도 축적이 가능했다.

사실, 이러한 기공법은 이미 천마의 세상에도 있었다.

누워서 하는 연공법인 와공(臥功).

서서하는 연공법인 입공(立功).

걸으면서 하는 연공법인 행공(行功).

그러나 제튼의 연공법처럼 초반부터 누워서 서서 움직이면서 하는 게 아니다. 그들의 것은 마치 마법의 클래스처럼, 경지가 높아지면서 동시에 연공의 운신 범위가 늘어나는 것이었다.

기본적으로 움직이며 쌓는 동공수련법 역시 일상생활에 접목시키는 건 쉽지가 않았다.

'하지만 내건 다르지.'

조금만 몸에 익어도 일상 속에서 연공이 가능했다.

안정성!

과하다 싶을 정도로 안전제일을 추구한 덕분이었다.

'게다가 쌓으면 쌓을수록 축적량이 늘어나니까.'

초반에야 삼재심법이나 다를 것이 없었다. 하지만 뒤로 갈수록 오러를 축적하는 속도가 빨라지게 된다. 당연히 그 축적량이 삼재심법보다 더욱 뛰어날 수밖에 없었다.

'물론, 그렇게 되려면 제법 기간이 걸리겠지만.'

쿠너는 아직 어렸고, 시간은 충분했다.

'그보다…….'

당장의 문제는 따로 있었다. 저 멀리서부터 다가오는 기운이 느껴졌다.

'레이나 스테일.'

쿠너와 케빈에 이어서 세 번째로 그의 평온을 방해하려는 불순분자의 등장이었다.

'여기는 또 어떻게 알아냈을꼬.'

회색 들판에 대해서는 아직 부모님들도 몰랐다. 언제고 땅이 완성되었을 때 '짠!' 하고 선물로 내어드릴 생각에 숨기고 있었다. 이런 그의 비밀을 대번에 알아냈다면 답은 하나였다.

'스테일…… 남작인가?'

그것 외에는 떠오른 게 없었다. 그럴 리 없다고, 아닐 것이라고. 그렇게 부정을 하고 싶었지만, 안타깝게도 레이나는 스테일 남작의 딸인 것 같았다.

'이건 뭐…… 오우거가 엘프를 낳은 격이니.'

하지만 전혀 불가능한 일은 아니라고 여겼다. 언제고 한 차례 더 남작을 만났을 때, 우연스레 남작부인도 만난 적이 있었다.

'완전히 기적이라고 하기에는 어렵지.'

남작부인의 미모라면 어느 정도 레이나의 존재도 이해가 됐다. 레이나 스스로도 자신의 지위를 숨기려는 듯, 아카데미 내에서 그녀에 대한 이야기가 언급되는 경우가 적었다.

하지만 대놓고 '스테일'이라는 성을 사용하는 까닭일까? 얼추 아는 사람은 다 아는 느낌이었다.

'숨기려 한다기보다는…… 굳이 드러내려 하지 않는 정도이려나.'

그렇게 생각하고 있는 사이, 어느새 레이나의 신형이 시야에 들어오고 있었다.

'쯧!'

짧게 혀를 찬 제튼이 힘겹게 괭이를 내려놨다. 아이들에겐 수련을 지시한 뒤, 그는 땅을 갈려던 계획이 초장부터 박살난 것이다. 이내 그녀에게로 다가갔다.

"안녕하……."

"가르쳐 주십시오."

채 인사말을 끝내기도 전에 레이나가 외쳤다. 예상했던

내용이지만 동시에 달갑지 않은 내용이기도 했다. 제튼이 애써 미소를 입에 머금은 채 말했다.

"어제도 말씀드렸듯이 제가 남을 가르칠만한 실력이 못 됩니다."

그 말에 레이나의 시선이 쿠너와 케빈을 한 차례씩 훑었다. 이내 쿠너의 검술을 바라보며 눈을 빛내는 게 보였다. 쓰게 웃은 제튼이 다시금 입을 열었다.

"부족한 실력이라서, 그저 기본적이고 기초적인 것만 가르치고 있습니다. 제가 가르치는 건 이미 레이나 선생님도 아시는 부분들입니다."

"바로 그 기본적이고 기초적인 걸 가르쳐 주십시오."

"끄응……."

참으려 했건만 결국 앓는 소리가 새어나와 버렸다. 입맛이 썼다.

'어후…… 미치겠네.'

딱 봐도 보통 고집이 아닌 게 느껴졌고, 그 때문에 더욱 머리가 아팠다.

'어찌 설득을 해야 하려나.'

제튼이 쓰게 웃으며 할 수 없다는 듯 고개를 흔들었다.

"저는 레이나 선생님을 가르칠만한 수준이 못됩니다."

"아닙니다. 제튼 선생님은 저를……."

"하지만."

레이나의 말문을 자르며 제튼이 이야기를 이었다.

"저와 저 아이들의 검을 통해서 무언가를 보셨다면, 분명 레이나 선생님께 필요한 무언가가 저나 저 아이들에게 있는 것이겠지요."

떨쳐내려 해도 떨어질 여인이 아니다.

'그렇다면 차라리 끌어들이는 게 나을지도 모르지.'

"가르쳐 드릴 수는 없습니다. 하지만 보시는 건 상관하지 않겠습니다."

딱 거기까지가 내어놓을 수 있는 절충안이었다. 레이나의 두 눈 위로 떠오르는 갈등의 빛이 포착됐다.

'그래. 이 정도로 만족할 리가 없지.'

내심 실소를 머금은 제튼이 한 가지 제안을 더했다.

"제가 비록 가르쳐 드릴 실력은 아니지만, 그래도 혹여 도움이 되신다면 '조언' 정도는 해 드릴 수 있습니다."

딱 여기까지다. 더 이상은 제튼도 내어줄 수 없었다.

다행히 이번 제안은 먹혀든 것인지, 그녀의 두 눈에 차오르던 갈등의 빛이 빠르게 소멸하는 것이 보였다.

"감사합니다!"

그러더니 넙죽 허리를 숙여 보인다. 그 모습에 재차 실소가 새나왔다.

'거 참. 여자라기보다는 기사라고 해야 하나.'

하는 행동 하나하나가 어쩜 저리 절도가 있는지, 참으로 신기한 여인이었다.

◈

어둠이 깊게 내려앉은 밤거리 위로, 흑발에 흑안을 한 독특한 분위기의 사내가 모습을 드러냈다.

'스테일 남작령.'

사내는 자신이 서 있는 영지를 새삼 떠올리며 찬찬히 주변을 돌아봤다. 정보 수집을 위해서 한 차례 훑어보았던 도시였다.

'그 때도 느꼈지만, 정말…… 남작령 수준이 아니군.'

누가 여기를 구석진 촌동네 남작령이라 여기겠는가. 고개를 절레절레 흔든 그가 이곳을 찾은 목적을 떠올렸다.

두 명의 행상인.

조금 전, 저 앞쪽에 보이는 여관으로 들어간 이들을 뒤따르다보니 여기까지 오게 되었다.

'누굴까?'

어느 세력에서 보낸 요원인지 궁금했다.

'너구리들이 보낸 건 확실한데.'

그들도 각자의 파벌이 있는 까닭에 어디라고 콕 찝어 말하기가 어려웠다. 잠시 여관을 바라보던 그가 이내 시선을 저 멀리 솟은 시계탑으로 보냈다. 한밤중임에도 불구하고 한 눈에 들어올 만큼 높이 세워져 있었다.

'테룬 아카데미.'

저들 행상인이 이곳을 찾은 이유였다.

정규교육시설이 세워져 있을 정도로 발전 된 영지라는 점이 그들의 시선을 끈 것이다. 흑발사내 역시 그런 이유로 스테일 남작령을 초기에 조사하지 않았던가.

'그러고 보니 제국 검패의 기사가 한명 귀향했다고 했었지.'

테룬 아카데미에 다니고 있다는 소식 역시 들었다. 헌데, 그 소문의 끝이 별로 좋질 못했다.

'별 볼일 없는 실력이라서, 아카데미에서 잘릴지도 모른다니. 쯧! 명색이 제국 검패의 기사가 그런 소리를 듣다니.'

동검패라고 하나 제국 검패였다. 전쟁 영웅 덕분에 기존 기사들보다 한 수준씩 높아진 게 바로 제국 검패의 기사였다.

'몸에 이상이라도 있는 것일지도.'

사는 세계가 다르다고는 하나, 어쨌든 같은 적을 상대로 전장에 섰을 '동료' 였다.

'이번 보고서를 보내고 난 뒤, 시간이 날 때 한 번 살펴볼까나?'

평소라면 동검패 수준의 기사는 신경도 쓰지 않았을 것이다. 하지만 이곳 남작령에 단 한명 있는 제국 검패의 기사라는 이유 때문에 작게나마 관심이 갔다.

'우선은 저놈들에게 집중해야겠지.'

여관 한쪽의 창문이 열리는가 싶더니, 두 개의 그림자가 빠져나오는 게 보였다. 앞서 여관에 들어갔던 두 명의 행상인들 이었다.

흑발 사내가 조심스레 그들의 뒤를 따랐다.

◈

팔라얀 상단.

대륙 내에서도 세 손가락 안에 들어가는 대상단으로써, 제국 전쟁의 최대 수혜자라 할 수 있었다. 전쟁을 통해서 급성장을 한 상단이기 때문이다.

그 덕분일까? 제국 대부분의 영지마다 그들의 지점이 들어서 있었는데, 이는 촌동네라 불리는 구석진 영지들 역시 포함되는 이야기였다.

촌동네라 불리는 로사테인 자작령.

그곳에도 팔라얀 상단의 지점은 존재해 있었다.

카모룬 할람.

그가 바로 팔라얀 상단 로사테인 지점의 주인이었다.

160세르를 겨우 넘는 작은 키에, 얼핏 보면 드워프를 연상시키는 거친 이목구비와 터질듯한 근육. 이는 상단 관계자라기보다는 용병 업계 종사자라 해도 믿어줄만한 모습이었다.

그 터질 듯 한 근육을 불끈거리며 서류를 빠르게 읽어내려 가는데, 일정 부분에서 잠시간 근육들이 경직되는 게 보였다.

“드디어 시작인가.”

그가 눈살을 찌푸리며 서류를 내려놓았다. 그리고는 이내 창가로 향했다.

‘로사테인 자작령.’

두 눈 가득 영지의 풍경이 담겨졌다. 어둠이 짙게 내려앉은 한밤중임에도 불구하고 거리는 빛으로 가득했다. 발달된 도시답게 마법으로 밤거리가 밝게 빛나고 있었다.

‘내 손으로 일군 땅.’

하지만 그의 영지는 아니다. 그저 그는 서포터 역할만 했을 뿐이었다. 주인 모르게 뒤에서 지원 사격만 한 것이다.

‘상단주님의 명령으로 이뤄진 것이니, 결국 내 돈으로 이룬 것도 아니지.’

팔라얀 상단의 재력으로 만들어진 풍경이 바로 창밖의 광경이었다.

‘그 보잘 것 없던 영지가 여기까지 발전하다니.’

그 막대한 자금의 힘을 떠올리자, 새삼 감탄사가 나왔다.

‘당시에는 왜 이런 촌동네 영지에 힘을 실어주는가 싶었는데.’

시간이 흐르자 자연스레 알게 되었다.

"권력 분할인가."

전쟁 영웅이 사라지고, 중앙 귀족들이 목소리를 높이기 시작했다. 자연스레 그들에게로 권력과 힘이 쏠리는 현상이 발생했다.

자연스레 황실파와 귀족파로 나뉘고, 또 귀족파 내에서도 각자의 파벌끼리 힘 가르기를 시작했다.

'제국전쟁이 끝난 지 얼마나 됐다고. 쯧!'

한심할 따름이었다.

"중앙에 힘이 너무 쏠렸지."

이쯤 되자 팔라얀 상단주의 의도를 알 수 있었다. 지방 귀족의 힘을 키워서 중앙을 견제하는 것이다.

'정말, 대단하다는 말 밖에는…….'

그 외에는 할 말이 없었다. 팔라얀 상단주는 이미 제국이 이렇게 흘러갈 거라 예측을 한 모양이었다.

권력이 나눠졌다. 이는 서로 간에 눈치 싸움이 늘어난다는 의미이고, 자연스레 다툼이 있을 수밖에 없었다.

그 사이에 끼어들어 장사를 하는 것, 그게 팔라얀 상단주의 의도이리라.

그가 있는 이곳, 로사테인 자작령 외에도 타 지방 영지에도 팔라얀 상단의 힘이 뻗어있었고, 이를 통해 적잖은 발전들을 이루고 있었다.

지방 귀족의 힘 대부분이 그들을 통해 이뤄져 있는 것이다.

'중앙 귀족들 역시 우리와 한 다리씩을 걸친 상태지.'

결국 양쪽 모두 팔라얀 상단과 긴밀한 관계라고 할 수 있었다.

'이를 잘 활용해서 이끌어간다면, 그간 투자한 것 이상을 뽑아내는 건 말도 아니지.'

돈은 돌고 돈다.

'그 무한한 순환의 고리를 우리 손으로 통제하는 것.'

대륙 제일의 상단이라 불릴 날도 머지않은 것이다.

◈

천마 왈!

〈잘 포장해 주마.〉

당시에는 그 말이 무슨 소린지 몰랐다. 아니, 애초에 신경 쓸 겨를도 없었다. 당시에는 소멸되지 않으려 천마의 눈치를 보기가 더 바빴기 때문이다.

'설마, 이런 것일 줄은 상상도 못했지.'

스테일 남작령을 볼 때면, 천마가 참으로 일을 크게 벌려놨다는 생각이 들었다.

'이런 촌동네 영지가 이 정도까지 발전할 수 있다니.'

분명 천마의 힘이 컸을 것이다.

〈안 들키게 해 줄 테니 걱정 마.〉

천마와 그의 고향에 대한 연관성을 털어버릴 수 있게, 제법 그럴싸한 연막작전을 사용한다고도 했었다.

'여기 말고도 여러 지방 영지들에 손을 써 놨겠지.'

다양한 지방영지에 자금을 풀었으리라. 이곳 영지만 발전했다면 모를까, 다른 영지도 발전해 있다면, 시선이 분산될 수밖에 없을 것이다.

'덕분에 나를 추적하는 게 쉽지 않겠지. 게다가 내 고향에 대해 의심할 이유도 없을 테고.'

이는 그저 추측이 아니었다.

'실제로 몇몇 지방영지를 봤었으니까.'

귀향길에 들렀던 몇몇 지방 영지들의 발전모습에 제법 놀란 적이 있었다. 지금의 추측은 이러한 기억들을 떠올리며 내어놓은 결론이었다.

"뭐, 나쁘지는 않지."

고향이 살기 좋은 동네가 되었다는 데 싫어할 이유가 있겠는가. 단지, 일을 너무도 크게 벌린 게 아닌가 싶은 마음에 걱정하는 것뿐이었다.

'괜히 쓸데없는 생각을 하는 녀석들이 있는 건 아니겠지?'

지방 영지라고 하나 이 정도로 발전됐다면, 분명 눈길을 주는 이들이 있을 것이다. 전쟁 영웅의 고향이라는 이유가 아닌, 말 그대로 영지 자체에 침을 흘리는 것이다.

그리고 언젠가는 중앙 권력과도 연결이 될지도 몰랐다. 제튼은 바로 이러한 부분을 걱정하는 거였다.

'역시 천마라고 해야 하려나.'

그는 제튼의 몸을 빌려 쓰는 대가로 가볍게 생각하며 일을 벌였을 것이다. 하지만 그 규모가 너무 컸다.

'끝까지 나를 괴롭히는 재주가 있단 말이야.'

그를 떠올리는 것만으로도 골머리가 아팠다.

'언젠가는 분명 문제가 되겠지.'

입맛이 썼다.

'큭! 천마가 이 모습을 본다면, 소심증이니 내성적이니 뭐니 하면서 또 한 소리하려나.'

잠시 실소가 새나왔다.

"뭐, 조용히 드러내지 않고 살면…… 저들과 마주칠 일은 없겠지.'

고개를 절레절레 흔들며 상념을 접었다. 오늘의 목적지가 시야에 들어온 까닭이었다.

찻집 파로만.

'에휴…… 결국 와버렸네.'

한숨을 내쉬는 그의 머릿속으로 아침의 일이 스쳐갔다.

올해 나이 서른일곱.

노총각이라는 단어마저 초월하여 냄새마저 날 것 같은 '쉰' 총각.

"그게 바로 너다!"

외침과 함께 모친의 검지손가락이 매섭게 이마를 찌르고 들어왔다. 하도 황당한 소리를 들은 까닭일까? 제튼은 그 손가락질을 피할 생각도 못한 채 고스란히 이마로 받아야만 했다.

"그런 너에게 갱생의 기회가 왔다."

'끄응…… 갱생까지야.'

단어 선택이 참으로 가차 없었다.

"나가라."

모친의 일갈. 이해하지 못 한 나머지 물어야만 했다.

"뭘요?"

"선!"

"쿨럭!"

"선 보러 나가라고!"

아찔하니 현기증이 밀려왔다. 두 눈을 쉴 새 없이 깜빡이며 정신 이탈을 방비했다.

"제가요?"

"그래 바로 너. 너!"

"쿨럭!"

연달아 터져 나오는 헛기침이 그의 심정을 대변해줬다.

'어이가 없네.'

"아니. 엄마 말처럼 저 같은 놈하고 누가 선을 봅니까?"

모친의 이야기처럼 그의 나이 벌써 서른일곱이다. 옛 친우 중에서 일찍 간 몇몇은 벌써 손자를 봤을 정도였다.

"팍! 씨!"

휙 하니 들리는 모친의 손바닥이 먹이를 노리는 독수리마냥 사납게 제튼의 머리 위를 맴돌았다. 일순 자라목이 된 제튼이 입술을 삐죽 내밀었다.

"어렵게 구한 자리니까. 꼭 나가!"

그 서슬 퍼런 기세에 할 수 없다는 듯 물었다.

"어…… 언제인데요?"

"오늘."

"쿨럭!"

또 다시 헛기침이 터졌다.

"아니. 그게 무슨……."

"팍! 씨!"

모친의 손바닥이 재차 머리 위를 맴돌았다. 제튼의 목이 한층 더 깊이 파묻혔다.

"점심 약속 잡아놨으니까. 멋지게 차려입고 나가."

"……네."

그의 나이 서른일곱.

때 아닌 봄바람이 당혹스러울 나이였다.

선을 보기로 약속한 장소는 스테일 남작령의 중앙 분수대 거리에 위치한 찻집 파로만이었다. 그 안으로 들어서자 다채로운 향기들이 부드럽게 밀려들었다.

'괜찮은데.'

향기와 더불어 시야 가득 채워지는 분위기가 제법 그럴싸했다. 남녀간의 만남을 위한 자리로 괜찮은 장소인 것 같았다. 내심 고개를 끄덕이며 안을 둘러보는 사이 종업원이 다가왔다. 제튼이 먼저 입을 열어 물었다.

"예약이 되어있다고 하는데, 알아봐 주실 수 있겠습니까?"

"성함이 어떻게 되십니까?"

"제튼 반트입니다."

이내 종업원의 안내에 따라 찻집 2층의 창가자리로 안내되었다. 자리는 비어 있었다.

'아직 안 온 건가.'

확실히 그가 좀 일찍 나온 경향이 있었다. 모친의 닦달을 버티기가 어려워서 일찌감치 출발한 까닭이었다. 아직 약속 시간까지는 시간이 남았기에 조금 기다려야 할 모양이었다.

주변을 돌아보니 제법 자리가 찬 것이 장사가 잘 되는 것 같았다.

'위치도 괜찮으니까.'

중앙 분수대 거리라고 하면 남작령의 중심가라 할 수 있었다. 일종의 만남의 거리인 것이다. 이런 장소에 터를 잡은 이상 장사가 안 되는 게 이상했다.

'이런 곳에 자리를 잡고도 장사가 안 되면, 그건 정말 문제지.'

잔에 물을 따른 뒤, 입을 적시며 오늘의 약속에 대해 곰곰이 생각해봤다.

'누굴까?'

도대체 어떤 여인이 그와 만남을 가지려고 한단 말인가.

'솔직히 내 나이를 생각하면 쉬운 결정이 아닐 텐데.'

모친의 이야기처럼 '쉰' 총각이 바로 그 아니던가.

'끄응…… 그래도 그렇지 쉰 총각이라니. 헌 총각 정도라면 또 모를까.'

거기서 거기였으나, 그래도 묘한 어감의 차이가 있었다. 잠시 고민을 하고 있는 사이 그의 자리로 접근하는 그림자가 있었다. 가벼운 발걸음소리가 상대가 여성이라는 것을 알려줬다.

'온 건가?'

잡념들을 털어내며 고개를 위로 올렸다. 그림자의 정체는 30대 중반쯤 되어 보이는 여인이었다. 어느새 바로 앞까지 다가온 여인이 그를 향해서 말을 건네 왔다.

"못 본 사이에 많이 컸구나."

뜬금없는 이야기에 제튼의 고개가 모로 꺾였다. 마치 자신을 알고 있다는 듯 이야기하는 여인의 말투가 기억을 뒤적이게 만들었다. 그리고 잠시 후, 경악한 얼굴로 자리에서 벌떡 일어나야만 했다.

"세…… 셀린 누나?"

하마터면 입에 머금었던 물마저 뿜어버릴 뻔 봤다.

"설마 누나가?"

제튼의 물음에 그녀가 살포시 웃으며 고개를 끄덕였다.

'맙소사!'

셀린 웰븐.

어릴 적 제튼의 심장을 널뛰게 만들었던 첫사랑의 여인이었다.

"오랜만이야."

그녀가 말과 함께 손을 내밀었다. 이에 잠시 당황했으나 곧 악수를 하자는 의미인 것을 깨닫고는 다급히 그 손을 맞잡았다. 중간에 옷가지에 손을 닦아낸 건 매너라기보다는 일시간의 긴장감에 나온 행동이었다.

실제로 등 뒤가 살짝 축축해 져 있기도 했다.

"어떻게 한 번에 알아봤네?"

그녀의 물음에 제튼이 어색하게 웃었다.

'어쨌든…… 첫사랑이니까요.'

물론 입 밖에 낼 수는 없는 대답이었다. 게다가 고향에 막 돌아왔을 때, 그녀의 동생인 세레나와 만난 기억이 제법 도움이 됐다.

'역시 자매야. 닮았네.'

다른 게 있다면 둘 사이의 나이 차이.

'그리고…… 꿀꺽!'

세레나의 방어적인 가슴과 전혀 다른 성격의 가슴이 보였다.

'참…… 공격적이시네. 흠흠!'

속으로 감사인사를 짧게 마친 제튼이 바삐 움직였다. 셀린이 앉을 의자를 세팅하며 말했다.

"앉으세요. 누나."

"신사가 다 됐구나."

"아하핫……!"

왜 가슴 한편이 찔리는 것일까? 아무래도 천마 때문인 것 같았다.

'이 몸으로 안 해본 짓이 없으니…… 끄응!'

하지만 이내 당당히 어깨를 폈다.

'그건 그놈이 벌인 짓이니까. 난 당당하다 이거야.'

그래도 구경하며 즐겼던 기억 때문인지 완전히 깨끗하다 하기는 힘들었다.

"누나야말로 어떻게 절 한 번에 알아 보셨네요."

그 말에 셀린이 가볍게 미소 지었다.

"약속 장소에 앉아 있었으니까."

"아…… 그렇죠. 하핫!"

그와 달리 그녀는 만나는 상대의 정보를 알고 나온 것 같았다.

'나라는 걸 알면서도 나왔다는 건가.'

묘하게 기분이 좋아졌다.

"게다가 예전 모습이 좀 남아있기도 하니까."

"그걸 기억하세요?"

"그럼. 넌 좀 특별했잖니."

제튼이 깜짝 놀라서 그녀를 바라봤다. '특별'의 뜻이 궁금한 까닭이었다.

'누나도 설마, 내게 관심이 있었나?'

하지만 그녀의 대답은 전혀 의외의 것이었다.

"헨몬을 그렇게 괴롭히던 못된 꼬맹이를 어떻게 잊겠어."

"그…… 그건…… 끄응!"

할 말이 없었다. 셀린의 남동생 헨몬을 적잖게 괴롭혔던 기억이 떠올랐다.

"걱정 마렴. 그 일로 널 미워하거나 하지는 않으니까. 오히려 나중에는 네가 고맙기까지 했는걸."

"고마워요?"

"그래. 네 덕분에 헨몬 그 소심한 아이가 동네 아이들과 뛰어놀 줄도 알게 됐으니까. 얼마나 다행이니."

"하핫. 그…… 그러게요."

사실, 거기에는 순수한 의도만이 담긴 건 아니었다.

'정확히는 불순한 의도가 더 컸다고 해야 하려나.'

세레나를 만났던 당시에는 어렴풋이 떠올랐던 내용이, 셀린과 마주하자 정확히 기억났다.

'전략적인 변경이었지.'

초반에는 헨몬을 그냥 괴롭혔다. 별 이유도 없었다. 그냥 괴롭힌 것이다. 말 그대로 골목대장의 심술이었다.

'그러다가 우연히 셀린 누나를 봤지.'

이후로는 셀린에게 관심을 끌어 보려고 그를 괴롭혔다. 어린 마음에 그런 식으로라도 관심을 받고 싶어서 더욱 못되게 굴었던 것이다. 하지만 이후 그녀에게 미움 받는 걸 알았다.

'정확히는 미움이라는 감정에 대해서 제대로 배웠다고 해야 하려나.'

어리다보니 감정에 대한 이해가 부족했던 것도 같았다. 거기다 헨몬 때문에 셀린이 우는 것도 봤다. 이후로는 생각을 바꿨다.

'잘 해줘야 누나와 친해질 수 있다고 생각하게 됐었지.'

뒤늦은 깨달음이었다. 헨몬에게 심술을 부리기보다 잘

대해주는 것, 그게 셀린과도 가까워지는 길이였다. 그때부터는 헨몬에게 정말 잘 대해줬었다.

나름 골목대장인 제튼이 아니던가. 그의 발언권은 또래들 사이에 제법 대단했었다. 그간의 괴롭힘 때문에 쉽게 친해지기는 어려웠지만, 그래도 제튼의 노력이 통한 것인지 헨몬은 결국 또래들과 어울리게 되었고, 하루가 다르게 밝아져갔다.

그 덕분인지 제튼에게 당했던 기억도 추억으로 미화가 될 수 있었다.

"와아~! 정말 많이 컸구나."

셀린이 제튼의 위아래를 돌아보며 감탄사를 터트렸다.

"좀 컸죠."

제튼이 어깨를 으쓱이며 답했다. 실제로 그의 신장은 상당히 큰 편으로써, 무려 190세르(cm)에 가까웠다.

'한 3~4세르 정도 모자라려나.'

이는 전부 천마 덕분이었다.

'친가나 외가. 전부 이 정도로 거구는 없었으니까.'

가장 큰 이도 180세르에 조금 못 미쳤다.

'뭐, 내가 원래 이 정도 자랄 수 있다는 가능성이 전혀 없는 건 아니지만.'

그래도 천마의 영향력이 컸다.

'혼의 기억이라고 해야 하려나.'

천마의 본래 육신은 190세르를 훌쩍 넘기는 거구였다고 한다. 그러한 영혼의 기억 때문일까? 제튼의 육신도 하루가 다르게 성장하고 자랐다.

그 증거로 지금의 이 덩치는 천마가 산에 들어가고 1년이 지나기 전에 완성되어 있었다.

"누나는 더 예뻐지셨네요."

"후훗! 빈말이라도 고맙다."

"에~이. 무슨 말씀을. 누나 정말로 예뻐지셨어요. 게다가…… 와~! 세레나와 동갑이라고 해도 믿겠네요."

"풋! 세레나가 그 소리 들으면 화낼 거야. 어디 비교할 데가 없어서 나 같은 아줌마와 비교를 하니."

무려 열세살이나 차이가 났다.

'하지만…… 정말로 어려 보이는 걸요.'

물론 세레나와 비교할 정도는 아니었다. 30대 중반?

'서른 셋, 넷?'

그녀의 원래 나이가 마흔이라는 걸 생각한다면, 충분히 대단한 동안이었다.

'게다가 미모가 참…….'

딱 봐도 연령대를 무시하는 미모였다. 서너살 정도는 충분히 더 먹고 들어갈 만한 파워가 있었다.

'웃는 것도 여전하네.'

살짝 드러나는 한쪽의 보조개가 그녀의 옛 모습을 새삼

상기시켰다.

'예전에도 정말 예뻤는데.'

지금은 더했다.

'아쉽네.'

그녀의 20대와 30대 시절에 호기심이 갔다.

'지금도 이 정도인데, 전에는 어땠을까?'

제튼의 기억에는 10대 후반과 지금의 모습밖에 없었다. 자연히 그 중간 과정이 궁금할 수밖에 없었다.

"오늘 정말 나오기를 잘 했네요. 이렇게 누나도 다 만나고."

"케나 아주머니께서 비밀로 한다고 하긴 했었는데, 정말로 내가 나오는 줄 몰랐구나."

"예. 그냥 막무가내로 나가라고 하더라구요. 정말 무서워 죽는 줄 알았어요."

"무서워?"

"예. 아무래도 제 나이가 있다보니까요. 막상 나왔는데 꼬부랑 할머니가 기다리고 있으면 어쩌나 했죠."

"훗! 나는 괜찮고?"

"에~이. 말씀 드렸잖아요. 세레나와 동갑이라고 해도 믿겠다니까요. 게다가 워낙 예뻐지셔서 나이가 무의미할 정도죠."

"예뻐져? 전에는 안 예뻤나보네?"

"항상 예쁘셨죠. 호호!"

정말 그 말대로다. 제튼의 기억 속에는 수많은 미녀들이 있다.

그녀들은 하나 같이 대륙에서도 손에 꼽힐만한 미모의 소유자들 이었는데, 셀린은 그런 기억속의 미녀들에게도 크게 밀리지 않는 미모의 여인이었다.

'솔직히…… 최고라고 하기는 좀 그렇지만.'

천마를 통해 환상적인 미인들을 많이 봐 왔기 때문에, 그들을 압도한다고 할 수는 없다. 하지만 셀린 역시도 충분히 손에 꼽히는 미모를 지니고 있다는 건 사실이었다.

'게다가, 첫사랑 효과라고 해야 하려나.'

옛 감정 때문인지 유난히 빛나 보이기도 했다.

제튼과 셀린은 가볍게 차를 마시며 이야기를 나눈 뒤 바로 찻집에서 나왔다. 슬슬 점심때가 다 되었기 때문이다.

점심 약속이라면서 찻집을 약속 장소로 잡은 건, 이처럼 간단한 대화를 나눈 뒤 분위기를 풀고, 자연스럽게 식사로 유도하기 위해서였다.

때문에 일부러 11시를 약속 시간으로 잡은 것이 아니겠는가.

"혹시 잘 아는 가게 있으세요?"

제튼의 물음에 셀린이 고개를 흔들었다.

"미안. 남작령에는 자주 안 와봐서. 가끔 와도 간단히 물건만 구입하고 돌아갔으니까."

"물건이요?"

"응. 제니에게 필요한 거."

"제니?"

"그러고 보니 아직 말 안했네. 내 딸이야."

"……아."

생각해보면 아이가 있는 건 당연했다. 그녀의 미모라면 주변에서 가만히 두질 않았을 것이다.

"몇 살인데요?"

"이제 4살."

"이야~! 누나 딸이면 아주 귀여울 것 같은데, 나중에 한 번 보러가도 되죠?"

"훗! 누구 딸인데. 당연한 소릴."

순간 셀린이 적잖은 팔불출일 것 같다는 느낌이 확 왔다. 동시에 한 가지 의문이 피어났다.

'남편은…… 어떻게 된 걸까?'

선 자리에 나왔다는 건, 혼자 지낸다는 이야기였다. 말인즉, 남편에게 안 좋은 일이 있었을 수도 있다는 소리였다.

'설마, 이혼은 아니겠지.'

그녀의 미모나 성품을 생각한다면 그건 아닐 것 같았다.

'솔직히 얼굴만 뜯어먹고 살아도 될 정도니까. 흠흠!'

최악의 경우를 가정하며 남편에 대한 건 묻지 않기로 했다.

"미리 말하는데, 나 이혼했어."

헌데, 의외로 셀린이 먼저 궁금증의 답을 내어주었다. 게다가 그 답이란 것도 정말 뜻밖이었다.

'이혼?'

"놀랐구나? 후훗!"

"어? 어…… 예. 조금."

"보니까 얼굴에 궁금하다고 써 있어서, 말 해 준 거야."

그 말에 제튼이 뜨끔한 표정으로 얼굴을 매만졌다.

"풉! 장난이야. 어쩌다보니 이런 문제에 대해 민감해져서…… 그냥 감으로 알아챈 거야."

그렇게 이야기하는 셀린의 눈가에 한 줄기 그늘이 지나쳤다. 찰나 간에 일어난 일이었으나, 제튼의 이목을 피하지는 못했다.

'뭐지?'

궁금증이 일었으나 꾸욱 삼켰다. 왠지 이 일에 관해서 안 좋은 기억이 있는 것 같았기 때문이다.

"훗! 이런 이야기는 그만 두고, 빨리 밥이나 먹으러 가자. 이러다 뱃속에서 민망한 소리가 나겠어."

그녀가 애써 화제를 전환하며 쾌활한 음성으로 톤을 높였다. 이러한 의도를 따라주려는 듯, 제튼 역시 웃음을 터트리며 앞장을 섰다.

"하핫! 아는 가게가 없다고 하셨으니까. 제가 자주 가는 곳에서 먹도록 하죠."

그러면서 자연스럽게 셀린의 손을 잡고 이끌었다. 맞잡은 손 너머로 그녀의 긴장이 전달되어 왔다. 아무리 잘 아는 사이라고는 하지만, 20여년 만에 만난 사이였고, 이제는 어릴 적 동네 꼬마 누나가 아닌, 남자 여자의 관계였다.

갑작스런 제튼의 행동에 당황한 듯 손끝의 떨림이 느껴졌다. 알 것 다 아는 나이라고 해도 어쩔 수 없이 경직되는 순간이 있는 것이다.

하지만 이내 그녀도 손에 힘을 주며 긴장을 털어내는 게 전달됐다.

"기대해도 되지?"

제튼이 어깨를 으쓱였다.

"너무 믿지는 마세요."

빙긋이 웃은 제튼이 힘차게 걸음을 내딛었다.

아카데미의 일이 아니면 스테일 남작령에 올 일이 없던 까닭일까? 제튼이 찾은 식당은 아카데미 바로 앞에 위치해 있었다.

"여기를 아카데미 거리라고 하더라구요."

간단한 설명은 서비스였다.

"그 중에서도 이곳 '하르만'이 유독 제 입맛에 착 달라붙는 식당인데, 아마 누나도 깜짝 놀라실 걸요."

"그래? 믿지 말라더니 거짓말이었나 보네."

"흐흐!"

제튼의 미소 속으로 은근히 배어나오는 자신감이 느껴졌다. 안으로 들어가니 제법 많은 사람들이 보였다. 일단 외형적인 분위기는 합격점이었다.

"2층으로 가야겠네요."

다행히 위층은 자리가 제법 남아있었다. 창가로 자리를 잡자 종업원이 다가왔다. 15~6살 정도 되어 보이는 소년이었는데, 제튼의 얼굴을 보자 반갑다는 듯 인사를 건네왔다.

"제튼 선생님? 오랜만에 오셨네요."

"그래. 월트 너는 여전히 열심히 하는구나."

"하핫! 뭐, 그렇죠."

소년 월트가 밝게 웃으며 테이블 위에 스프를 내려놓았다.

"여기서는 이게 기본 서비스죠."

제튼이 셀린을 보며 그리 말을 하는데, 그녀는 제튼의 이야기를 듣는 분위기가 아니었다. 눈을 동그랗게 뜬 채 스프에 온 신경을 집중하고 있었다. 그러더니 이내 제튼을 향해 묻는다.

"이거, 설마…… 아니지?"

그녀의 물음에 제튼이 빙긋 웃으며 먹어보라는 듯 손짓했다. 두근거리는 마음으로 셀린이 스프를 떴다. 그리고 잠시 후,

"맙소사!"

감탄과 경악이 섞인 외침이 그녀에게서 터져 나왔다. 그 모습에 윌트가 작게 웃으며 물었다.

"하핫! 선생님과 함께 오신 분도 아루낙 마을 분이신가 보네요?"

제튼 역시 마주 웃으며 고개를 끄덕여줬다. 그 사이 스프를 몇 번 더 떠먹은 셀린이 눈을 반짝이며 윌트를 바라봤다.

"혹시, 파소 할머니 손자니?"

그에 대한 답은 제튼이 해 줬다.

"아니야. 전혀 무관한 사이야. 게다가 이 아이는 그냥 종업원일 뿐이야."

"에~이. 선생님도 참. 나중에 이 가게를 물려받으려고 계획 중인데 그렇게 말씀하시면 섭섭하죠."

"네 아빠가 들으면 또 혼쭐이 날 거다."

"아시잖아요 제 고집. 여기서 일 하고 있는 거 보면 모르시겠어요? 아빠도 결국 저에게 백기를 든 거나 다름없다구요. 이렇게 종업원 자리 내 주고, 나중에는 주방도 내 주

고, 결국에는 식당도 내 주실 걸요."

"에라이!"

제튼이 윌트에게 꿀밤을 먹인 뒤, 여전히 놀란 얼굴로 있는 셀린에게 시선을 던졌다.

"파소 할머니 스프와 비슷하지?"

그의 물음에 셀린이 고개를 끄덕였다.

파소 할머니.

일명 욕쟁이 할머니로 인근 영지에 소문이 자자한 할머니였다. 그들의 고향인 아루낙 마을에서 가장 유명하면서도 가장 오랜 된 식당의 주인 이었다. 아니, 주인 이었었다.

너무 고령의 나이로 식당을 운영하기 힘들어져, 결국 7년 전 장사를 접어야만 했다. 그녀의 아들이나 손주 중에서는 가게를 이으려는 이가 없던 까닭이다.

"아쉽게도 할머니와는 아무 관계도 아니야."

"그럼…… 이 맛은?"

셀린의 물음에 제튼이 어깨를 으쓱여보였다.

"노력이지."

"노력?"

"응. 우연히 파소 할머니 손맛을 본 요리사가 이곳에 뿌리를 내린 거야."

듣기로는 파소 할머니의 가게를 매일 같이 찾아가 맛을

익혔다고 한다.

"나도 여기 월트 이 녀석한테 들은 건데. 파소 할머니가 7년 전에 가게를 접은 이유가 뭔지 알아?"

"힘에 부치셔서 그런 것 아니었어?"

제튼이 고개를 좌우로 흔들며 대답하려는 찰나, 월트가 고개를 쭈욱 내밀며 나섰다.

"바로 우리 아빠가 할머니 손맛을 제대로 흉내 낼 수 있게 되어서 그런 거죠."

소년의 얼굴 가득 올라있는 자부심이 보였다. 하이라이트를 뺏겨버린 제튼이 입맛을 다시고 있자 월트가 가차 없이 이야기를 이어받았다.

"매일처럼 가서 맛보고 음미하고 관찰하고 즐겨대는데, 솔직히 누가 봐도 이상하게 생각하기 충분했겠죠. 파소 할머니도 중간부터는 저희 아빠가 요리사라는 걸 알았다고 하더라구요."

알고 있다는 사실을 숨긴 채, 묵묵히 손님으로 대접하던 파소 할머니가 돌연 그의 부친을 주방으로 불렀다. 그러더니 칼을 건네며 말했다.

〈썩을 놈아. 쳐 먹지만 말고 나도 한번 멕여 봐.〉

황당한 한편 극도의 긴장감이 치달았다고 한다.

"그게 시험이란 걸 아신 거죠."

그리고 그간 먹었던 요리들을 하나하나 정성스레 만들

어 파소 할머니께 대접했다.

〈망할 놈. 배 터져 죽으라는 거냐? 할망구 위장이 이걸 어떻게 다 비워.〉

“파소 할머니는 딱 한 입씩 음식을 먹었다고 해요.”

모든 음식을 감상한 파소 할머니가 말했다.

〈염병할. 내가 도둑놈을 들였었네. 대충 다 훔쳐간 것 같으니까. 그만 꺼져 이놈아.〉

그리고 일주일 뒤, 파소 할머니의 식당은 문을 닫았다. 그녀의 식당을 이어줄만한 자식들이 없기에 깔끔히 장사를 접은 것이다. 그나마 한 가지 미련이 남아 있었는데, 이 역시 월트의 부친을 통해 전해짐으로써 미련 없이 은퇴를 결심할 수 있었다.

“크아~! 정말 멋진 분 아닙니까.”

월트가 양 손을 꼬옥 맞잡은 채 기도하는 자세로 온 몸을 부르르 떨었다.

“특히, 저희 아빠한테 마지막으로 남긴 말씀이 정말 최고였어요.”

〈음식 남기면 벌 받는다. 썩을 놈아.〉

월트의 부친은 결국 자신이 만든 음식을 전부 자신의 배에 담아서 나와야만 했다.

“거짓말 안하고 과식 때문에 이틀을 고생하시더라구요. 큭큭!”

뭔가 그리 좋은지 연신 웃음을 터트리는 월트의 모습에 셀린도 작게 웃을 수 있었다.

"여기 식당은 올해 초부터 열었다고 하더라구."

제튼이 슬쩍 끼어들며 월트의 이야기를 끊었다. 하지만 이에 질세라 월트가 다시 끼어들었다.

"파소 할머니의 솜씨를 제대로 이어받고, 더 발전시키려고 한동안 공부를 하느라 좀 늦게 문을 열었죠."

그 모습에 제튼이 눈살을 살짝 찌푸리더니 그의 뒤통수에 꿀밤을 먹였다.

"일 안 하냐?"

"아차! 깜빡했네요. 헤헷! 손님. 주문은 어떻게 하시겠습니까?"

"고른 다음에 부를 테니까. 좀 가라."

"넵! 찐~한 시간 되십시오!"

월트가 남긴 한 마디로 인해 제튼과 셀린 사이에 어색한 분위기가 잠시 흘렀다.

"흠흠! 아카데미 학생인데. 저 녀석이 좀 장난끼가 심해서 자주 선생님들께 혼이 나죠."

"훗! 꼭 네 어릴 때 같은데."

"끄응……."

제튼의 입에서 앓는 소리가 새나왔다.

"이제 겨우 반년 좀 더 지났는데, 입 소문이 제법 잘 탔나보네. 손님이 이렇게 많은 걸 보면."

셀린의 이야기에 제튼이 고개를 끄덕이며 말했다.

"그런 것도 있고, 위치도 나쁘지가 않았지. 아카데미 거리에 세워졌으니까."

"그래도 방학 중에도 이렇게 손님이 많다는 건, 맛이 있으니까 그런 것 아니겠어?"

"당연하지. 파소 할머니가 인정한 맛인데."

"좀 전에는 아무 관계도 없다더니. 이제 보니 파소 할머니 제자분의 식당이잖아."

"에~이. 할머니는 허락을 안 했으니까. 정식 제자는 아니지. 그러니까 어쨌든 공식적으로는 남남 아니겠어."

그렇게 말한 제튼이 슬쩍 2층 식당을 돌아봤다.

"그래도 확실히 입소문을 타기는 탔나 보네."

식당 안에는 이곳 남작령의 주민 뿐만이 아니라 여행객으로 보이는 이들도 제법 보였다.

"지나는 사람들도 한번쯤 들렀다가 갈 정도면, 맛 집으로 인정받은 거지 뭐."

제튼의 이야기에 셀린도 고개를 끄덕였다.

"저기 저 사람들도 소문 듣고 온 모양이네."

그녀의 시선은 2층으로 올라오는 계단에 향해 있었는데, 행상인으로 보이는 사내 둘이 그곳을 막 올라오고 있었다. 순간 제튼의 눈가에 이채가 어렸다.

'어쌔신? 아니. 정보 계열인가.'

두 행상인의 발걸음 속에 담겨있는 내력을 읽은 것이다.

'움직임이 가볍다. 하지만 살기는 적어.'

어쌔신 특유의 기세는 느껴지지 않았다.

"먼 곳에서 온 모양인데, 어떻게 여길 잘 찾아왔네."

그녀의 이야기에 제튼이 관찰의 시선을 거둬들이며 말문을 열었다.

"상인들끼리 거래로 이런 저런 이야기를 나눌 때, 여기 이야기도 들었겠지. '

"거래 중에 이런 맛 집 이야기를 해?"

"원활한 거래를 하려면 아무래도 공기가 너무 무거운 건 안 좋으니까. 분위기 전환을 위해서 간단하게 소소한 잡담을 나누다가 흘러나오는 걸 거야."

고개를 끄덕이던 셀린이 묘한 눈빛으로 제튼을 바라보며 물었다.

"마치 그쪽 일을 해 본 것처럼 이야기하는데, 혹시……?"

"아니. 그냥 우연히 좀 얻어들은 거야. 주점 같은데 앉아있다 보면 이런 저런 이야기를 들을 수 있는데, 그렇게 들었어."

뜨끔한 심정이었으나. 황급히 해명거리를 늘어놓았다. 다행히 잘 통한 것인지 셀린도 부드럽게 넘어갔다.

'휘유…….'

안도의 한숨을 내쉬며 고개를 가볍게 흔들었다. 그러다가 잠시 2층 계단 쪽으로 시선이 돌아갔다.

'설마!'

이건 실수였다. 이 잠깐의 고갯짓으로 그는 2층으로 올라오는 사내와 정면으로 시선을 마주쳐야 했기 때문이다.

흑발에 흑안.

실로 독특한 분위기의 사내였다.

흔들던 고개를 역으로 되돌리며 급히 시선을 창밖으로 던졌다. 하지만 뒤통수에서 느껴지는 따끔한 감각으로 봐서는 흑발 사내가 아직 자신을 주시하고 있는 것 같았다.

'빌어먹을…….'

욕지기가 불쑥 올라왔다.

◈

밀러 베인.

그는 기사다. 그것도 보통 기사가 아닌 '대' 제국 칼레이드에서도 손에 꼽히는 기사단의 단원이었다.

흑사자 기사단!

무려 전쟁 영웅의 직속 기사단이었다.

하지만 그들의 정체를 아는 이들은 극히 소수였다. 흑사자 기사단의 전쟁은 대부분이 한밤중에 이루어졌기 때문이다.

그렇다고 해서 그들이 암살자는 아니었다.

소수 정예의 침투 공략조.

그게 바로 흑사자 기사단이 전쟁에서 맡은 역할이었다. 그렇다보니 그들의 무력은 실로 어마어마할 수밖에 없었다.

비록 어둠 속에서라고 하나, 그들은 언제나 전장의 최전선에서 치열한 혈전을 벌여왔다는 자부심이 있었다.

이런 그들에게 황제의 충격적인 명령이 하달됐다.

–정보 수집.

아찔해졌다고나 할까? 전투 요원인 그들에게 정보원을 하라는 것이다. 상당수의 단원들이 불만을 표출했다. 갈등이 일었다. 그리고 이 틈으로 중앙귀족들의 유혹이 밀려들었다.

얼마 후,

흑사자 기사단은 반으로 쪼개져버렸다.

소수 정예인 그들의 인원이 다시 줄어든 것이다. 이제는 기사단이라 말하기도 민망한 숫자만이 남아 기사단을 유지하고 있을 뿐이었다.

하지만 얼마 안 남은 이들 중에서도 또 갈등이 일었다. 황제의 명을 충실히 이행하자는 자들과 자존심을 내세우며 할 수 없다고 버티는 이들.

그렇다고 버티는 이들을 쫓아낼 수도 없었다. 그들마저

없다면 흑사자 기사단은 더 이상 기사단일 수 없기 때문이다.

그들 역시도 나갈 생각이 없었다. 흑사자 기사단에 대한 애정이 짙기 때문이다. 귀족들의 제안을 거절한 것도 이런 이유에서였다.

흑사자 기사단.

그 이름을 지울 수 없다는 고집으로 겨우겨우 버텨나가는 것. 이게 그들의 현실이었다.

'그분이 돌아와 주신다면…….'

밀러는 전쟁 영웅을 항시 떠올렸다. 그가 없기에 이런 분란이 생겨나는 것이다. 때문에 그의 존재가 그립고 또 간절했다.

'주군…….'

그 때문일까?

황제의 명령을 이행하기 위하여 정보를 수집하는 와중에도, 전쟁 영웅과 닮은 이들이 보이면 그도 모르게 한눈을 팔게 되어버렸다.

'집중. 집중!'

비록 그의 주군이라 할 수 있는 전쟁 영웅은 아니지만, 제국의 황제가 내린 명이었다. 허투루 여길 수는 없는 것이다.

이를 악 물며 각오를 다잡고 임무에 집중했다.

두 명의 행상인이 보인다. 그의 목표물들 이었다. 저들의 정체는 무엇인가. 어디서 왔는가. 배후는 누구인가. 등등. 정보를 캐내기 위해 그 뒤를 쫓는 중이었다.

목표물들은 두런두런 이야기를 하며 거리를 걷고 있었다. 얼핏 듣기로는 이곳 스테일 남작령의 유명한 맛 집에서 점심을 먹자는 이야기였다.

별 것 아닌 내용이었으나, 꾸준히 귀를 기울이며 집중했다. 언제 어느 때에 주요한 내용이 튀어나올지 모르는 까닭이다.

'하르만.'

그들이 들어간 식당의 이름이었다. 전에 들렀을 때 한 번 맛을 본적이 있는 식당이었다.

'확실히 맛 집은 맛 집이었지.'

고개를 끄덕이며 그 역시 식당 내부로 들어갔다. 1층은 이미 꽉 차 있었다.

'2층인가.'

대륙에서 드문 흑발에 흑안을 가진 그였다. 이목이 집중될지도 모른다. 하지만 걱정하지 않았다.

'주군의 심법은 빛을 어둠으로 어둠은 무채색으로 감춰주지.'

괴이한 특징을 지니고 있다 해도 영웅이 가르쳐준 심법만 운영하면 기척이 흐릿해진다. 동시에 그들의 존재감이 약해지면서, 평범한 분위기만 남게 된다.

흑발에 흑안임에도 불구하고 이러다 할 이목을 끌지 않는 건, 다 이런 이유에서였다. 그리고 이런 부분 덕분에 정보원의 일도 수행할 수 있는 것이었다.

'정말 대단하신 분이야.'

전쟁 영웅의 모습을 새삼 머릿속에 그리며 2층으로 올라갔다.

'음?'

그리고 막 2층에 도착했을 때, 한 사내와 눈이 마주쳤다.

'저자는?'

한 번 본적이 있는 사내였다. 기억을 되짚을 즈음 사내의 고개가 반대편으로 돌아가며 얼굴을 감춰버렸다.

'그래. 그 때의 애 아빠.'

지난 번 스테일 남작령에 왔을 때, 두 아이를 데리고 가던 신관느낌의 사내였다. 왠지 인상에 남는 사내였기에 쉬이 떠올릴 수 있었다. 두 번째 보는 것인데 이상하게 시선이 갔다.

'뭐지?'

이유를 생각해 봤다. 하지만 이내 고개를 흔들어야만 했다.

'모르겠군.'

저 한편에서 주문을 하고 있는 목표물들이 보였다.

'우선은 임무가 먼저니까.'

남는 자리로 향했다.

◈

다행이라고 해야 할까? 제튼은 흑발 사내, 밀러 베인의 목표가 따로 있다는 걸 알 수 있었다.

'행상인들.'

그의 뒤편에 위치한 빈자리 중 한곳에 앉은 밀러는 그가 아닌 행상인들을 집중했다. 그와의 만남이 우연이었다는 걸 깨달았다.

덕분에 한결 차분해진 마음으로 식사에 임할 수 있었다.

'하긴, 저번에도 못 알아봤었으니까.'

케빈 남매를 데리고 갈 때에도 한 차례 마주쳤었으나, 그 때에도 밀러는 그를 알아보지 못했었다.

'예전과는 많이 달라져있긴 하지.'

쉬이 알아 볼 수는 없을 것이다.

'그래도 방심하진 말자.'

행상인을 관찰하는 틈틈이 그에게로 향하는 시선이 느껴졌다. 워낙 은밀한 시선이었으나, 경지에 이른 그의 기감은 그의 모든 걸 감지해내고 있었다.

물론, 그렇다고 해서 셀린에게 집중하지 않는 건 아니

었다.

“어때? 맛있지?”

“그러게. 정말…… 그리운 맛이다.”

“하핫! 추억의 맛이지. 거기에 새로운 맛이기도 하고. 주방장 아저씨가 정말 연구를 많이 한 모양이야.”

다행히 셀린은 그의 변화를 알아채지 못했다.

‘당연하지. 내 연기력이 얼마나 완벽한데.’

천마를 통해 단련한 연기력이었다. 조금이라도 그의 비위에 거슬리면 호되게 당하고는 했다. 특히나 심상세계에서는 표정뿐만 아니라 감정의 변화까지도 전달되어서, 내면의 변화까지 컨트롤해야 살아남을 수 있었다.

‘무려 20년 내공이라 이거지.’

등 뒤의 밀러에게 집중하면서도 최대한 그녀에게 집중하는 모습을 연기했다.

“얼마든지 마음껏 먹어. 오랜만에 만난 기념으로 내가 쏠테니까.”

“훗! 지금 나온 것들만 먹어도 충분히 배가 차겠다.”

“흐흐! 그럴 줄 알고 예의상 해 본 말이야.”

“정말 여전하구나. 그 장난기는.”

“킥! 그런가?”

가벼운 대화와 농담 따먹기를 해 가며 분위기를 최대한 화기애애하게 유지해냈다. 하지만 그러면서도 여전히 감각만은 밀러에게 향해 있었다.

"후아~! 더 이상은 배가 불러서 못 먹겠다. 더 먹으라고 해도 여기까지가 한계야."

"테이블에 음식이나 남기고 그런 대사를 하시지?"

"파소 할머니가 그러셨잖아."

"뭐?"

"음식 남기면 벌 받아."

"큭! 푸하하핫! 그러게. 깜빡 했네."

아루낙 마을의 사람들에게 파소 할머니의 입김은 대단했다. 50년이 넘는 시간 동안 식당을 운영해왔고, 그런 만큼 마을의 수많은 사람들이 그녀의 식당을 거쳐 갔다.

욕설이 난무하는 말투였지만, 하시는 말씀에 그릇된 것이 없었고, 그 때문에 마을 어른들도 항시 귀를 기울이곤 했었다.

제튼이나 셀린 역시 마찬가지였다. 파소 할머니의 욕설 섞인 가르침을 듣고 자란 것이다.

"너는 아무래도, 할머니의 말투에 더 집중했던 것 같긴 하지만."

셀린의 이야기에 제튼이 허를 찔린 듯 가슴 한편을 부여잡으며 고통스런 연기를 했다.

"으윽! 정곡을 찌르다니."

실제로 어린 시절 제튼의 입담 대부분은 파소 할머니에

게서 배운 것들이었다. 어찌나 구수했는지 옆 동네의 형들도 그의 욕설 앞에서는 고개를 묻고는 했다.

"그만 일어나자 누나."

"배 좀 꺼트리고 가면 안 될까?"

"기왕이면 가볍게 걸으면서 꺼트리는 게 몸매 관리에도 좋을 걸."

"그런가."

제튼이 손을 내밀었다. 그녀가 이를 잠시 바라보며 주저하는가 싶더니 이내 살짝 웃으며 손을 잡았다.

"가시죠."

이내 계산을 하고 식당을 나섰다. 제튼은 밖으로 나왔음에도 긴장을 풀지 못했다. 등 뒤로 느껴지는 한 줄기 따끔한 시선 때문이었다.

밀러가 앉은 자리가 마침 창가였던 탓에, 식당을 나온 지금도 시선이 따라오는 것이다. 하지만 이내 따끔한 감각이 거둬졌다. 마지막으로 한 번 더 확인을 한 것이리라.

그래도 만에 하나라는 것이 있는 까닭에, 제튼은 모퉁이를 도는 그 순간까지도 긴장의 끈을 놓지 않았다.

"휴우~!"

모퉁이를 돌기가 무섭게 한숨이 흘러나왔다. 그도 모르게 새어버린 것으로, 이를 요상하게 보는 셀린 때문에 다급히 변명을 늘어놔야만 했다.

"후유우아아하. 배가 부르니까 자꾸 트림이 나오려는 거 있지. 어우. 이거 참. 휴우. 후우."

"왜? 내 앞이라서 긴장이라도 돼?"

"흐흐! 이래보여도 제가 신사 아닙니까. 어찌 레이디 앞에서 트림을 할 수 있겠어요."

자연스레 놓았던 말을 다시 높이면서 일부러 연기톤으로 너스레를 떨었다. 그 모습과 대사에 셀린이 살짝 웃음을 터트렸다.

"레이디? 풉! 오랜만에 듣네."

"왜?"

"그야 요새는 아줌마라는 소리만 들으니까."

"와~! 누가 그런 망발을 한데? 누군지 모르겠지만 눈이 삐어도 한 참 삐었네. 아직도 30대 초, 아니 세레나와 동갑이라고 해도 믿을 것 같은데."

"풉! 빈말이라도 고맙다."

"아니. 정말 아까부터, 난 진실만을 이야기 하는 거야. 정말이야. 진짜라니까."

"알았어. 알았어."

셀린이 미소를 한껏 머금으며 앞서 걸음을 옮겼고, 그 뒤로 제튼이 '정말. 진짜. 진실.' 을 연발하며 따라붙었다.

◈

푸름 여관.

밀러가 뒤쫓는 행상인들의 거처였다. 어느새 밤이 깊었고, 그들은 잡아놓았던 여관으로 들어갔다. 해가 떠 있는 동안 그들이 한 일이라고는 그저 영지를 돌아다닌 것뿐이었다.

하지만 밀러는 그들이 그저 돌아다닌 건 아니라고 여겼다.

'그렇지 않고서야 골목길 구석구석까지 헤치고 다닐 이유는 없을 테니까.'

아마 남작령의 지형을 파악하는 것 같았다.

'정보 길드나 그런 종류의 집단이 거처로 정할만한 곳, 혹은 지날만한 뒷길을 파악하는 걸까?'

뭐가 되었건 상관없었다. 보고서에는 그들의 행동을 가감 없이 적어 보내기만 하면 끝이었다. 나머지는 정보부에서 알아서 분석하고 해결 할 것이다.

'어설픈 추측으로 정보에 변화를 줄 필요는 없겠지.'

고개를 흔들며 쓸데없는 추론들을 털어냈다. 그러자 잡념이 일부 밀려들었다.

'그 자.'

식당에서 봤던 사내가 떠올랐다.

'누굴까?'

겨우 두 번 보았을 뿐이건만, 자꾸만 머릿속에 맴돌았다.

"후우……."

괜스레 답답한 마음이 들어서일까? 그도 모르게 한숨이 새나왔다. 정신도 다잡을 겸 고개를 돌리고 몸을 이리저리 비틀며 풀어줬다. 하지만 여전히 사내의 모습이 머릿속에서 떠나질 않았다.

마음이 심란해서 일까?

'주군.'

사내의 모습을 밀어내기 위하여 영웅의 뒷모습을 떠올렸다.

"음?"

순간 밀러의 양 미간에 주름이 잡혔다. 한쪽 눈에는 잔상처럼 사내의 뒷모습이, 다른 반대쪽에는 환상처럼 영웅의 뒷모습이 떠오른다.

그러더니 마치 약속이나 한 듯, 두 인영이 가운데로 겹쳐졌다.

"아!"

터져 나온 탄성과 함께 그의 전신이 부르르 떨렸다.

전율!

"어떻게?"

동시에 의문이 밀려들었다.

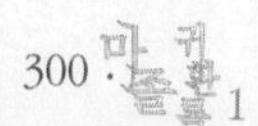

'그 자는 분명…… 갈색 머리였다.'

하지만 영웅의 머리는 칠흑처럼 검은 빛이었다. 마치 밀러의 그것처럼, 아니 그보다도 더 짙고 어두웠다.

'눈빛도 달랐다.'

영웅은 흑안이었고, 거기에 더해 눈매의 양 꼬리가 사납게 하늘로 치켜 올라가 있었다. 보는 것만으로도 오금이 저릴 것 같은 눈살이었다.

하지만 사내는 평범했다. 언뜻 보면 조금 처졌다고 여겨질 정도였고, 사내의 두 눈에서는 어떠한 기세도 느껴지지 않았다.

'피부 색깔도.'

영웅은 구릿빛이 났다면, 사내는 조금은 하얗게 여겨지는 편이었다. 곳곳에 햇빛에 탄 흔적이 있었지만, 영웅에 비한다면 부족했다.

영웅은 기본적인 피부 자체가 구릿빛인 느낌이었다.

그럼에도 불구하고 사내의 모습에서 영웅의 흔적이 비쳤다.

'키…… 덩치도 작았건만.'

이 부분은 밀러의 착각이었다.

천마는 내비치는 기세 때문에 항시 지닌 체구보다 머리 하나는 더 크게 보이게 만들었고, 덕분에 대부분의 수하들이 그의 체구를 2미르(m) 정도로 오해하고는 했다.

게다가 천마에게서 육신을 돌려받은 뒤, 근육량이 줄어든 것 역시 이런 착시 효과를 불러왔다. 제튼 역시 제법 단단한 체형이었으나 날렵하다는 이미지가 강했다. 하지만 천마는 터질 것 같은 근육질의 체형이었기 때문이다.

아무리 살펴봐도 닮은 구석이 없었다.

'어째서?'

그럼에도 불구하고 영웅의 향기가 물씬 풍기는 이유는 뭘까?

'……하필…….'

순간, 푸름 여관의 창가로 두 개의 그림자가 나오는 게 보였다. 행상인들이 야간 활동을 시작한 것이다. 더 이상 생각을 이어가기가 어려웠다.

'젠장!'

이를 악 문 그의 신형이 어둠속으로 녹아들었다.

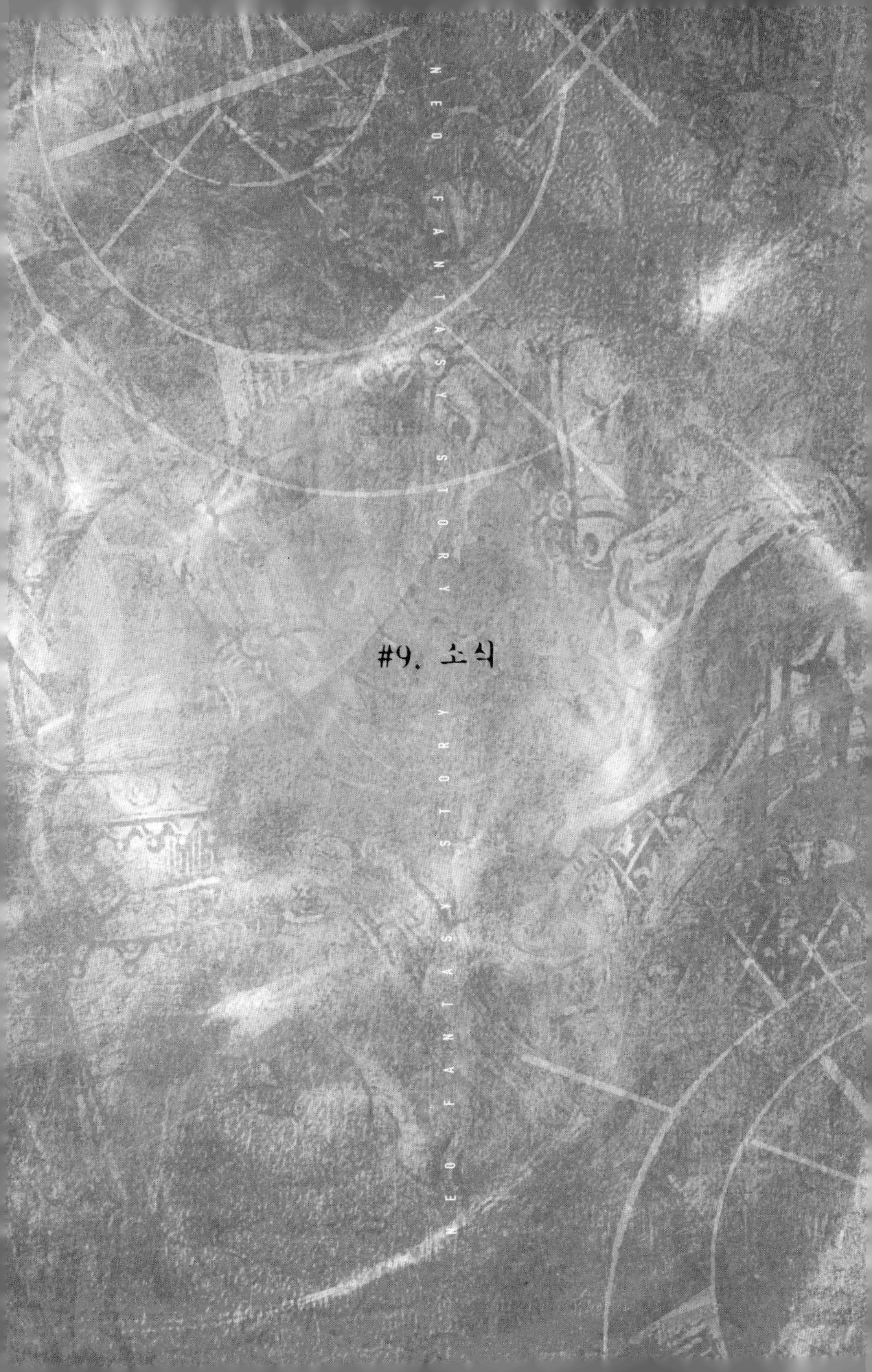

#9. 소식

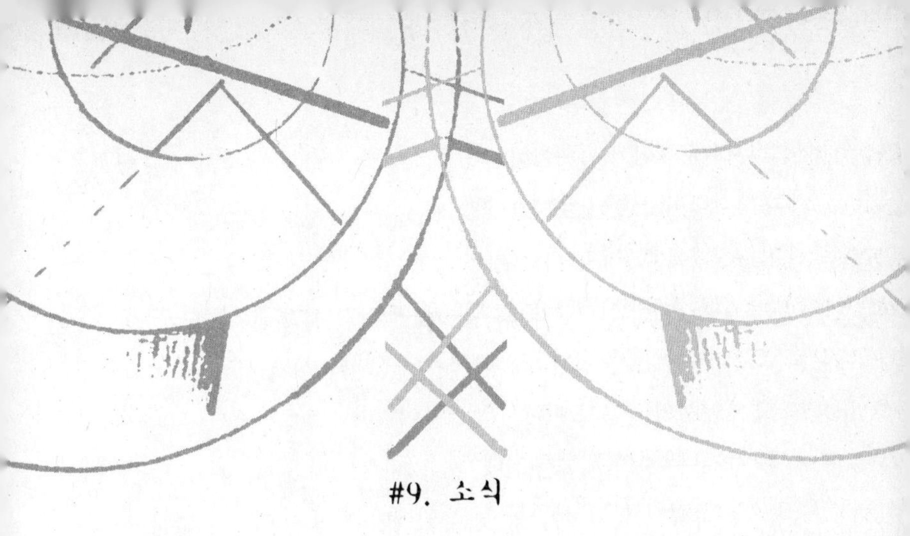

#9. 소식

갑작스런 맞선으로 인해 뜬금없는 하루를 보내야만 했던 제튼이었으나, 정작 집으로 돌아온 시간은 어둠이 짙게 내려앉은 한밤중이 되어서였다.

"듣자하니 싫다고 난리를 쳤다더니, 제법 마음에 들었나봐?"

문을 열고 안으로 들어섰을 때, 가장 먼저 그를 반긴 건 이미 출가를 한 차녀 펠다였다. 뜬금없는 그녀의 출현에 혹시 싶어서 집 안을 둘러봤으나, 그녀 외에 또 찾아온 가족들은 없었다. 내심 안도의 한숨이 나왔다.

맞선 때문에 온가족이 모여 버리는 상황은 상상만으로도 어지러웠기 때문이다.

"네가 여기는 웬일이냐?"

"당연히 오빠 보려고 온 거지."

"나를?"

황당해서 고개를 모로 꺾는데, 펠다가 재차 물어왔다.

"역시, 셀린 언니라서 맘에 쏙 들었나봐?"

앞서의 물음과 이어지는 질문이었다.

"무슨 소리를 하는 건데?"

"그렇지 않고서야 이 늦은 밤에야 돌아올 이유가 없잖아."

"그건…… 뭐, 어쩌다 보니 그렇게 된 거야."

사실, 펠다의 말이 전혀 틀린 건 아니었다. 제대로 마무리 짓지 못했던 첫사랑의 기억 때문일까? 오랜만에 만난 셀린에게 그도 모르게 끌렸던 것도 같았다.

'보통 첫사랑을 다시 만나면 실망을 잔뜩 한다던데.'

그녀에게는 그런 게 없었다. 오히려 어린 시절보다 더욱 아름다워진 모습에, 옛 감정이 일부 살아나는 기분마저 들었다.

그래서일까? 남작령 곳곳을 알차게 돌아다니며, 나름 데이트라 할 만한 시간을 보내다가 왔다. 확실히 나쁘지 않은 만남이었다.

"밤이 늦기는 무슨, 딱 저녁 식사까지만 마치고 오는 건데."

하지만 솔직하게 이야기하지는 않았다. 슬쩍 변명을 늘어놓으며 여동생의 시선을 외면했다. 이런 그의 모습에, 펠다가 얇게 실눈을 뜬 채로 다가오더니 제튼의 옆구리에 팔꿈치를 찔러 넣었다.

"혹시라도 셀린 언니와 잘 되면, 다 나와 세레나 덕분인 줄 알라고."

"세레나?"

제튼의 의아해서 그녀를 바라보자, 펠다가 이를 드러내며 웃더니 오른손으로 V자를 그렸다.

"우리 둘이 셀린 언니를 꼬드겨서 내보낸 거야. 히히!"

"허……."

"뭐, 어른들도 좀 도와주셨지만, 대부분은 나와 세레나 덕분이라고 보면 돼."

황당한 마음 한편으로 고맙다는 생각도 들었다.

그를 위해서 벌인 일이 아니겠는가. 쓰게 웃으며 부모님께 인사를 하는데, 부모님들의 눈초리가 심상찮았다.

아무래도 셀린과의 일이 궁금한 모양이었다.

"올라가 볼게요."

하지만 애써 그 시선을 회피하며 후다닥 방으로 가 버렸다. 다행히 부모님들은 그를 붙잡지 않았다.

애초에 이번 만남 자체가 펠다에 의해 꾸며진 자리였기 때문이다. 우선은 나이 꽉 찬 아들이 선 자리에 나간 것만으로도 만족하는 모양이었다.

"오빠!"

하지만 주최자인 펠다는 그저 조용히 넘겨줄 생각이 없는 듯, 끝까지 쫓아오더니 결국 방 안으로 침투해왔다.

"끄응. 왜 또? 하루 종일 돌아다녀서 피곤한데."

그 말에 펠다가 이를 드러내며 웃었다.

"헤에. 집에 오자마자 피곤하다니. 헤~에?"

"거 참. 민망한 상상은 그만 두자꾸나 동생아."

"한밤중인데?"

"정말로 난 결백해."

마을간 순환마차의 시간대가 길어서 생각보다 더 늦어진 것뿐이었다.

"쿡! 알았어. 믿어줄게. 그것보다 정말 어땠어? 오랜만에 셀린 언니 만나니까 옛 감정이 살아나고 그러진 않아?"

"뭣?"

제튼이 깜짝 놀라서 펠다를 바라봤다.

"어라? 정말이었나 보네. 세레나가 농담하는 줄 알았는데, 진짜로 셀린 언니를 좋아했었구나."

"허…… 세레나가?"

그녀는 그 사실을 어찌 알고 있는 것일까? 황당해서 쳐다보자 셀린이 빙긋이 웃으며 고개를 들이밀었다.

"궁금해? 궁금하지? 궁금할 걸?"

“끄응…… 그래. 궁금하다.”

“세레나의 첫사랑이 사실 오빠라서 그래.”

“……음, 어?”

제튼의 두 눈이 동그래졌다.

‘그러고 보니…….’

언제고 순환마차에게 그런 소리를 했던 적이 있었다.

‘농담이 아니었어?’

그것보다 놀라운 건, 세레나의 조숙함 이었다.

‘기껏 해봐야 5~6살 정도였을 텐데.’

아카데미를 조기졸업 할 정도로 범상치가 않다고 여기기는 했는데, 이미 어릴 때부터 남다른 부분이 있던 모양이었다.

그러거나 말거나 펠다의 이야기가 이어졌다.

“뭐, 금세 켄트 오빠에게로 넘어가 버렸지만, 어쨌든 첫사랑은 오빠였다고 하더라.”

“켄트라…… 하핫!”

‘그럴 만도 하지.’

소싯적 동네 처자들 가슴에 불을 지펴댔던 부친 홀든의 외모를 제대로 이어받은 덕분에, 켄트 역시 어릴 때부터 인기가 상당했다. 제튼도 부친을 닮은 구석이 있었으나, 아무래도 외가 쪽의 피가 더 진한 것인지, 선이 굵은 남성적인 이미지가 강했다.

'게다가 미남형도 아니지.'

인정하긴 싫지만 그것이 진실이었다.

'언제나 진실은 가슴 아픈 법이지. 흑!'

그래도 그냥저냥 봐줄 만한 얼굴은 된다고 생각했다.

"어쨌든 첫사랑이니까. 제법 관찰을 했는데, 오빠가 셀린 언니에게 관심 있는 거 알고는 삐져서 맘 접었다고 하더라."

"큭!"

어린 세레나가 삐죽거리는 얼굴이 떠오르며 작게 웃음이 나왔다.

"자, 궁금증을 해결해 줬으니까. 오빠도 이야기 해 줘야지."

"뭐를?"

"어땠어? 셀린 언니하고 어땠냐고."

제튼이 쓰게 웃으며 고개를 흔들었다. 대답을 피하려고 해도 끝까지 물고 늘어질 기세였다. 그가 할 수 없다는 듯 천천히 입을 열었다.

"뭐, 나쁘지는 않았어. 누나는 여전히…… 예쁘더라."

"좋~았어!"

펠다가 주먹을 불끈 쥐며 힘차게 외쳤다. 그 모습에 제튼이 황당하게 쳐다보다 실소를 터트리는데, 돌연 그녀가 표정을 굳히면서 그를 돌아봤다.

"오빠가 알아야 할 게 있어."

무슨 이야기를 하려고 저런 심각한 분위기를 잡는 것일까? 고개를 끄덕이며 그녀의 이야기를 기다렸다.

"사실, 셀린 언니는 애 딸린 이혼녀야."

'뭐야, 겨우 그거였어.'

이미 셀린 본인에게 들은 내용이기에, 가볍게 미소를 지으며 알고 있다 말하려는 찰나였다.

"남편에게 쫓겨났다고 들었어."

입가로 올라오던 미소가 빠르게 굳어졌다.

'……누……가 쫓겨나?'

"언니에게는 제니라고 예쁜 딸이 있는데, 그 아이가 올해로 4살이야."

뜬금없이 아이의 이야기는 왜 하는 것일까?

"언니는 4년 전에 이혼…… 아니, 쫓겨났어."

'그 두 이야기에 무슨 연관성이 있기에…….'

생각을 하던 제튼의 미간 위로 한 줄기 주름이 일어났다.

"잠깐, 그거 좀 이상하잖아."

4년 전에 이혼을 했다. 그런데 아이도 4살이다.

아이들은 보통 임신을 한 뒤 대략 10개월 정도의 시간을 거치고 태어난다. 그리고 이 10개월의 기간을 성장기간으로 계산하여, 때문에 탄생과 동시에 1살이 된다.

말인 즉 실질적으로 태어난 건 3년 전이라는 소리였다.

하나의 단어가 연상됐다. 차마 입에 담을 수 없는 것이었다.

'불륜?'

어쩌면 이보다 더한 최악의 상황마저도 가정해야 할지도 몰랐다. 제튼이 경악한 얼굴로 펠다를 바라봤다.

"역시 사람들 생각은 뻔하네."

그녀가 고개를 좌우로 흔들었다.

"……어?"

"셀린 언니는 바람 같은 거 피운 적 없고, 그런 이상한 사정 때문에 쫓겨난 것도 아니야."

"어. 음. 그래."

제튼이 얼굴을 붉히며 뒷머리를 긁적였다.

"언니가 쫓겨난 이유는 애를 못 낳아서야."

"아이?"

"그래. 혼인하고 10년이 다 되도록 애가 들어서질 않으니까. 남편이 슬슬 외도를 하기 시작했다고 하더라."

오히려 바람은 남편이 핀 것이다. 게다가 황당하게도 그 상대가 임신마저 해 버렸다. 셀린이 화를 내도 모자랄 판국에 도리어 집 밖으로 쫓겨나버렸다. 황당하고 열 뻗치는 상황이었다.

하지만 상대측 집안은 준귀족에 속하는 집안이었고, 나름 산다하며 떵떵거리는 재력가이기도 했다.

이러한 위세를 빌어 셀린을 불륜이니 뭐니 하며 역으로

내쫓아버린 것이다. 아루낙 마을에도 그들이 먼저 소식을 흘려놓은 탓에, 누가 봐도 셀린이 죄인으로 비쳐지는 상황이었다.

이를 갈아 대던 펠다가 제튼을 향해 물었다.

"언니가 시집간 곳은 바르센 남작령인데, 오빠도 알지?"

수긍의 표시로 그가 고개를 끄덕였다. 지금 대영주 대리로 알려진 로사테인 자작령을 중심으로 치자면, 이곳 스테일 남작령과는 끝에서 끝이라고 할 수 있었다.

실로 어마어마한 거리였다.

"그 먼 거리를 언니 혼자서 왔더라."

순환마차가 있다고 하나, 거리가 거리인 만큼 적지 않은 시일이 걸렸을 터였다. 그러나 억울한 일은 여기서 끝이 아니었다.

"도착하고 보니까 애가 들어선 거야."

마침 불륜녀네 뭐네 하면서 쫓겨난 상황인 탓에, 주민들이 보는 시선도 곱질 않았다.

"언니 외모가 워낙 고와야지. 충분히 가능한 일이네 어쩌네 하면서, 에잇 썅!"

그녀 입에서 저도 모르게 욕설이 터져 나왔다.

"이 일 때문에 언니가 한동안 얼마나 눈치를 보고 살았는데. 정말 생각만 하며 화가…… 에휴!"

제튼이 쓰게 웃으며 펠다를 바라봤다. 여동생들, 프릴

과 펠다. 뿐만 아니라 동네의 많은 소녀들이 셀린을 좋아했었다.

그녀는 예뻤다.

'마음씨도 고왔지.'

게다가 똑똑하기까지 했다.

여동생 세레나가 아카데미 조기졸업이라고 하지만, 셀린이 정식으로 공부를 했더라면 더욱 놀라운 기록을 세웠을지도 몰랐다. 그 비상한 머리로 글을 배운 뒤, 집안일을 거들고 남는 시간마다 틈틈이 책을 읽으며 지식을 쌓았다.

'그래서인지 은근한 기품마저 있었지.'

비록 책으로 익힌 배움이었으나, 그 속에서 남다른 분위기를 얻게 된 것이다. 때문일까? 어릴 때는 그녀가 성녀일지도 모른다는 착각까지 했을 정도였다.

"언니는 결백을 주장했지만, 아무도 믿어주지 않았어."

그녀를 잘 아는 이들마저도 의심을 하는 상황이었다. 그녀가 한 때 마을에서 유명했다고 하나, 마을 주민 전부가 그녀에 대해 잘 아는 건 아니었다. 그녀를 바라보는 시선이 불순해지는 건 실로 순식간이었다.

실제로 안 좋은 의도로 접근했던 사내들이 제법 있었다.

"……남편은? 셀린 누나 남편은 딸에 대해서 알아?"

제튼의 물음에 펠다의 눈빛이 표독하게 변했다.

"나쁜 놈들! 제니에 대한 소문을 듣고는 얼씨구나 하면서 언니를 헐뜯던데. 한 번은 그 집에서 보낸 사람들까지 와서는 으름장을 놓고 가더라니까."

"으음……."

나직하니 신음성을 흘린 제튼은 가만히 셀린을 떠올렸다. 이혼에 대한 이야기를 할 때, 그녀의 얼굴 위로 한 줄기 그늘이 스쳤던 게 떠올랐다.

'이거였나.'

어느새 제튼의 얼굴에도 어둠이 내려앉아 있었다. 그가 펠다를 바라보며 물었다.

"넌 어떤데. 너는 누나를 믿어?"

"당연하지!"

펠다가 성난 얼굴로 제튼을 바라봤다. 자신에게 그런 질문을 던진 것 자체가 불쾌하다는 표정이었다. 고개를 끄덕인 제튼이 재차 물었다.

"일부러 내게 말 안 해준 거구나."

"뭘?"

"셀린 누나에 대해서."

오늘 만남의 상대가 그녀라는 것부터 시작해서, 그녀에게 있던 사정들까지 의도적으로 숨겼으리라.

"셀린 언니가 맞선 상대라는 걸 알았더라면, 분명 나가기 전에 누군가를 통해서 물어볼까봐."

그렇게 되면 셀린에 대한 안 좋은 소문도 듣게 될 것이고, 자연스레 나쁜 이미지가 각인된 채 만날 수밖에 없게 될 것이다.

"난 언니가 오해받는 게 싫어."

셀린을 향한 따뜻한 마음이 느껴졌다. 잠시 지켜보던 제튼이 입가에 미소를 그리며 다가갔다. 그러더니 대뜸 그녀를 포옥 품에 안는 게 아닌가.

"왜…… 왜 이래?"

그녀가 당황해서 벗어나려는데, 제튼이 더욱 꼬옥 껴안으며 말했다.

"고맙다."

"무슨 소리야?"

"잘 자라줘서."

그녀가 이리 바르게 자란 건, 당연히 부모님 덕분이겠으나. 그래도 장남으로써의 역할을 못했다는 생각이 내심 가슴 한편을 무겁게 하곤 했다.

하지만 오늘 본 펠다의 모습에서, 그런 걱정을 조금은 덜어도 될 것 같다는 느낌을 받았다.

"고맙다."

다시금 그리 중얼거리며 펠다의 머리를 쓰다듬어 주었고, 펠다는 오랜만에 맡는 오라비의 냄새를 깊이 만끽했다.

잠시 남매의 정을 확인하는 시간이 지나자, 펠다는 다시금 본론을 꺼내놓았다.

"언니하고는 제대로 만나 볼 거야?"

쓰게 웃은 제튼이 고개를 흔들었다. 펠다가 도끼눈을 떴다.

"왜? 이혼녀라서 싫어? 설마, 오빠도 언니가 불륜을 저질렀다고 생각하는 거야? 그런 거야?"

"아니. 나도 누나를 믿어. 하지만 난…… 후우. 어쨌든 안 돼."

"왜? 오빠처럼 나잇살 먹은 쉰 총각이 감히 언니를 마다해? 어디서 감히! 생긴 것도 뭣 같이 생겨가지고서는, 나하고 세레나가 도와줬으면 감사합니다. 하고 넙죽 고개를 숙일 것이지, 감히 튕겨?"

"끄응……."

조금 전까지의 그 뜨거운 남매의 정은 어디로 간 것인지, 그녀의 이야기는 실로 사납고 매서웠다. 그 기세에 밀렸는지, 그도 모르게 어깨가 위축되어 있었다.

내심 쓰게 웃은 제튼이 역으로 물었다.

"넌…… 왜 나하고 셀린 누나가 잘 되기를 바라는데?" 펠다는 이 질문에 마치 허를 찔린 듯, 순식간에 입을 닫았다. 그러더니 이내 한숨을 푸욱 내쉬는 게 아닌가.

"미안. 방금 전까지 잘되라고 화내놓고서 이런 말 하긴 조금 그런데…… 사실 오빠와 셀린 언니가 정말 맺어질 거라고는 생각하지 않았어."

"……어?"

뜻밖의 대답이었다.

"그렇잖아. 오빠하고 셀린 언니하고 그…… 얼굴부터 시작해서 여러모로 수준 차이가 너무 심하잖아."

앞서 이야기했던 내용을 재차 언급하며 확인사살을 하는 여동생이었다.

'어쩐지. 오늘 어땠냐고 묻는 내내 다른 의도가 느껴지더니. 쩝!'

무릎에 힘이 풀렸을까? 제튼이 비틀거리며 침상에 엉덩이를 걸치는 게 보였다.

"그냥. 언니가 경계심을 좀 풀었으면 해서."

"경계심?"

이혼 사건과 불륜 소문으로 인해 그녀는 많은 상처를 받았다. 특히 남자에 대한 신뢰를 완전히 잃어버렸다. 안 좋은 사건 때문에 마을 주민들, 특히 사내들의 불쾌한 시선을 자주 받아야 했던 까닭이다. 게다가 불순한 마음으로 접근하는 사내들까지 생기면서, 여러모로 상처를 받아야만 했다.

"좋은 의도로 접근하는 남자들도 있는데, 그들을 전부 밀어내는 게…… 솔직히 좀 그래. 제니를 키우면서 많이 나아졌다고는 하지만, 귀향했던 당시의 기억들이 워낙 강렬해서 언니에게는 큰 상처가 됐을 거야. 게다가 요즘 들어서 아빠를 찾아대는 제니를 생각한다면, 언니는 좀 변해야 할 필요성이 있어."

거기에 딱 제튼이 걸린 것이다.

"오빠는 언니에 대한 소문을 모르니까."

주민들 대부분이 쉬쉬하다 보니, 굳이 찾아서 들으려 하지 않는 이상 알기는 쉽지 않았다. 맞선 자리에서 셀린에 대한 이야기를 하지 않은 건, 제튼이 선입관을 가지지 않게 하려는 의도도 있었으나, 그에 앞서 셀린의 마음을 풀어주기 위한 의도가 더 컸다.

제튼이 맞선 자리에 진실을 알고 나갔더라면, 분명 은연중에 그 감정이 드러났을 것이기 때문이다. 셀린은 유독 그런 분위기에 민감해진 상태였기에, 일부러 무지한 상황을 연출시킨 것이다.

"정말 힘들게 약속 잡은 거야."

이런 맞선 제의가 지금껏 전혀 없지는 않았다. 세레나와 펠다가 앞장서서 자리를 만들려고 했으나, 셀린은 매번 거절을 하며 빠져나갔었다.

"제니라는 비장의 카드까지 써 가면서 겨우 언니를 움직인 거야. 이제 오빠의 역할이 중요해."

펠다가 말하고자 하는 바를 이해할 수 있었다.

"그러니까…… 네 말은, 내가 셀린 누나가 남자를 만날 수 있게 연습상대를 해 주라. 뭐 그런 말?"

"헤헤. 사실 그렇다고나 할까? 오빠는 예전에도 셀린 언니와 제법 친했었잖아. 게다가 언니에 대해서도 잘 몰랐고. 여러모로 오빠가 딱이었달까. 헤헷!"

좀 전까지 언성을 높이며 쪼아대던 모습은 어디다 던진 것인지, 애교를 떨어대며 팔에 매달려왔다.

"해 줄 거지?"

"허…… 그러다가 나하고 잘 되면?"

제튼의 물음에 펠다가 실소하며 말했다.

"그러면 나야 좋지. 언니하고 정말 가족이 되는 거니까."

하지만 표정은 '네가? 너 따위가?' 꼭 이런 느낌을 풍기고 있었다.

"내 입으로 이런 소리하는 거 좀 미안한데. 내 또래 애들이 오빠를 뭐라고 하는 줄 알아?"

또래라고 했지만 세레나처럼 특이한 경우를 뺀다면 결국 전부 아줌마들이었다. 그리고 이런 아주머니들의 소식은 동네에서 적잖게 파워가 있을 수밖에 없었다. 제튼이 조심스레 귀를 기울였다.

"폐품."

"……쿨럭!"

"말 그대로 끝이라 이거지. 쓸데가 없다는 거야. 나이 서른일곱이면 솔직히 막장 아니겠어. 게다가 어느새 애가 두 명이야. 친자식 아니라지만 동네 분위기는 오빠가 밖에서 낳아 온 자식이라고 생각하는 것 같더라. 요즘은 시대가 바뀌어서 30대에 장가가는 몇몇 분들이 생기기는 했는데, 그분들은 나한테 오빠소리 들을 분들이야."

즉, 30대 초반이라는 소리였다.

"하지만 오빠는 곧 40이잖아?"

"쿨럭!"

"이건 더욱더 내 입으로 말하기 싫은데. 사실…… 셀린 언니가 이혼녀에 애도 있고 소문도 안 좋잖아?"

"그……렇지."

"솔직히 어느 부모가 그런 며느리를 들이고 싶겠어."

그럼에도 불구하고 모친 케나는 펠다의 작전대로 움직여 줬다. 부친의 동의 역시 있었음은 두말할 필요도 없었다.

"이렇게까지 말했으니 대충 감이 오지?"

"……뭐……가?"

제튼이 애써 진실을 무시하며 물었다.

"몰라? 그렇다면 내 입으로 말 해 줘야지. 오빠는 그 소문 안 좋은 셀린 언니만큼 사위감으로 바닥이라는 거야. 뭐, 셀린 언니는 그런 소문에도 불구하고 좋은 남자들이 줄을 설 정도니까. 언니 마음의 상처만 아니었다면, 이미 더 좋은 남자를 만났을 걸."

이대로 인정할 수는 없었다.

"야! 나도 아직 쓸만해."

"뭐가?"

"여러모로. 흠흠! 게다가 직업도 또렷하잖아."

무려 기사가 아니던가. 거기에 테룬 아카데미에서 교직을 잡고 있기도 했다.

"에~이. 기사라고 하지만 정식으로 영주님 휘하에서 일을 하는 것도 아니고, 게다가 아카데미 그것도 언제 잘릴지 모른다며. 소문 다 났어. 실력 안 좋아서 곧 잘릴지도 모른다고. 그렇다고 영주님께 하사받은 땅이 있는 것도 아니고."

"그, 그건…… 으음……."

회색들판을 개간 중이었으나, 그건 비밀이었기에 입 밖에 꺼낼 수가 없었다.

"냉정히 이야기하자면, 오빠나 셀린 언니나 결국 좋은 위치는 아니라는 거지. 하지만!"

"하지만?"

"언니는 예쁘지. 아니, 아름답지. 누가 그 외모를 40대라고 보겠어. 30대 초라고 해도 믿을 걸? 아직 장가 못간 내 또래 총각 놈들도 졸졸 따라다닐 정도야. 오빠하고는 비교 대상이 아니지. 맞선 본 걸로도 영광으로 알라구."

말인 즉, 결국 제튼은 가망이 없단 소리였다.
'끄응…….'
왠지 속이 쓰렸다.

전해야 할 말을 모두 전한 까닭인지, 펠다는 시원하게 집으로 돌아가 버렸다. 덕분에 겨우 여유를 찾은 제튼은 침대에 몸을 묻으며 오늘 하루를 생각했다.
'셀린 누나에게 그런 일이 있었을 줄이야.'
정말 의외였다. 밝아 보이는 얼굴 한쪽으로 깊게 숨어있던 그늘이 떠올랐다.
'딸이 4살이라고 했던가.'
홀로 그 아이를 키우며 얼마나 고생했을지, 상상만으로도 입맛이 썼다.
"아빠를 찾는다라."
슬슬 그럴만한 나이 일지도 모른다. 그 때문에 할 수 없이 맞선을 보러 나왔다고 하지 않던가.
그간의 고통을 아이에게 의지하는 것으로 달래 왔다는 걸 느낄 수 있었다.
"뭐…… 아빠는 안 되겠지만, 그래도 삼촌 정도는 돼 줄 수 있을지도."
홀로 중얼거리던 제튼의 표정이 돌연 딱딱하게 굳어졌다.
'이건.'

침상에서 벌떡 일어난 그가 창문을 열었다. 여름이 막바지에 이른 까닭인지, 밤공기에 서늘한 바람이 숨어들고 있었다. 그 속에 숨어있는 또 다른 기운이 그의 신경을 건드렸다.

저 멀리 상점 위로 하나의 그림자가 보였다.

'밀러…… 베인.'

어떻게 찾아 낸 것일까.

'젠장!'

먼 거리를 격하고 그 둘의 시선이 맞닿았다. 이를 악 문 제튼이 창밖으로 몸을 던졌다. 채 땅에 닫기도 전에 몸을 뒤틀자 허공중에 다시금 신형이 튀어나갔다.

바로 뒤편으로 밀러가 따라오는 게 느껴졌다.

순식간에 마을을 벗어난 제튼은 회색들판에 도착해서야 신형을 멈춰 세웠다. 여기라면 어떤 사건이 발생한다 해도 문제가 없기 때문이다.

신형을 뒤로 돌리자 밀러 베인이 저 멀리 달려오는 게 보였다. 겨우 따라 올수만 있는 속도로 달려온 까닭에 거리가 제법 되었다.

하지만 채 몇 호흡하기도 전에 밀러는 도착해 있었다.

'못 본 사이에 경공 공부를 제법 해 놨군.'

고개를 끄덕인 그가 밀러에게로 시선을 건넸다. 두 눈을 동그랗게 뜬 채 그를 마주보는 밀러의 모습에 한숨을 푸욱 내쉬었다.

'정말로 들켰군.'

촉촉이 젖은 밀러의 동공을 보라. 그를 알아 본 것이다. 이를 악 문다 싶던 밀러가 돌연 그 자리에 무릎을 꿇더니 우렁차게 외쳤다.

"흑사자 기사단 제 3조장 밀러 베인. 대공 전하를 뵙습니다."

"후우……."

제튼의 입에서 짙은 한숨이 흘러나왔다.

'결국…… 천마의 잔재와 만나버렸군.'

흑사자 기사단은 특히 천마와 함께했던 시간이 많았던 집단 중 하나였다. 그리고 그 중에서도 밀러 베인. 눈앞의 이 사내만큼은 천마에게 절대적인 충성심을 보여줬던 자였다.

"임무 중이었던 것으로 아는데, 어째서 이곳을 찾아왔느냐."

제튼의 물음에 밀러가 흙바닥에 머리를 찧으며 외쳤다.

"대공전하를…… 주군을 다시 만났습니다. 제게는 임무 이전에 주군이 먼저일 따름입니다. 혹여 제 존재로 인해 불쾌감을 느끼셨다면, 그 즉시 목을 쳐 주십시오."

골머리가 아팠다.

'그래. 맞아. 이런 놈이었지.'

그렇다고 해서 정말 목을 치거나 할 생각은 없었다.

"하지만 의외구나. 이런 촌동네 영지까지 오다니."

비록 제국 고위 귀족들만이 아는 존재라고 하나, 흑사자 기사단의 이름값은 결코 가벼운 게 아니었다. 이를 생각한다면 그의 지방영지 파견은 말도 안 되는 상황이었다. 이에 잠시 주저하던 밀러가 힘겹게 입을 열었다.

"정보 수집을 명령 받았습니다."

"정보…… 수집? 네가?"

순간 잘 못 들은 건가 싶었다.

"흑사자 기사단의 조장인 네가?"

말이 조장이지, 그 실력만큼은 익스퍼트 최상급에 이르러서, 사실 단장과도 자웅을 겨룰 수 있는 실력자가 바로 밀러였다.

"까마귀들은 어찌하고 네가 이러고 있단 말이냐?"

천마가 직접 꾸린 정보단체를 이야기하는 것이었다.

"……그들은 이미 날개를 잃었습니다."

"날개를 잃어?"

'설마, 해체?'

제튼이 고개를 갸웃거리며 밀러를 바라봤다.

"귀족들의 수작에 삼등분 되어, 이제는 그 몸통만 남아있는 상황입니다."

"허, 허헛…… 허……."

웃음밖에 안 나왔다.

'얼마나 됐다고 벌써.'

천마가 떠난지 이제 겨우 2년이었다. 저들 정계의 인사들 앞에서 모습을 감춘 것으로 계산하면, 4년 남짓밖에 안 되었다.

'10년이면 강산이 변한다고 했던가?'

사람이 변하는 건 그 반도 안 되는 시간으로도 충분했던 모양이었다.

"누구냐?"

"파스카인 공작과 리베란 공작 그리고 트라베스 공작입니다."

밀러가 즉각 대답했다.

"하! 세 놈이냐?"

제튼이 헛웃음을 터트렸다. 제국에 존재하는 4대 공작 중 세 명이 이를 드러냈다는 소리가 아닌가.

"황제는?"

"마르셀론 공작께서 황실파 귀족들을 단합하여 지지해 주고 계십니다."

'……그라면 어느 정도는 안심이지.'

혈연으로 묶인 관계이기에 그나마 믿음이 갔다. 내심 고개를 끄덕인 제튼이 재차 물었다.

"이런 촌동네 영지를 찾은 이유는 뭐냐?"

"중앙귀족들의 세력 가르기는 이미 마무리가 된 상황입니다. 때문에 지방의 힘에 시선을 돌린 것 같습니다."

그런 귀족들의 모습에 급히 지방 정보를 수집하라고 황제가 요원들을 보냈고, 그들이 보낸 정보들을 토대로 황제파도 지방 영지와의 미래를 결정할 것이었다.

"네가 생각하기에는 어떤 것 같으냐?"

"무슨…… 말씀이신지."

"중앙의 현 실태가 어떠한지 묻는 것이다."

비록 귀족들이 몸을 불렸다고 하나, 황제에게는 무적의 기사들이 있었다.

피닉스 기사단. 일루젼 기사단. 프라임 기사단.

제국 3대 기사단이라 불리는 제국의 자랑으로써, 하나같이 천마의 손아래 탄생한 최강의 무력단체들이었다.

"프라임 기사단을 제외하면, 온전히 남아있는 기사단이 없습니다."

'으음…….'

황제를 호위하는 프라임 기사단은 유독 그 충성심으로 뽑았다. 그 때문에 온전할 수 있었으리라.

두 눈을 질끈 감은 제튼이 이번 사태의 원일을 분석했다.

'역시, 마공 때문인가.'

제국 3대 기사단이라고 불리는 저들 기사단은 하나같이

천마의 마공을 익힌 이들이었다.

'그래도 최대한 순화시킨 것이건만.'

결국 마성에 지배당한 모양이었다.

천마라고 하는 절대적인 중심축이 사라져버리자, 그들의 이성을 잡고 있던 충성심이라는 바퀴가 빠져버린 것이리라.

'큭! 충성심 보다는 공포심인가.'

천마가 그대로 남아 있었다면, 그의 철권통치 아래 감히 배반은 꿈도 못 꿨을 것이다.

"아시다시피, 피닉스 기사단과 일루전 기사단은 통제가 어렵습니다."

오로지 천마만이 그들을 제어할 수 있었다.

'고삐 풀린 망아지마냥 귀족파에 뛰어들었겠지.'

안 봐도 훤했다.

"애초에 너희가 귀족파를 잘 제압했으면 이런 일이 없었을 것이 아니냐."

"죽여주십시오!"

제튼의 이야기에 밀러가 바닥에 연신 머리를 찧어대며 외쳤다.

고위 귀족의 통제.

흑사자 기사단의 임무 중 하나가 이런 사태를 사전에 방지하는 것이었다. 이를 제대로 해내지 못했으니 어찌 고개를 들 수 있겠는가.

"설마!"

제튼이 깜짝 놀라서 밀러를 내려다봤다.

"너희들도 찢어진 것이냐?"

"……죽여주십시오."

잠시간의 침묵이 모든 걸 이야기 해 줬다.

'가장 순정한 마공으로 키운 놈들이건만.'

그들마저 욕망에 몸을 맡겼다는 소식은 실로 충격적이었다.

"멍청한!"

제튼이 두 눈을 질끈 감으며 입술을 짓씹었다.

'그토록 부와 영화가 탐났던가.'

가슴이 답답해졌다.

'제국? 하! 웃기는 엉터리였어.'

천마라는 축이 사라지면 언제든 무너져버릴 수 있는 모래성이었다.

"어찌, 하시겠습니까?"

밀러가 조심스레 물어왔다. 이에 제튼이 한숨을 푸욱 내쉬며 말했다.

"후우…… 난 이미 떠난 사람이다."

"주군."

"이곳에서 여생을 보내는 것. 그게 내가 내린 결정이다."

"하지만 황제 폐하가 지니신 힘만으로는 어렵습니다. 게다가 황자 전하께서도……."

"그만!"

제튼이 크게 일갈하며 그의 이야기를 막았다.

"거기까지. 난 돌아가지 않을 것이니, 날 설득하려 하지 말거라."

"어…… 어찌하여……."

"이미 너무 많은 이야기를 들었다. 더는 내 머리를 어지럽게 하지 마라."

흑사자 기사단의 조장이 정보요원으로 움직인다는 소리에 깜짝 놀라 물었던 것이, 어느새 제국의 실태로 넘어가 버렸다. 여기서 더 듣는 건 떠난 자의 예의가 아니었다.

"그만 돌아가거라."

갑작스런 제튼의 이야기에 바닥에 고정되어 있던 밀러의 고개가 위로 향했다.

"주군! 안 됩니다. 그럴 수 없습니다. 부디……."

"말했잖느냐. 나는 돌아갈 마음이 없다. 그러니 이만 떠나거라."

밀러의 고개가 다시 바닥으로 떨어졌다.

"그렇다면…… 저도 여기에 남겠습니다."

"안 된다."

단호한 제튼의 일갈에 밀러의 양 어깨가 추욱 처졌다.

"너야말로 내가 원했던 흑사자 기사단의 바른 모습이다. 부디, 황제를 지켜다오."

"……주군."

긴 침묵에 깜짝 놀라 고개를 들었으나, 이미 제튼은 그곳에 없었다. 서늘한 밤바람이 축축이 젖은 그의 양 볼을 스치며 지나갔다.

전속력으로 내달려 집으로 돌아온 뒤, 창문 닫고 커튼도 치고 깊숙이 이불까지 덮고 나서야 제튼은 기분을 가라앉힐 수 있었다.

"어휴~! 징글징글한 놈."

생각할수록 황당했다.

'임무 중이라는 놈이 냅다 나를 쫓아와?'

골이 아팠다. 하필 그의 마을로 찾아온 게 밀러라니.

'차라리 그 놈이라서 다행이려나.'

충직한 밀러가 아닌, 다른 수하들이었다면?

"으음…… 오히려 밀러라서 다행이네."

인정할 건 인정해야 했다. 밀러가 아니었다면, 더 큰 말썽이 발생했을지도 몰랐다. 고개를 끄덕거린 그가 슬쩍 이불을 걷어내며 숨을 길게 내쉬었다.

"후우…… 결국 이렇게 되어버렸나."

제국 중앙의 상황이 이해가 됐다. 사실, 이미 예측하고 있던 부분이기도 했다.

"쯧! 그러게 좀 골라가면서 뽑으라니까."

천마는 수하들을 아주 '막' 골랐다.

〈악질? 성질이 더러워? 미친놈? 괜찮아. 괜찮아.〉

아주 명쾌한 답안이 있었다.

〈패다 보면 결국은 기게 돼 있어.〉

그래도 말썽을 부리면?

〈패! 때려! 계속 밟는 거야. 아주 작살을 내는 거지.〉

이 얼마나 무식한 대답인가. 황당한 건 이게 또 기가 막히게 잘 통한다는 것이다.

'앞, 뒤로 질질 싸지르면서 아주 충직한 똥개가 되는 거지.'

구멍이란 구멍은 죄다 이용해가며 이물질들을 게워내게 된다.

'더럽고 추잡하고 악랄하고…….'

어쨌든 이런 식으로 굽고 삶고 지져가며 복속시킨 자들이었다. 나름 굴려가며 사람을 만들기는 했으나, 결국 마공의 영향으로 그 본질을 드러내기 시작한 것이다.

"그래도 나름 정순한 마공으로 키운 놈들인데. 쯧!"

욕지기가 나올 뻔 했다.

"그나마 프라임 기사단은 멀쩡해서 다행이네."

천마의 행동에 참다 참다 못한 제튼이 끼어들어서 골라

낸 인재가 바로 프라임 기사단이었다.

물론, 그 이전에도 제튼이 제법 끼어들어서 심성이 고운 이들을 수하로 삼게끔 유도했었다. 하지만 애초에 천마의 기준과 그의 기준이 너무 달랐다.

'악인. 살인자. 광인.'

그 어떤 범법자도 천마의 기준에서는 '착한 놈' '얌전한 놈' 취급이었다.

"정말…… 초반에 뽑았던 놈들은…… 으휴~!"

상상만으로도 치가 떨렸다. 그들은 정말 악귀들이 되었기 때문이다.

중반부터 제튼이 끼어들면서 범법자들은 걸러낼 수 있었고, 덕분에 밀러와 같은 인재들이 발굴되기도 했다. 게다가 막판에는 전력으로 참견하면서 프라임 기사단이라는 걸출한 단체마저도 탄생할 수 있었다.

'언젠가 사달이 날 줄은 알았지만, 벌써부터 말썽일 줄이야.'

그런 것을 막으려고 까마귀와 흑사자 기사단을 뒀건만, 이미 그들마저 갈라져 버렸다.

"너무 빨라."

적어도 4~5년은 더 있어야 벌어질 일이라고 생각했다.

'강산이 변할 틈도 없이 문제네.'

대략 예상했던 10년의 시간보다 절반은 빠른 시기였다.

'빨라도 너무 빨라…….'

대충 감은 왔다.

"썩을…… 천마."

욕지기가 치밀었다. 이토록 빨리 문제가 불거지고 있다는 건, 이미 천마가 존재하던 무렵부터 귀족들이 움직였다는 것 말고는 답이 없었다.

'그걸 모른 척 했겠지.'

천마와 한 몸에서 공존했다고는 하나, 엄밀히 말하자면 천마가 갑이고 그는 을이었다. 천마가 보고 느끼는 걸 전부 공유할 수가 없다는 것이다.

게다가 심상의 공간에서 수련한 시간들도 있기 때문에, 결국 천마의 행위 전부를 경험한 건 아니었다.

'특히, 막판에는 더욱더 수련에 열중했었으니까.'

제국이 세워지고 난 이후의 기억들은 더욱더 적을 수밖에 없었다. 당시에는 천마가 떠나겠다고 이야기를 한 까닭에, 유난히 수련에 전념해야만 했다.

'내 몸 돌려받는 건데도 시험을 받아야 하다니.'

그 때를 생각하면 지금도 열불이 났다.

〈내가 인정할 수준이 못 되면, 이 몸뚱이를 쓸 자격이 없지.〉

남의 것 가지고 저따위 소리라니. 황당하고 어이가 없었으나, 어쩔 도리가 있겠는가.

"쯧! 까라면 까는 거지. 염병."

입술을 비죽이 내민 제튼이 슬쩍 손을 흔들었다. 그러자 한 줄기 바람이 일어나더니 커튼을 걷었다. 그 순간 밀려드는 달빛이 그를 환하게 적셨다.

"황제……."

과연 잘 버텨낼 수 있을지, 내심 걱정이 됐다.

'당장은 문제없겠지.'

밀러를 돌려보낸 이유 중 하나도 그것이다.

"정말 문제가 발생한다면, 녀석이 달려올 테니."

일종의 안전장치였다. 황실에 큰 사건이 발생한다면, 결국 밀러는 그를 찾아 올 터였다.

'더 이상 얽히고 싶진 않지만…….'

어쩔 수 없는 상황이라는 게 있었다.

부디, 그런 일이 없기만을 바랄 뿐이었다.

〈2권에서 계속〉